庫

モオツァルト・無常という事

小林秀雄著

新潮社版

1487

目次

モオツァルト・無常という事

モオツァルト

母上の霊に捧《ささ》ぐ

1

エッケルマン*によれば、ゲエテは、モオツァルトに就いて一風変った考え方をしていたそうである。如何《いか》にも美しく、親しみ易《やす》く、誰でも真似《まね》したがるが、一人として成功しなかった。幾時《いつ》か誰かが成功するかも知れぬという様な事さえ考えられぬ。元来がそういう仕組に出来上っている音楽だからだ。はっきり言って了《しま》えば、人間どもをからかう為に、悪魔が発明した音楽だと言うのである。ゲエテは決して冗談を言う積りではなかった。その証拠には、こういう考え方は、青年時代には出来ぬものだ、と断っている。（エッケルマン、「ゲエテとの対話」――一八二九年）

ここで、美しいモオツァルトの音楽を聞く毎《ごと》に、悪魔の罠《わな》を感じて、心乱れた異様な老人を想像してみるのは悪くあるまい。この意見は全く音楽美学という様なものではないのだから。それに、「*ファウスト」の第二部を苦吟していたこの八十歳の大自意識家が、どんな悩みを、人知れず抱いていたか知れたものではあるまい。

トルストイは、ベエトオヴェンの*クロイツェル・ソナタの*プレストをきき、ゲエテは、*ハ短調シンフォニイの第一楽章をきき、それぞれ異常な昂奮《こうふん》を経験したと言う。トルストイは、やがて「*クロイツェル・ソナタ」を書いて、この奇怪な音楽家に徹底した復讐《ふくしゅう》を行ったが、ゲエテは、ベエトオヴェンに関して、とうとう頑固な沈黙を守り通した。有名になって逸話なみに扱われるのは、ちと気味の悪すぎる話である。底の知れない穴が、ポッカリと口を開けていて、そこから天才の独断と創造力とが覗《のぞ》いている。

　当代一流の音楽、特にベエトオヴェンの音楽に対するゲエテの無理解或《あるい》は無関心、この通説は、*ロマン・ロオランの綿密な研究（Goethe et Beethoven）が現れて以来、もはや通用しなくなった様であるが、この興味ある研究は、意外なほど凡庸な結論に達している。晩年になっても少しも衰えなかったゲエテの好奇心は、ベエトオヴェンの音楽を鑑賞する機会を決して逃しはしなかったし、進歩して止《や》まぬゲエテの頭脳は、驚くべき新音楽の価値を充分に認めた。ただ残念な事には、嘗《かっ》て七歳の神童モオツァルトの演奏に酔ったゲエテの耳は、彼の頭ほど速く進歩するわけにはいかなかった。耳が頭に反抗した。これが、ロオランの結論である。結論が間違っているとは言うまい、ただ僕は、この有名な本を読んだ時、そこに集められた豊富な文献から、いろいろと空想をするのが楽しく、そういう結論は、必ずしも必要だとは思わなかったのである。

メンデルスゾオンが、ゲエテにベエトオヴェンのハ短調シンフォニィをピアノで弾いてきかせた時、ゲエテは、部屋の暗い片隅に、雷神ユピテル*の様に坐って、メンデルスゾオンが、ベエトオヴェンの話をするのを、いかにも不快そうに聞いていたそうであるが、やがて第一楽章が鳴り出すと、異常な昂奮がゲエテを捉《とら》えた。「人を驚かすだけだ、感動させるというものじゃない、実に大袈裟《おおげさ》だ」と言い、しばらくぶつぶつ口の中で呟《つぶや》いていたが、すっかり黙り込んで了った。長い事たって、「大変なものだ。気違い染《じ》みている。まるで家が壊れそうだ。皆が一緒にやったら、一体どんな事になるだろう」。食卓につき、話が他の事になっても、彼は何やら口の中でぶつぶつ呟いていた、と言う。

勿論《もちろん》、ぶつぶつと自問自答していた事の方が大事だったのである。今はもう死に切ったと信じたSturm und Drang*の亡霊が、又々新しい意匠を凝《こら》して蘇《よみがえ》り、抗し難い魅惑で現れて来るのを、彼は見なかったであろうか。大袈裟な音楽、無論、そんな呪《じゅ》文《もん》では悪魔は消えはしなかった。何はともあれ、これは他人事ではなかったからである。震駭《しんがい》したのはゲエテという不安な魂であって、彼の耳でもなければ頭でもない。彼の耳が彼の頭の進歩について行けなかった、そういう事もどうもありそうもない話だ。ゲエテが聞いたら苦笑したかも知れぬ、昔ながらの無垢《むく》な耳を保存するのは、並大抵の苦労ではない、と言ったかも知れない。恐らくゲエテは何も彼も感じ取ったのである。少くとも、ベエトオヴェンの和声的器楽*の斬新《ざんしん》で強烈な展開に熱狂し喝采《かっさい》していたベルリンの聴衆の耳より、遥《はる》かに深いものを聞き分けていた様に思える。妙な言い方をする様だが、聞いてはいけないものまで聞いて了った様に思える。ワグネル*の「無限旋律*」に慄然《りつぜん》としたニイチェが、発狂の前年、「ニイチェ対ワグネル*」を書いて最後の自虐《じぎゃく》の機会を捉えたのは周知の事だが、それとゲエテの場合との間には、何か深いアナロジイ*がある様に思えてならぬ。それに、「ファウスト」の完成を、自分に納得させる為に、八重の封印*の必要を感じていたゲエテが、発狂の前年になかったと誰が言えようか。二人とも鑑賞家の限度を超えて聞いた。もはや音楽なぞ鳴ってはいなかった。めいめいがわれとわが心に問い、苛立《いらだ》ったのであった。ワグネルの大理論家ワグネルの不屈不撓《ふとう》の意志なぞ問題にしなかったニイチェは、裡《うち》に、*ワグネリアンの頽廃《たいはい》を聞き分けた。同じ様な天才の独断により、ゲエテは、壮年期のベエトオヴェンの音楽に、異常な自己主張の危険、人間的な余りに人間的な演劇を聞き分けなかったであろうか。この音楽が、ゲエテの平静を乱したとは言うまい。ファウスト博士を連れた彼の心の嵐は死ぬまで止《や》む時はなかっただろうから。併《しか》し、彼の嵐には、彼自身の内的な論理があり、他人に掻《か》き立てられる筋のものではなかった。ベエトオヴェンは、たしかに自分の播《ま》いた種は刈りとったのだが、彼が晩年、どんな孤独な道に分け入り、どんな具合に已れを救助したかに就いて、恐らくゲエテは全く無関心であった。ベエトオヴェンという沃野《よくや》に、ゲエテが、*浪漫派音楽家達のどの様な花園を予感したか想像に難くない。尤《もっと》も、浪漫主義を嫌った*古典主義者ゲエテという周知の命題を、僕は、ここで応用する気にはなれぬ。この応用問題は、うまく解かれた例《ため》しがない。

*ワグネルの「曖昧《あいまい》さ」を一途《いちず》に嫌ったニイチェは、モオツァルトの「*優しい黄金の厳粛」を想《おも》った。ベエトオヴェンを嫌い又愛したゲエテも亦《また》モオツァルトを想ったが、彼は、ニイチェより美について遥かに複雑な苦しみを嘗《な》めていた。彼が、モオツァルトについて、どんな奇妙な考えを持っていたかは、冒頭に述べた通りである。

「人間も年をとると、世の中を若い時とは違った風に考える様になる」と彼は或る日エッケルマンに言う。彼は老い、若い時代が始ろうとしていた。だが、彼は若い時代とは違った風に考えていた。個性と時代との相関を信じ、自己主張、自己告白の特権を信じて動き出した青年達の群れは、彼の同情を惹《ひ》くに足らなかった。歴史の「無限旋律」などに一体何の意味があろうか。「ファウスト」は、どうしても完成されねばならぬ。やがて自ら破り棄てると知りつつ、八重の封印をしてまでも。彼は、「ファウスト」第二部の音楽化という殆《ほとん》ど不可能な夢に憑《つ》かれていた。彼の詩は、音楽家達の（*シュウベルトの、*ヴォルフの、*シュウマンさえの）罠《わな》であったが、音楽は遂《つい》にゲエテの罠だったのだろうか。それはわからぬ。ともあれ、彼には、「*ドン・ジョヴァンニ」の作者以外の音楽家を考える事が出来なかった。併し、作者はもうこの世にいなかった。この封印は人間の手がしたのではない。或る日、この作者が、ゲエテの耳元で何事かを囁《ささや》いたと見る間に、それは凡《およ》そ音楽史的な意味を剝奪《はくだつ》された巨大な音と変じ、彼の五体に鳴り渡る。死の国に還《かえ》る*ヘレナを送る音楽を彼は聞いたであろうか。彼の深奥《しんおう》にある或る苦がい思想が、モオツァルトという或る本質的な謎に共鳴する。ゲエテは、エッケルマンに話してみようとしたが、うまくいかなかった。無論、これは僕の空想だ。僕はそんな思想とも音楽ともつかぬものを追って、幾日も机の前に坐っている。沢山な事が書けそうな気がするが、又何にも書けそうもない気もする。

2

もう*二十年も昔の事を、どういう風に思い出したらよいかわからないのであるが、僕の乱脈な*放浪時代の或る冬の夜、大阪の道頓堀《どうとんぼり》をうろついていた時、突然、この*ト短調シンフォニイの有名なテエマが頭の中で鳴ったのである。僕がその時、何を考えていたか忘れた。いずれ人生だとか文学だとか絶望だとか孤独だとか、そういう自分でもよく意味のわからぬやくざな言葉で頭を一杯にして、犬の様にうろついていたのだろう。兎《と》も角《かく》、それは、自分で想像してみたとはどうしても思えなかった。街の雑《ざっ》沓《とう》の中を歩く、静まり返った僕の頭の中で、誰かがはっきりと演奏した様に鳴った。僕は、脳味噌に手術を受けた様に驚き、感動で慄《ふる》えた。百貨店に馳《か》け込み、レコオドを聞いたが、もはや感動は還って来なかった。自分のこんな病的な感覚に意味がある

などと言うのではない。モオツァルトの事を書こうとして、彼に関する自分の一番痛切な経験が、自《おのずか》ら思い出されたに過ぎないのであるが、一体、今、自分は、ト短調シンフォニイを、その頃よりよく理解しているのだろうか、という考えは、無意味とは思えないのである。

僕は、その頃、モオツァルトの未完成の肖像画の写真を一枚持っていて、大事にしていた。それは、巧みな絵ではないが、美しい女の様な顔で、何か恐ろしく不幸な感情が現れている奇妙な絵であった。モオツァルトは、大きな眼を一杯に見開いて、少しうつ向きになっていた。人間は、人前で、こんな顔が出来るものではない。彼は、画家が眼の前にいる事など、全く忘れて了《しま》っているに違いない。二重瞼《まぶた》の大きな眼は何にも見てはいない。世界はとうに消えている。ある巨《おお》きな悩みがあり、彼の心は、それで一杯になっている。眼も口も何んの用もなさぬ。彼は一切を耳に賭《か》けて待っている。耳は動物の耳の様に動いているかも知れぬ。が、頭髪に隠れて見えぬ。ト短調シンフォニイは、時々こんな顔をしなければならない人物から生れたものに間違いはない、僕はそう信じた。何んという沢山な悩みが、何んという単純極まる形式を発見しているか。内容と形式との見事な一致という様な尋常な言葉では、言い現し難いものがある。全く相異る二つの精神状態の殆《ほとん》ど奇蹟《きせき》の様な合一が行われている様に見える。名付け難い災厄や不幸や苦痛の動きが、そのまま同時に、どうしてこんな正確な単純な美しさを現す事が出来るのだろうか。それが即《すなわ》ちモオツァルトという天才が追い求めた対象の深さとか純粋さとかいうものなのだろうか。ほんとうに悲しい音楽とは、こういうものであろうと僕は思った。その悲しさは、透明な冷い水の様に、僕の乾いた喉《のど》をうるおし、僕を鼓舞する、そんな事を思った。注意して置き度《た》いが、丁度その頃は、大阪の街は、ネオンサインとジャズ*とで充満し、低劣な流行小歌*は、電波の様に夜空を走り、放浪児の若い肉体の弱点という弱点を刺戟《しげき》して、僕は断腸の想いがしていたのである。

思い出しているのではない。モオツァルトの音楽を思い出すという様な事は出来ない。それは、いつも生れた許《ばか》りの姿で現れ、その時々の僕の思想や感情には全く無頓着に、何んというか、絶対的な新鮮性とでも言うべきもので、僕を驚かす。人間は彼の優しさに馴《な》れ合う事は出来ない。彼は切れ味のいい鋼鉄の様に撓《しな》やかだ。

モオツァルトの音楽に夢中になっていたあの頃、僕には既に何も彼も解《わか》ってはいなかったのか。若《も》しそうでなければ、今でもまだ何一つ知らずにいるという事になる。どちらかである。成る程、あの頃、知らずに大事にしていた絵は、ヨゼフ・ランゲ*が一七八二年に書いた絵だと今では承知しているが、そんな事に何の意味があろう。してみると僕が今でも、犬の様に何処《どこ》かをうろついているという事に間違いないかも知れない。僅《わず》かばかりのレコオドに僅かばかりのスコア、それに、決して正確な音を出したがらぬ古びた安物の蓄音機、——何を不服を言う事があろう。例えば海が黒くなり、空が茜色《あかねいろ》に染まるごとに、モオツァルトのポリフォニイが威嚇《いかく》する様に鳴るならば。

3

「——構想は、宛《あたか》も奔流の様に、実に鮮やかに心のなかに姿を現します。然《しか》し、それが何処《どこ》から来るのか、どうして現れるのか私には判《わか》らないし、私とてもこれに一指も触れることは出来ません。——後から後から色々な構想は、対位法や様々な楽器の音色にしたがって私に迫って来る。丁度パイを作るのに、必要なだけのかけらが要る様なものです。こうして出来上ったものは、邪魔の這入《はい》らぬ限り私の魂を昂奮させる。すると、それは益々《ますます》大きなものになり、私は、それをいよいよ広くはっきりと展開させる。そして、それは、たとえどんなに長いものであろうとも、私の頭の中で実際に殆《ほとん》ど完成される。私は、丁度美しい一幅《いっぷく》の絵或《あるい》は麗《うる》わしい人でも見る様に、心のうちで、一目でそれを見渡します。後になれば、無論次々に順を追うて現れるものですが、想像の中では、そういう具合には現れず、まるで凡《すべ》てのものが皆一緒になって聞えるのです。大した御馳走ですよ。美しい夢でも見ている様に、凡ての発見や構成が、想像のうちで行われるのです。――いったん、こうして出来上って了《しま》うと、もう私は容易に忘れませぬ、という事こそ神様が私に賜った最上の才能でしょう。だから、後で書く段になれば、脳髄という袋の中から、今申し上げた様にして蒐集《しゅうしゅう》したものを取り出して来るだけです。――周囲で何事が起ろうとも、私は構わず書けますし、また書き乍《なが》ら、鶏の話家鴨《あひる》の話、或はかれこれ人の噂《うわさ》などして興ずる事も出来ます。然し、仕事をしながら、どうして、私のすることが凡てモオツァルトらしい形式や手法に従い、他人の手法に従わぬかという事は、私の鼻がどうしてこんなに大きく前に曲って突き出しているか、そして、それがまさしくモオツァルト風で他人風ではないか、というのと同断でしょう。私は別に他人と異った事をやろうと考えているわけではないのですから。――」

このヤアン*によって保証された有名な手紙*は、モオツァルトの天才の極印として、幾多の評家の手で引用された。確かに理由のない事ではない。どんな音楽の天才も、この様な驚くべき経験を語ったものはないのである。併《しか》し又、どんな音楽の天才も、自分に一番大切な事柄についてこんなに子供らしく語った人もいなかったのであって、どちらかと言えば僕は音楽批評家達の注意したがらぬそちらの方に興味を惹《ひ》かれる。「構想が奔流の様に現れる」人でなければ、あんな短い生涯に、あれほどの仕事は出来なかっただろうし、ノオトもなければヴァリアント*もなく、修整の跡もとどめぬ彼の原譜は、彼が家鴨や鶏の話をし乍ら書いた事を証明している。手紙で語られている事実は恐らく少しも誇張されてはいまい。何も彼もその通りだったろうが、どうも手の付け様がない。言わば精神生理学的奇蹟として永久に残るより他はあるまい。併し、これを語るモオツァルトの子供らしさという事になると、子供らしさという言葉の意味の深さに応じて、いろいろ思案を廻《めぐ》らす余地がありそうに思える。問題は多岐に分れ、意外に遠い処《ところ》まで、僕を引張って行く様に思えるのである。

4

自分は音楽家だから、思想や感情を音を使ってしか表現出来ない、とたどたどしい筆で、モオツァルトは父親に書いている（マンハイム、一七七七年、十一月八日）。処《ところ》が、このモオツァルトには分り切った事柄が、次第に分らなくなって来るという風に、音楽の歴史は進んで行った。彼の死に続く、浪漫主義音楽の時代は音楽家の意識の最重要部は、音で出来上っているという、少くとも当人にとっては自明な事柄が、見る見る曖昧《あいまい》になって行く時代とも定義出来る様に思う。音の世界に言葉が侵入して来た結果である。個性や主観の重視は、特殊な心理や感情の発見と意識とを伴い、当然、これは又己れの生活経験の独特な解釈や形式を必要とするに至る。そしてこういう傾向は、言葉というものの豊富な精緻《せいち》な使用なくては行われ難い。従って、音楽家の戦は、漠然とした音という材料を、言葉によって、如何《いか》に分析し計量し限定して、音楽の運動を保証しようかという方向を取らざるを得なくなる。和声組織*の実験器としてのピアノの多様で自由な表現力の上に、シュウマンという分析家が打ち立てた音楽と言葉との合一という原理は、彼の狂死が暗に語っている様に、甚だ不安定な危険な原理であった。ワグネリアン*の大管絃楽《かんげんがく》が口を開けて待っていた。この変幻自在な解体した和声組織は、音楽家が、めいめいの特権と信じ込んだ幸福や不幸に関するあらゆる心理学を、平気でそのまま呑《の》み込んだ。

音楽の代りに、音楽の観念的解釈で頭を一杯にし、自他の音楽について、いよいよ雄弁に語る術《すべ》を覚えた人々は、大管絃楽の雲の彼方《かなた》に、モオツァルトの可愛《かわい》らしい赤い上着がチラチラするのを眺めた。勿論《もちろん》、それは、彼等が、モオツァルトの為に新調してやったものであったが、彼等には、そうとはどうしても思えなかった。あんまりよく似合っていたから。時の勢いというものは、皆そういうものだ。上着は、優美、均斉、快活、静穏等々のごく僅《わず》かばかりの言葉で出来ていたが、この失語症の神童には、いかにもしっくりとして見えたのである。其処《そこ》に、「永遠の小児モオツァルト」という伝説が出来上る。彼が、驚くべき神童だった事は疑う余地がなく、従って、いろいろな伝説もこれに付き纏《まと》うわけだが、その中で最大のもの、一番真面目《まじめ》臭ったものは、恐らく彼が死ぬまで神童だったという伝説ではあるまいか。

浪漫派音楽が独創と新奇とを追うのに疲れ、その野心的な意図が要求する形式の複雑さや感受性の濫用《らんよう》に堪え兼ねて、自壊作用を起す様になると、純粋な旋律や単純な形式を懐《なつか》しむ様になる。恐らく現代の音楽家の間には、バッハに還れとか、モオツァルトに還れという様な説も行われているであろう。だが、僕は容易には信じない。と言うよりも、そういう事にあまり興味がない。反動というものには、いつも相応の真実はあるのだろうが、僕には音楽史家の同情心が不足しているらしい。純粋さとか自然さとかいう元来が惑わしに充《み》ちた言葉が、新古典派音楽家の計量や分析に疲れた意識のなかで、どんな観念の極限を語るに至っているか、それは難かしい事である。例えば、ストラヴィンスキイの復古主義は、凡《およ》そ徹底したものだろうが、彼のカノンは決してバッハのカノンではない。無用な装飾を棄て、重い衣裳《いしょう》を脱いだところで、裸になれるとは限らない。何も彼《か》も余り沢山なものを持ち過ぎたと気が付く人も、はじめから持っていなかったものには気が付かぬかも知れない。ともあれ、現代音楽家の窮余の一策としてのモオツァルトというものは、僕には徒《いたず》らな難題に思われる。雄弁術を覚え込んで了《しま》った音楽家達の失語症たらんとする試み。――ここに現れる純粋さとか自然さとかいうものは、若《も》しかしたら人間にも自然にも関係のない一種の仮構物かも知れぬ。

5

美は人を沈黙させるとはよく言われる事だが、この事を徹底して考えている人は、意外に少いものである。優れた芸術作品は、必ず言うに言われぬ或るものを表現していて、これに対しては学問上の言語も、実生活上の言葉も為《な》す処を知らず、僕等は止《や》むなく口を噤《つぐ》むのであるが、一方、この沈黙は空虚ではなく感動に充ちているから、何かを語ろうとする衝動を抑え難く、而《しか》も、口を開けば嘘《うそ》になるという意識を眠らせてはならぬ。そういう沈黙を創《つく》り出すには大手腕を要し、そういう沈黙に堪えるには作品に対する痛切な愛情を必要とする。美というものは、現実にある一つの抗し難い力であって、妙な言い方をする様だが、普通一般に考えられているよりも実は遥《はる》かに美しくもなく愉快でもないものである。

美と呼ぼうが思想と呼ぼうが、要するに優れた芸術作品が表現する一種言い難い或るものは、その作品固有の様式と離す事が出来ない。これも亦凡《またおよ》そ芸術を語るものの常識であり、あらゆる芸術に通ずる原理だとさえ言えるのだが、この原理が、現代に於いて、どの様な危険に曝《さら》されているかに注意する人も意外に少い。注意しても無駄だという事になって了《しま》ったのかも知れない。

明確な形もなく意味もない音の組合せの上に建てられた音楽という建築は、この原理を明示するに最適な、殆《ほとん》ど模範的な芸術と言えるのだが、この芸術も、今日では、和声組織という骨組の解体により、群がる思想や感情や心理の干渉を受けて、無数の風穴を開けられ、僅《わず》かに、感官を麻痺《まひ》させる様な効果の上に揺いでいる有様である。人々は音楽についてあらゆる事を喋《しゃべ》る。音を正当に語るものは音しかないという真理はもはや単純すぎて（実は深すぎるのだが）人々を立止まらせる力がない。音楽さえもう沈黙を表現するのに失敗している今日、他の芸術について何を言おうか。例えば、風俗を描写しようと心理を告白しようと或《あるい》は何を主張し何を批判しようと、そういう解《わか》り切った事は、それだけでは何んの事でもない、ほんの手段に過ぎない、そういうものが相寄り、相集り、要するに数十万語を費して、一つの沈黙を表現するのが自分の目的だ、と覚悟した小説家、又、例えば、実証とか論証とかいう言葉に引《ひき》摺《ず》られては編み出す、あれこれの思想、言い代えれば相手を論破し説得する事によって僅かに生を保つ様な思想に倦《あ》き果てて、思想そのものの表現を目指すに至った思想家、そういう怪物達は、現代にはもはやいないのである。真らしいものが美しいものに取って代った、詮《せん》ずるところそういう事の結果であろうか。それにしても、真理というものは、確実なもの正確なものとはもともと何んの関係もないものかも知れないのだ。美は真の母かも知れないのだ。然《しか》しそれはもう晦渋《かいじゅう》な深い思想となり了《おわ》った。

6

モオツァルトに関する最近の名著と言われるウィゼワの研究*（T. de Wyzewa et G. de Saint-Foix ; W.-A. Mozart.）が、モオツァルトの廿一歳の時で中絶しているのは残念な事だが、もっと残念なのは、著者達の恐らく驚く程の辛労の結果、分析され解説されているモオツァルトの初期作品が、僕等の環境ではまるで聞く機会がない事である。

けれども、音楽家の正体を摑《つか》む為には、何を置いても先《ま》ず耳を信ずる事であって、その伝記的事実の如《ごと》きは、邪魔にこそなれ、助けにはならぬ、というはっきりした考えを実行している点で、少くともモオツァルトに関する限り、恐らく唯一《ゆいいつ》の著書である事、又、そういう仕事がどんな勇気と忍耐とを要するかという事は、僕の様な素人《しろうと》にも充分合点がいき、多くの啓示を得たのであった。次の様な文句に出会った。

「この多産な時期に於ける器楽形式*に関する幾多の問題の、どれを取上げてみても、次の様な考えに落着かざるを得ない。即《すなわ》ち、円熟し発展した形で後の作品に現れる殆《ほとん》ど凡《すべ》ての新機軸は、一七七二年の作品に、芽生えとして存する、と。彼にしてみれば、これは、不思議な深さと広さとを持った精神の危機である。彼は、生れて始めて、自分の作品の審美《しんび》上の大問題に、はっきり意識してぶつかったと思われる」(Vol. 1. page 418.)

一七七二年と言えば、モオツァルトの十六歳の時である。この精神の危機が、当時の姉への手紙で、駄洒落《だじゃれ》を飛ばしているモオツァルトとも、又、「ヴォルフガング*は元気だ、退屈しのぎに四重奏*を書いている」(レオポルド*より妻へ、一七七二年、十月廿八日)という様な父親の観察した息子とも何んの関係もないのは、見易《みやす》い事だが、更に六つでメニュエット*を作ったとか「ドン・ジョヴァンニ」の序曲を一夜で書いたとかいう類の伝記作家達のどんな証言とも関係がないとさえ僕は言いたい。ツィゼワの証言には、伝説なぞ付き纏《まと》う余地はない。はっきりしている。天賦《てんぷ》の才というものが、モオツァルトにはどんな重荷であったかを明示している。才能がある御蔭《おかげ》で仕事が楽なのは凡才に限るのである。十六歳で、既に、創作方法上の意識の限界に達したとは一体どういう事か。「作曲のどんな種類でも、どんな様式でも考えられるし、真似出来る」と彼は父親に書く（一七七八年、二月七日）。併《しか》し、そういう次第になったという其の事こそ、実は何にも増して辛《つら》い事だ、とは書かない。書いても無駄だからである。彼は彼なりに大自意識家であった。若《も》し彼に詩才があったなら、マラルメの様に「す*べての書は読まれたり、肉は悲し」と嘆けただろう。少しも唐突な比較ではない。彼は、楽才の赴くがままに、一*七七二年の一群のシンフォニイで同じ苦しみを語っている筈《はず》だ。

天才とは努力し得る才だ、というゲエテの有名な言葉は、殆ど理解されていない。努力は凡才でもするからである。然《しか》し、努力を要せず成功する場合には努力はしまい。彼には、いつもそうあって欲しいのである。天才は寧《むし》ろ努力を発明する。凡才が容易と見る処に、何故、天才は難問を見るという事が屢々《しばしば》起るのか。詮《せん》ずるところ、強い精神は、容易な事を嫌うからだという事になろう。自由な創造、ただそんな風に見えるだけだ。制約も障碍《しょうがい》もない処で、精神はどうしてその力を試す機会を摑むか。何処《どこ》にも困難がなければ、当然進んで困難を発明する必要を覚えるだろう。それが凡才には適《かな》わぬ。抵抗物のないところに創造という行為はない。これが、芸術に於ける形式の必然性の意味でもある。あり余る才能も頼むに足らぬ、隅々まで意識され、何んの秘密も困難もなくなって了《しま》った世界であってみれば、――天才には天才さえ容易とみえる時期が到来するかも知れぬ。モオツァルトには非常に早く来た。ウィゼワの言う「モオツァルトの精神の危機」とは、そういうものではなかったか。もはや五里霧中の努力しか残されてはいない。努力は五里霧中のものでなければならぬ。努力は計算ではないのだから。これは、困難や障碍の発明による自己改変の長い道だ。いつも与えられた困難だけを、どうにか切り抜けて来た、所謂《いわゆる》世の経験家や苦労人は、一見意外に思われるほど発育不全な自己を持っているものである。

一七八二年から八五年にかけて、モオツァルトは、六つの絃楽《げんがく》四重奏曲を作り、これを*ハイドンに捧《ささ》げた。献辞のなかで、「これらの子供達が、私の長い間の刻苦精励による結実である事を信じて戴《いただ》きたい」と言い、「今日から貴方《あなた》の御世話になる以上、父親の権利も、そっくり貴方にお委《ゆだ》ねする。親の慾目《よくめ》で見えなかった欠点もあろうが、大目に見てやって戴きたい」と言っている。刻苦精励による借財の返却、努力し得る才、他にどんな道があったろうか。音楽上の借財に比べれば、彼が実生活の上で苦しんだ借財の如きは言うに足りなかったのである。

この六つのクワルテット*は、凡《およ》そクワルテット史上の最大事件の一つと言えるのだが、モオツァルト自身の仕事の上でも、殆ど当時の聴衆なぞ眼中にない様な、極めて内的なこれらの作品は、続いて起った「フィガロの結婚」*の出現より遥かに大事な事件に思われる。僕はその最初のもの（K. 387）*を聞くごとに、モオツァルトの円熟した肉体が現れ、血が流れ、彼の真の伝説、彼の黄金伝説は、ここにはじまるという想いに感動を覚えるのである。

7

プロドンム*が、モオツァルトに面識あった人々の記録を沢山集めているが（J.-G. Prod'homme; Mozart raconté par ceux qui l'ont vu.）、そのなかで、特に僕の注意をひいた話が二つある。義妹のゾフィイ・ハイベル*はこんな事を言っている。

「彼はいつも機嫌がよかった。併《しか》し、一番上機嫌な時でも、心はまるで他処《よそ》にあるという風であった。仕事をしながら、全く他の事に気を取られていて、刺す様な眼付きでじっと眼を据えていながら、どんな事にも、詰らぬ事にも面白い事にも、彼の口はきちんと応答するのである。朝、顔を洗っている時でさえ、部屋を行ったり来たり、両足の踵《かかと》をコツコツぶつけてみたり、少しもじっとしていない、そしていつも何か考えている。食卓につくと、ナプキンの端をつかみ、ギリギリ捩《ねじ》って、鼻の下を行ったり来たりさせるのだが、考え事をしているから、当人は何をしているか知らぬ様子だ。そんな事をしながら、さも人を馬鹿にした様な口付きをよくする。馬だとか玉突だとか、何か新しい遊び事があれば、何にでも忽《たちま》ち夢中になった。細君は夫にいかがわしい附合をさせまいとあらゆる手を尽すのであった。彼はいつも手や足を動かしていた。いつも何かを、例えば帽子とかポケットとか時計の鎖だとか椅子《いす》だとかをピアノの様に弄《もてあそ》んでいた」

もう一つは、義兄のヨゼフ・ランゲの書いたもので、彼の絵については既に触れたが、この素人画家が、モオツァルトの肖像を描こうとした動機は、恐らくここにあったただろう。彼はこう言っている。

「この偉人の奇癖については、既に多くの事が書かれているが、私はここで次の一事を思い出すだけで充分だとして置こう。彼はどう見ても大人物とは見えなかったが、特に大事な仕事に没頭している時の言行はひどいものであった。あれやこれや前後もなく喋《しやべ》り散らすのみならず、この人の口からとあきれる様なあらゆる種類の冗談を言う。思い切ってふざけた無作法な態度をする。自分の事はおろか、凡《およ》そ何にも考えてはいないという風に見えた。或《あるい》は理由はわからぬが、そういう軽薄な外見の裏に、わざと内心の苦痛を隠しているのかもしれない。或は又、その音楽の高貴な思想と日常生活の俗悪さとを乱暴に対照させて悦に入り、内心、一種のアイロニィを楽しんでいたのかも知れぬ。私としては、こういう卓絶した芸術家が、自分の芸術を崇《あが》めるあまり、自分という人間の方は取るに足らぬと見限って、果てはまるで馬鹿者の様にして了《しま》う、そういう事もあり得ぬ事ではあるまいと考えた」

二つともなかなか面白い話であるが、僕が特にここに引用したのは、モオツァルトの伝記は、この二つの話に要約されているとさえ思われたからだ。ベエトオヴェンも、仕事に熱中している時には、自ら「ラプトゥス」*と呼んでいた一種の狂気状態に落入った。これはモオツァルトの白痴状態とは、趣きが変っていて、怒鳴ったり喚《わめ》いたりの人騒がせだったそうである。一人であばれているベエトオヴェンからは、逃げ出せば済んだだろうが、逃げ出すには上機嫌過ぎたモオツァルトとなると、これは、ランゲの様な正直な友達にはよほど厄介な事だったろうと察せられる。彼等のラプトゥスが彼等の天才と無関係とは考えられぬ以上、これは又評家にとっても込入った厄介な問題となろう。僕は、何も天才狂人説などを説こうとするのではない。人間は、皆それぞれのラプトゥスを持っていると簡単明瞭《めいりょう》に考えているだけである。要するに数の問題だ。気違いと言われない為には、同類をふやせばよいだろう。

それは兎《と》も角《かく》、モオツァルトの伝記作者達は、皆手こずっている。確実と思われる彼の生活記録をどう配列してみても、彼の生涯に関する統一ある観念は得られないからである。妹の観察した「少しもじっとしていないモオツァルト」は彼の生涯のあらゆる場所に現れて、ナプキンを捩《ねじ》る。六つの時から、父親の野心と監視の下に、ヨオロッパ中を引摺《ひきず》り廻され、作曲と演奏とに寧日《ねいじつ》のない彼の姿は、殆《ほとん》ど旅興行の曲馬団*ででも酷使されている神童と言った様なものにしか見えない。イタリイの自然も歴史も、彼の大きな鼻と睡《ねむ》そうな眼をどうする事も出来ない。機械に故障のない限り動いているこの自動人形の何処《どこ》にモオツァルトという人間を捜したらよいか。やがて、恋愛、結婚、生活の独立という事になるのだが、僕等は、其処《そこ》に、この非凡な人間にふさわしい何物も見付け出す事は出来ない。彼にとって生活の独立とは、気紛《きまぐ》れな註文《ちゅうもん》を、次から次へと凡そ無造作に引受けては、あらゆる日常生活の偶然事に殆ど無抵抗に屈従し、その日暮しをする事であった。

成る程、芸術史家に言わせれば、モオツァルトは、芸術家が己れの個人生活に関心を持つ様な時代の人ではなかった。芸術は生活体験の表現だという信仰は次の時代に属しただろうが、そんな事を言ってみても、彼の統一のない殆ど愚劣とも評したい生涯と彼の完璧《かんぺき》な芸術との驚くべき不調和をどう仕様もない。例えば、バッハの忍耐強い健全な生涯は、喜びにも悲しみにも筋金の通った様な彼の音楽と釣合って見える。では、伝記作者達が、多くの文献を渉猟《しょうりょう》して選択する確実な彼の生活記録というのも、実はモオツァルトのラプトゥスの発作とまでは行かぬ様々な症例に過ぎなかった、という実も蓋《ふた》もない事になるか。それならベエトオヴェンの場合、彼のラプトゥスにもかかわらず、と言うよりも寧《むし》ろその故《ゆえ》に、彼の生涯と彼の芸術との間に独特な調和が現れて来るのはどうしたわけか。併し、そういう事では話は進みもしないし纏《まと》まりもしまい。

＊ヴァレリイはうまい事を言った。自分の作品を眺めている作者とは、或る時は家鴨《あひる》を孵《かえ》した白鳥、或る時は、白鳥を孵した家鴨。間違いない事だろう。作者のどんな綿密な意識計量も制作という一行為を覆《おお》うに足りぬ、ただそればかりではない、作者はそこにどうしても滑り込む未知や偶然に、進んで確乎《かっこ》たる信頼を持たねばなるまい。それでなければ創造という行為が不可解になる。してみると家鴨は家鴨の子しか孵せないという仮説の下に、人と作品との因果的連続を説く評家達の仕事は、到底作品生

成の秘義には触れ得まい。彼等の仕事は、芸術史という便覧に止まろう。ヴァレリイが、芸術史家を極度に軽蔑したのも尤《もっと》もな事だ。

併しヴァレリイにはヴァレリイのラプトゥスがあったであろう。要は便覧を巧みに使う事だ。巧みに使って確かに有効ならば、便覧もこの世の生きた真実と何処《どこ》かで繋《つな》がっているに相違ない。創造する者も創造しない者も、僕等は皆いずれは造化の戯《たわむ》れのなかに居る。*ラプラスの魔を信ずるのもよい。但《ただ》し、この理論上の魔も、よくよく見れば、生命と同じ様に未知であろう。

批評の方法が進歩したからと言って、批評という仕事が容易になったわけではない。批評の世界に自然科学の方法が導入された事は、見掛けほどの大事件ではない。それは批評能力が或る新しい形式を得たというに止まり、批評も亦《また》一種の文学である限り、その点では、他の諸芸術と同様に、表現様式の変化を経験しただけの事である。批評の方法も創作の方法と本質上異るところはあるまい。例えば、*テエヌの方法を借用する人と自分の方法を発明するテエヌとは違った世界の人だ。借用した人にとっては、仕事は方法の結果であろうが、発明者には、必ずしもそうではなかったろう。寧ろ逆だったかも知れぬ。*テエヌがバルザックを捉《とら》えたのか、バルザックがテエヌを捉えたのか、これは難かしい問題である。少くとも彼の有名な*faculté maîtresse の方法は、彼自身の天才を捉え損なった事は確かだろう。この大批評家の裡《うち》には芸術家が同居していた。彼の方法が何処で成功し、何処で失敗するかは既に周知の事だ。そういう口をきかない事だ。何物も過ぎ去りはしない。人間の為《し》た事なら何事も他人事ではない。

モオツァルトという最上の音楽を聞き、モオツァルトという馬鹿者と附合わねばならなかったランゲの苦衷を努めて想像してみよう。必要とあれば、其処に既に評家のあらゆる難問が見付かる。と言うより評家が口づけに呑《の》まねばならぬ批評の源泉が見つかる。ランゲが出会ったのは、決して例外的な一問題という様なものではなく、深く自然な一つの事件なのであり、彼が、この取付く島もない事件に固執して逃れる術《すべ》を知らなかったのは、ただ友人の音楽が彼を捉えて離さなかったという単純な絶対的な理由による。一番大切なものは一番慎重に隠されている、自然に於いても人間に於いても。生活と芸術との一番真実な連続が、両者の驚くべき不連続として現れないと誰が言おうか。

この素人《しろうと》画家は絵筆をとる。そして、モオツァルトの楽しんでいる一種のアイロニイ云々《うんぬん》という様な類《たぐ》いの曖昧《あいまい》な判断を一切捨てて了う。そういう心理的判断がもはや何んの役にも立たぬ、正しい良心ある肖像画家の世界に、彼は這入《はい》って行く。絵は未完成だし、決して上手とは言えぬが、真面目《まじめ》で、無駄がなく、見ていると何んとも言えぬ魅力を感じて来る。原画はザルツブルグ*にあるのだそうだが、一生見られそうもないものなど、見たいとも思わぬ。写真版から、こちらの勝手で、適当な色彩を想像しているのに、向うの勝手で色など塗られてはかなわぬという気さえもして来る。ともあれ、僕の空想の許す限り、これは肖像画の一傑作である。画家の友情がモオツァルトの正体と信ずるものを創り出している。深い内的なある感情が現れていて、それは、ランゲのものでもモオツァルトのものでもある様に見え、人間が一人で生きて死なねばならぬ或る定かならぬ理由に触れている様に見える。モデルは確かにモオツァルトに相違ないが、彼は実生活上強制されるあらゆる偶然な表情を放棄している。言わばこの世に生きる為に必要な最少限度の表情をしている。ランゲは、恐らく、こんな自分の孤独を知らぬ子供の様な顔が、モオツァルトに時々現れるのを見て、忘れられなかったに相違ない。どうして絵が未完成に終ったか、勿論《もちろん》わからないが、惟《おも》うに画家の力の不足によるのだろう。

もう一つ僕の好きなモオツァルトの肖像がある。それはロダン*のものだ。ここには一見して解《わか》る様なものは何一つない。言われてみなければ、誰もこれがモオツァルトの首だとは思うまい。恐らくバルザックやボオドレエルの肖像に見られると同様に、これは作者の強い批評と判断との結実であり、そういう能力を見る者に強要している。

僕は、はじめてこの写真を友人の許《もと》で見せられた時、このプルタアク*の不幸な登場人物の様に見えるかと思えば、数学とか電気とかに関する発明家の様にも見える顔から、モオツァルトに関する世間の通説俗説を凡《およ》そ見事に黙殺した一思想を読みとるのに、よほど手間がかかったのである。もはやモオツァルトというモデルは問題ではない。嘗《かつ》てあったモオツァルトは微塵《みじん》となって四散し、大理石の粒子となり了《おわ》り、彫刻家の断乎《だんこ》たる判断に順じて、あるべきモオツァルトが石のなかから生れて来る。頑丈な頭《ず》蓋《がい》は、音楽を包む防壁の様に見える。痩《や》せた顔も、音楽の為に痩せている様に見える。ロダンの考えによれば、モオツァルトの精髄は、表現しようとする意志そのもの、苦痛そのものとでも呼ぶより仕方のない様な、一つの純粋な観念に行きついている様に思われる。

8

スタンダアルが、モオツァルトの最初の心酔者、理解者の一人であったという事は、なかなか興味ある事だと思う。スタンダアルがモオツァルトに関して書き遺《のこ》した処は、「ハイドン・モオツァルト・メタスタシオ伝」*だけであり、それも剽窃《ひょうせつ》問題で喧《やか》ましい本で、スタンダリアン*が納得する作者の真筆という事になると、ほんの僅《わず》かばかりの雑然とした印象記になって了《しま》うのであるが、この走り書きめいた短文の中には、「全イタリイの輿論《よろん》に抗する」余人の追従を許さぬ彼の洞察がばら撒《ま》かれている。結末は、取ってつけた様な奇妙な文句で終っている。「哲学上の観点から考えれば、モオツァルトには、単に至上の作品の作家というよりも、更に驚くべきものがある。偶然が、これほどまでに、天才を言わば裸形にしてみせた事はなかった。この嘗《かつ》てはモオツァルトと名付けられ、今日ではイタリイ人が怪物的天才と呼んでいる驚くべき結合に於いて、肉体の占める分量は、能《あた》うる限り少かった」

僕には、この文章が既に裸形に見える。この文句は、長い間、僕の心のうちにあって、あたかも、無用なものを何一つ纏《まと》わぬ、純潔なモオツァルトの主題の様に鳴り、様々な共鳴を呼覚ました。果てはモオツァルトとスタンダアルとの不思議な和音さえ空想するに到《いた》った。僕は間違っているかも知れない。それとも、精神界の諸事件が、何処《どこ》で結ばれ、何処で解けて離れるか、そういう事柄、要するに、「裸形になった天才」という様な言葉が生れる所以《ゆえん》のものは、観察するよりも空想するに適するのかも知れぬ。多くの読者が喝采《かっさい》するスタンダアルの容赦のない侮蔑嘲笑《ぶべっちょうしょう》の才を、僕はあまり大事なものと見ない。それは彼の天賦《てんぷ》の才というより寧《むし》ろ大革命後の虚偽と誇張とに充《み》ちた社会風景が彼に強いた衣裳《いしょう》である。必要以上に磨きをかけられた彼の利剣*である。彼はもっと内部の宝を持って生れた。これは言う迄《まで》もなく、自我たらんとする極めて意識的な強烈な努力なのであるが、ここにもエゴティスム*という有名な衣裳が、彼の手というより寧ろ後世のスタンダリアンの手によって発明され、真相は恐らく覆《おお》われたのである。何故《なぜ》かと言うと、生涯に百二十乃至《ないし》百三十の偽名*を必要としたエゴティストというものを理解するのは、容易な業《わざ》ではなかったからだ。虚偽から逃れようとする彼の努力は凡《およ》そ徹底したものであり、この努力の極まるところ、彼は、未だ世の制度や習慣や風俗の嘘《うそ》と汚れとに染まぬ、と言わば生れたばかりの状態で持続する命を夢想するに到った。極度に明敏な人は夢想するに到る。限度を越えて疑うものは信ずるに到る。ここに生れた、名付け難いものを、彼は、時と場合に応じて「幸福」とも「精力」とも「情熱」とも呼んだ。（これらが「原理」と呼ばれたのは、彼の理論癖が認めた便宜に過ぎない。）確かに、時と場合とに応じてである。この生活力の旺盛な徹底した懐疑家は、自ら得たこれらの行動に関する諸原理を、一つ一つ実地に応用してみて、確かめる必要を感じていたから。彼は、当然、失敗した、情熱人になる事にも、幸福人になる事にも、精力人になる事にも。世間で成功するとは、世間に成功させて貰《もら》う事に他ならなかったから。併《しか》し、又、当然、この失敗は、一方、彼に、これらの観念に固有の純潔さと強さとを確かめさせた事になる。そこで、凡そ行為は、無償であればある程美しく、無用であればある程真実であるというパラドックスの上に、彼は平然と身を横たえ、月並みな懐疑派たる事を止《や》める。

彼は、この行為の無償性無用性の原理から、言い代えれば、この大真面目な気紛《きまぐ》れから、幾多の人間の生れるのを見、めいめいに名前を与えて、これを生きる必要に迫られた。本人はどうなったか。無論、これは悪魔に食われた。気紛れな本人などというものはない。本人であるとは、即《すなわ》ち世間から確かに本人だと認められる事だ。そんな本人には、スタンダアルは（断って置くが、この偽名が一番後世の発明臭い）我慢が出来なかったとすれば、致し方のない事である。彼が演じたエゴティスムという大芝居は、喜劇とも見られ、悲劇とも見られようが、確かな事は、この芝居には、当然、順序も統一も筋さえないという事である。こんなに伝記作者が手こずる生涯はあるまい。嘗てベイル*と名付けられた人物と、スタンダアルを初めとする一群の偽名を擁した怪物的天才との驚くべき結合に於いて、肉体の占める分量は、能《あた》う限り少かったと云えようか。

この精神の舞台には、兵士や恋人とともに作家も登場していた事を忘れまい。無論、これが一番難かしい役ではあったが。彼は当時の文学を殆《ほと》ど信用していなかった。一番評判な文学を一番信用しなかった。誰も彼もが、＊浪漫派文学の華々しい誕生に心を跳《おど》らせていた時、彼は殆ど憎悪《ぞうお》を以って、その不自然さと誇張との終末する時を希《ねが》った。そうかと言って、既に過ぎ去ったものは、この全く先入見のない精神には、確実に過ぎ去ったものと見えた。古典的調和の世界は、出来るだけ自由に夢み、新鮮に感じ、敏捷《びんしょう》に動こうとするこの人間を捉える事は出来なかった。作家に扮《ふん》した俳優は、自力で演技の型を発明しなければならなかったばかりでなく、観客さえ発明しなければならなかった。演技は、＊ナポレオンの民法の様に、裸な様式でなければならず、観客は一八八〇年以後に現れる筈《はず》であった。役者は、この難かしい役を、ともかくやり遂《おお》せた。文学は、何はともあれ、この人物の一番真面目な気紛れだったから。だが、若《も》し彼が何処かで恋愛に成功していたら、或《あるい》は、ナポレオンの帝国が成功していたなら、彼は小説など書かなかったかも知れぬ事を忘れまい。この純潔すぎた精神の演じた超時代的な、異様な芝居を、若し或る驚くほど炯眼《けいがん》な観客があって、序幕から大詰に至るまで、その細部に渉《わた》って鑑賞する事が出来たとすれば、偶然が、これほどまでに、天才を裸形にしてみせた事はなかったと嘆じなかっただろうか。

芝居は永久に過ぎ去り、僕等は、遺されたスタンダアルという一俳優の演技で満足しなければならないのであるが、こういう人の文学については、文学史家の常識となっているところさえ、疑ってかかっても、差支《さしつか》えないとまで思う。世の所謂《いわゆる》彼の代表作も、案外見掛けだけのものかも知れぬ。数頁《ページ》のモオツァルト論も、数百頁の「赤と黒」*に釣合っていないとも限るまい。僕は、この人物の裡《うち》に棲《す》んでいた一音楽愛好者の事を言うのではない。この複雑な理智の人は、又優しい素朴な感情を持ち、不幸な時には、音楽が彼を慰めた、という風な事が言いたいのではない。音楽の霊は、己れ以外のものは、何物も表現しないというその本来の性質から、この徹底したエゴティストの奥深い処《ところ》に食い入っていたと思えてならないのである。彼が、人生の門出に際して、モオツァルトに対して抱いた全幅の信頼を現した短文は、洞察と陶酔との不思議な合一を示して、いかにも美しく、この自己告白の達人が書いた一番無意識な告白の傑作とさえ思われる。「パルムの僧院」*のファブリス*の様な、凡そモデルというものを超脱した人間典型を、発明しなければならぬ予覚は、既に、モオツァルトに関する短文のうちにありはしないか。こういう大胆で柔順で、優しく又孤独な、凡そ他人の意見にも自分自身の意見にも躓《つまず》かず、自分の魂の感ずるままに自由に行動して誤《あやま》たぬ人間、無思想無性格と見えるほど透明な人間の作者に、音楽の実際の素材と技術とを欠いた音楽家スタンダアルの名を空想してみる事は、差支えあるまい。心理学者スタンダアルの名を口にするよりは増しであろう。他人の欺瞞《ぎまん》と愚劣とを食って生きたこの奇怪な俳優の名は、ニイチェ*以来濫用《らんよう》されている。

扨《さ》て、スタンダアルには、何が欠けていたか。——彼が若し、モオツァルトの様に、若年の頃から一つの技術の習練を強制され、意識の最重要部が、その裡に形成される様な運命に生きたなら、彼はどうなったであろうか。——併し、空想はあまり遠くまで走ってはよくあるまい。

9

現在、僕等が読む事が出来るモオツァルトの正確な書簡集が現れるまでに、考証家達が払った労苦は並大抵のものではあるまい。僅《わず》か三百数十通の手紙のフランス語訳の仕事に生涯を賭《と》した人さえある。而《しか》も得たところは、気高い心と猥褻《わいせつ》な冗談、繊細な感受性と道化染みた気紛《きまぐ》れ、高慢ちきな毒舌と諦《あきら》め切った様な優しさ、自在な直覚と愚かしい意見、そういうものが雑然と現れ、要するにこの大芸術家には凡《およ》そ似合わしからぬ得体の知れぬ一人物の手になる乱雑幼稚な表現であった。彼等の労を犒《ねぎら》うものは、これと異様な対照を示すあの美しい音楽だけだとしてみると、彼等も又悪魔にからかわれた組か、とさえ思いたい。併《しか》し、音楽の方に上手にからかわれていさえすれば、手紙にからかわれずに済むのではあるまいか。手紙から音楽に行き着く道はないとしても音楽の方から手紙に下りて来る小径は見付かるだろう。スタンダアルが看破した様に、この天才に於いて、能《あた》うる限り少かった肉体の部分の表現として、モオツァルトの書簡集を受取る事。読み方はあまり易しくはない。が、要するに頭髪に覆《おお》われた彼の異様な耳が、手紙の行間から現れて来るまで待っていればよい。例は一つで足りるであろう。

一七七七年、廿一歳のモオツァルトは、一家の希望を負い、音楽による名声獲得の為に、母親と二人で、大旅行の途につく。翌年の夏、パリ滞在中母親が死ぬ。不幸のあった夜、モオツァルトは、同時に二通の手紙を故郷に書き送った。一通は父親宛《あて》、一通は友人のブルリンガア*宛である。友人に宛てた手紙では、「自分と一緒に泣いて貰《もら》いたい。一生で一番悲しい日が来た」という書出しで、母親の死を伝え、母親はいずれ死ぬ運命であった、神様がそうお望みになったのだから致し方はない、と繰返し述べ、さて、臨終は夜の十時過ぎであったが、今は夜中の二時である。君への手紙と同封で父親宛の手紙も送るのだが、これには母親の死を隠してある、突然、悲しい知らせで父や姉を驚かすに忍びない、君から何んとなく匂《にお》わせて予《あらかじ》め心構えをさせてやって置いてほしい、と結んでいる。父宛の手紙では、母が重態だという事、若《も》しもの事があっても気を落さぬ様に、だが、病人はやがて元通り元気になるであろう、そう神様にお祈りをしている、いずれにせよ、神様のお計《はから》いは人間にはどう仕様もない、平常使い慣れている楽器にしてもそういうものである、云々《うんぬん》、という主題が済むと、「さて、他の事をお話しする事にしましょう」と筆は一転し、パリに於ける自分のシンフォニイの大成功とその後で食った氷菓子のうまかった事、ヴォルテエル*というペてん師が犬の様にくたばった、因果応報である、因果応報と言えば、家の女中が、給金の払いが二ヶ月も遅れていると書いてよこしましたよ、と言った具合で、恋人の事やオペラの事や凡そ母親の死とは関係のない長話しが続くのである。数日後、父親宛に、前便に嘘を書いた事を詫《わ》び、私は心から苦しみ、はげしく泣いた、父上もお姉様も、泣きたいだけお泣きになるがよい、しかしその後では、凡《すべ》ては神様の思召《おぼしめ》しとお考え願いたい、そういう文句が続くと、急に調子が変り、今、この手紙を書いているのは、グリム氏*の家で気持ちのいい綺麗《きれい》な部屋だ、私は大変幸福です、それから何や彼やと雑然とした身辺の報告になる。

これらの凡庸で退屈な長文の手紙を引用するわけにはいかなかったのであるが、書簡集につき、全文を注意深く読んだ人は、そこにモオツァルトの音楽に独特た、あの唐突に見えていかにも自然な転調*を聞く想《おも》いがするであろう。音楽家の魂が紙背《しはい》から現れてくるのを感ずるだろう。死んだ許《ばか》りの母親の死体の傍で、深夜、ただ一人、虚偽の報告と余計なおしゃべりを長々と書いているモオツァルトを、僕は努めて想像してみようとする。そこに坐っているのは、大人振った子供でもなければ、子供染《じ》みた大人でもない。そういう観察は、もはや、彼が閉じ籠った夢のなかには這入って行けない。父親に嘘をつこうという気紛れな思い付きが、あたかも音楽の主題の様に彼の心中で鮮やかに鳴っているのである。それは彼の音楽の手法に従って転調するのであるが、彼のペンは、音符の代りに、ヴォルテエルだとか氷菓子だとかと書かねばならず、従ってその効果については、彼は何事も知らない。郵便屋は、確かに手紙を父親の許《もと》まで届けたが、彼の不思議な愛情の徴《しる》しが、一緒に届けられたかどうかは、甚だ疑わしい。恐らくそんなものは誰の手にも届くまい。空に上り、鳥にでもなるより他はなかったかも知れぬ。ただ、モオツァルト自身は、届いた事を堅く信じていた事だけが確かである。僕には、彼の裸で孤独な魂が見える様だ。それは、人生の無常迅速よりいつも少しばかり無常迅速でなければならなかったとでも言いたげな形をしている。母親を看病しながら、彼の素早い感性は、母親の屍臭《ししゅう》を嗅《か》いで悩んだであろう。彼の悩みにとっては、母親の死は遅く来すぎたであろうし、又、来てみれば、それはあまり単純すぎたものだったかも知れぬ。彼は泣く。併し人々が泣き始める頃には彼は笑っている。

スタンダアルは、モオツァルトの音楽の根柢《こんてい》はtristesse（かなしさ）というものだ、と言った。定義としてはうまくないが、無論定義ではない。正直な耳にはよくわかる感じである。浪漫派音楽がtristesseを濫用《らんよう》して以来、スタンダアルの言葉は忘れられた。tristesseを味《あじわ》う為に涙を流す必要がある人々には、モオツァルトのtristesseは縁がない様である。それは、凡そ次の様な音を立てる、アレグロ*で。（ト短調*クインテット、K. 516.）

ゲオン*がこれをtristesse allante*と呼んでいるのを、読んだ時、僕は自分の感じを一と言で言われた様に思い驚いた（Henri Ghéon ; Promenades avec Mozart*.）。確かに、モオツァルトのかなしさは疾走する。涙は追いつけない。涙の裡《うち》に玩弄《がんろう》するには美しすぎる。空の青さや海の匂いの様に、「万葉」の歌人が、その使用法をよく知ってい

た「かなし」という言葉の様にかなしい。こんなアレグロを書いた音楽家は、モオツァルトの後にも先きにもない。まるで歌声の様に、低音部のない彼の短い生涯を駈《か》け抜ける。彼はあせってもいないし急いでもいない。彼の足どりは正確で健康である。彼は手ぶらで、裸で、余計な重荷を引摺《ひきず》っていないだけだ。彼は悲しんではいない。ただ孤独なだけだ。孤独は、至極当り前な、ありのままの命であり、でっち上げた孤独に伴う嘲笑《ちょうしょう》や皮肉の影さえない。

モオツァルトの音楽の深さと彼の手紙の浅薄さとの異様な対照を説明しようとして、――彼は人に自分の心の奥底は決して覗《のぞ》かせなかった、又、そういう相手にも生涯出会わなかった、父親に対する敬愛の情も、どこまで本気なのか知れたものではない、とどのつまり、結婚事件では、見事に父親は背負い投げをくっているではないか、その最愛の妻にも、愚かな冗談口しかきいていないではないか、つまるところ彼は、自分の芸術に関する強い自負と結び付いた人生への軽蔑《けいべつ》の念を、人知れず秘めていたのではあるまいか、――そういう風な見方をする評家も少くない様である。

併し、僕はそういう見方を好まぬ。そういう尤《もっと》もらしい観察には何か弱々しい趣味が混入している様に思われる。十九世紀文学が、充分に注入した毒に当った告白病者、反省病者、心理解剖病者等の臭《にお》いがする。彼等にモオツァルトのアレグロが聞えて来ることは思えない。彼等の孤独は、極めて巧妙に仮構された観念に過ぎず、時と場合に応じて、自己防衛の手段、或《あるい》は自己嫌悪《けんお》の口実の為に使用されている。ある者はこれを得たと信じてあたりを睥睨《へいげい》し、ある者はこれに捉《とら》えられたと思い込んで苦しむ。

成る程、モオツァルトには、心の底を吐露する様な友は一人もなかったのは確かだろうが、若し、心の底などというものが、そもそもモオツァルトにはなかったとしたら、どういう事になるか。心の底というものがあったとする。そこには何かしら或る和音が鳴っていただろう。それは例えば恋人の眼差しに或る楽句が鳴っているのと同断であり、二つながらあの広大な音楽の建築の一部をなしている点で甲乙はない。そういう音楽を世間にばら撒《ま》きながら生きて行く人にとって、語るべき友がいるとかいないとかいう事が何だろう。という事は、たとえ知己があったとしてもモオツァルトは同じ様な手紙しか遺《のこ》さなかっただろうという事だ。彼は、手紙で、恐らく何一つ隠してはいまい。不器用さは隠すという事ではあるまい。要はこの自己告白の不能者から、どんな知己も大した事を引出し得まいという事だ。

自己自身たらんとする意識的な努力が、スタンダアルの様に、自己勦滅《*そうめつ》の強い力となって働く場合は稀有《けう》な事であり、先《ま》ず大抵の場合は、自分の裡に自分自身という他人を同居させるという不思議な遊戯となって終る。孤独と名付けられる舞台で、自己との対話という劇が演じられる。例えばシュウマンの音楽は、そういう劇の伴奏をしたかもしれないが、モオツァルトの音楽には、これは縁のない芝居である。モオツァルトの孤独は、彼の深い無邪気さが、その上に坐るある充実した確かな物であった。彼は両親の留守に遊んでいる子供の様に孤独であった。彼の即興は、音楽のなかで光り輝く。彼の気紛れも亦《また》世間に衝突して光り輝く筈《はず》であったが、政治と社交の技術を欠いたこの野人には、それが恐らく巧《うま》くいかなかっただけなのである。*メエリケが、彼の有名な「プラアグへ旅するモオツァルト」のなかで、或る貴族の客間で、自分の音楽について巧みな話題を操るモオツァルトの姿を描いているが、お伽話《とぎばなし》に過ぎまい。それよりも、玉突屋の亭主と酒を呑《の》み、どんな独創的な冗談話を彼がしこたま発明したか、記録に遺されていないのが残念である。

誰でも自分の眼を通してしか人生を見やしない。自分を一っぺんも疑ったり侮蔑《ぶべつ》したりした事のない人に、どうして人生を疑ったり侮蔑したりする事が出来ただろうか。彼には、利己心の持ち合わせが、まるで無かったから、父親の冷い利己心は見えなかった。彼は父親を心から敬愛した。だが、したい事がしたい時には、父親の意見など存在しなかった。彼の妻は、死後再婚し、はじめて前の夫が天才だったと聞かされ、驚いた。それほど彼女は幸福であった。彼の妻への愚劣な冗談が誠意と愛情とに充《み》ちていたからである。この十八世紀人の単純な心の深さに比べれば、現代人の心の複雑さは殆《ほとん》ど底が知れているとも言えようか。彼の音楽に関する自負は、――これはもう、手紙など書いているモオツァルトとは、大して関係のない世界になる。

10

モオツァルトは、ピアニストの試金石《しきんせき》だとはよく言われる事だ。彼のピアノ曲の様な単純で純粋な音の持続に於いては、演奏者の腕の不正確は直ぐ露顕せざるを得ない。曖昧《あいまい》なタッチが身を隠す場所がないからであろう。だが、浪漫派以後の音楽が僕等に提供して来た誇張された昂奮《こうふん》や緊張、過度な複雑、無用な装飾は、僕等の曖昧で空虚な精神に、どれほど好都合な隠所を用意してくれたかを考えると、モオツァルトの単純で真実な音楽は、僕等の音楽鑑賞上の大きな試金石でもあると言える。モオツァルトの美しさなどわかり切っている、という人は、自分の精神を、冷い石にこすり付けてみて驚くであろう。

単純で真実な音楽、これはもはや単なる耳の問題ではあるまいが、正直な耳、正直な故《ゆえ》に鋭敏な耳を持つだけでも、容易ならぬ事である。例えば、モオツァルトと言えば、誰でも直ぐハイドンの名を口にする。二人が互に影響し合った事は周知の事だが、非常によく似た二人の器楽に耳を澄まし、二人の個性の相違に、今更の様に驚くのはよい事である。モオツァルトの歌劇の美しさに心を奪われるよりも、そういう処《ところ》に、モオツァルトの世界の本当の美しさに這入《はい》る鍵《かぎ》があるかも知れないからである。

ワグネルは、モオツァルトのシンフォニイの恐らく最初の大解説者であり、いろいろ興味ある意見を述べているが、モオツァルトのシンフォニイがハイドンのシンフォニイと異る決定的なところは、その「器楽主題の異常に感情の豊かな歌う様な性質にある」*とする。この意見は、今日では定説となっている様だ。そうに違いない。「シンフォニイの父」*には歌声の魅力を、うまく扱えなかった。併《しか》し、そのモオツァルトの歌う様な主題が、実はどんなに短いものであるかという事には、あまり人々は注意したがらぬ。誰でもモオツァルトの美しいメロディイを言うが、実は、メロディイは一と息で終るほど短いのである。或る短いメロディイが、作者の素晴しい転調によって、魔術の様に引延ばされ、精妙な和音と混り合い、聞く者の耳を酔わせるのだ。そして、まさにその故に、それは肉声が歌う様に聞えるのである。モオツァルトの器楽主題は、ハイドンより短い。ベエトオヴェンは短い主題を好んで使ったが、モオツァルトに比べれば余程長いのである。言葉を代えれば、モオツァルトに比べて、まだまだメロディイを頼りにして書いているとも言えるのである。

　モオツァルトは、主題として、一と息の吐息、一と息の笑いしか必要としなかった。彼は、大自然の広大な雑音のなかから、何んとも言えぬ嫋《たお》やかな素速い手付きで、最少の楽音《がくおん》を拾う。彼は何もわざわざ主題を短くしたわけではない。自然は長い主題を提供する事が稀《ま》れだからに過ぎない。長い主題は工夫された観念の産物であるのが普通である。彼に必要だったのは主題という様な曖昧なものではなく、寧《むし》ろ最初の実際の楽音だ。或る女の肉声でもいいし、偶然鳴らされた*クラヴサンの音でもいい。これらの声帯や金属の振動を内容とする或る美しい形式が鳴り響くと、モオツァルトの異常な耳は、そのあらゆる共鳴を聞き分ける。凡庸な耳には沈黙しかない空間は、彼にはあらゆる自由な和音で満たされるだろう。ほんの僅《わず》かな美しい主題が鳴れば足りるのだ。その共鳴は全世界を満たすから。言い代えれば、彼は、或る主題が鳴るところに、それを主題とする全作品を予感するのではなかろうか。想像のなかでは、音楽は次々に順を追うて演奏されるのではない、一幅の絵を見る様に完成した姿で現れると、彼が手紙のなかで言っている事は、そういう事なのではなかろうか。こういう事が可能な為には、無論、作曲の方法を工夫したり案出したりする様な遅鈍な事では駄目なのであるが、モオツァルトは、その点では達人であった。三歳の時から受けた厳格な不断の訓練は、彼の作曲上のあらゆる手段の使用を、殆《ほとん》どクラヴサン上の指の運動の如《ごと》きものに化していた。

僕はハイドンの音楽もなかなか好きだ。形式の完備整頓《せいとん》、表現の清らかさという点では無類である。併し、モオツァルトを聞いた後で、ハイドンを聞くと、個性の相違というものを感ずるより、何かしら大切なものが欠けた人間を感ずる。外的な虚飾を平気で楽しんでいる空虚な人の好さと言ったものを感ずる。この感じは恐らく正当ではあるまい。だが、モオツァルトがそういう感じを僕に目覚ますという事は、間違いない事で、彼の音楽にはハイドンの繊細ささえ外的に聞える程の驚くべき繊細さが確かにある。心が耳と化して聞き入らねば、ついて行けぬようなニュアンスの細やかさがある。一と度この内的な感覚を呼び覚まされ、魂のゆらぐのを覚えた者は、もうモオツァルトを離れられぬ。

今、これを書いている部屋の窓から、明け方の空に、赤く染った小さな雲のきれぎれが、動いているのが見える。まるで、

の様な形をしている、とふと思った。三十九番シンフォニイの最後の全楽章が、このささやかな十六分音符の不安定な集りを支点とした梃子《てこ》の上で、奇蹟《きせき》の様にゆらめく様は、モオツァルトが好きな人なら誰でも知っている。主題的器楽形式の完成者としてのハイドンにとっては、形式の必然の規約が主題の明確性を要求したのであるが、モオツァルトにあっては事情は寧ろ逆になっている。捕えたばかりの小鳥の、野生のままの言い様もなく不安定な美しい命を、籠《かご》のなかでどういう具合に見事に生かすか、というところに、彼の全努力は集中されている様に見える。生れた許《ばか》りの不安定な主題は、不安に堪え切れず動こうとする、まるで己れを明らかにしたいと希《ねが》う心の動きに似ている。だが、出来ない。それは本能的に転調する。若《も》し、主題が明確になったら死んで了《しま》う。或る特定の観念なり感情なりと馴《な》れ合って了うから。これが、モオツァルトの守り通した作曲上の信条であるらしい。これは何も彼の主題的器楽に限った事ではない。もっと自由な形式、例えばdivertimento*などによく聞かれる様に、幾つかの短い主題が、矢継早やに現れて来る、耳が一つのものを、しっかり捕え切らぬうちに、新しいものが鳴る、又、新しいものが現れる、と思う間には僕等の心は、はやこの運動に捕えられ、何処《どこ》へとも知らず、空とか海とか何んの手懸《てがか》りもない所を横切って攫《さら》われて行く。僕等は、もはや自分等の魂の他何一つ持ってはいない。あの

tristesse が現れる。——

tristesse allante——モオツァルトの主題を形容しようとして、こういう互に矛盾する二重の観念を同時に思い浮べるのは、極めて自然な様に思われる。或るものは残酷な優しさであり、あるものは真面目《まじめ》臭った諧謔《かいぎゃく》である、という風なものだ。ベエトオヴェンは、好んで、対立する観念を現す二つの主題を選び、作品構成の上で、強烈な力感を表現したが、その点ではモオツァルトの力学は、遥《はる》かに自然であり、その故に隠れていると言えよう。一つの主題自身が、まさに破れんとする平衡の上に慄《ふる》えている。例えば、*四十一番シンフォニイの*フィナアレは、モオツァルトのシンフォニイのなかで最も力学的な構成を持ったものとして有名であるが、この複雑な構成の秘密は、既に最初の主題の性質の裡《うち》にある。

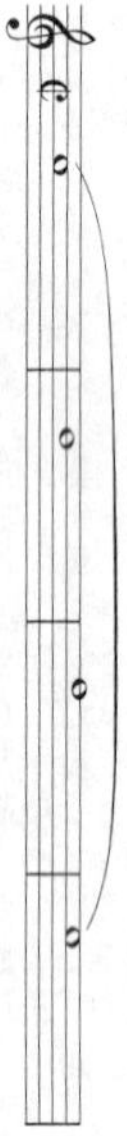

*第一ヴァイオリンの*ピアノで始るこの甘美な同じ旋律が、やがて全楽器の嵐のなかで、どの様な厳しい表情をとるか。

主題が直接に予覚させる自《おのず》らな音の発展の他、一切の音を無用な附加物と断じて誤らぬ事、而《しか》も、主題の生れたばかりの不安定な水々しい命が、和声の組織のなかで転調しつつ、その固有な時間、固有の持続を保存して行く事。これにはどれほどの意志の緊張を必要としたか。併し、そう考える前に、そういう僕等の考え方について反省してみる方がよくはないか。言い度い事しか言わぬ為に、意志の緊張を必要とするとは、どういう事なのか。僕等が落ち込んだ奇妙な地獄ではあるまいか。要するに何が本当に言いたい事なのか僕等にはもうよく判《わか》らなくなって来ているのではあるまいか。例えば、僕は、*ハ調クワルテット（K. 465）の第一楽章を聞いていて、モオツァルトの持っていた表現せんとする意志の驚くべき純粋さが現れて来る様を、一種の困惑を覚えながら眺めるのである。若し、これが真実な人間の*カンタアビレなら、もうこの先き何処に行く処があろうか。例えば*チャイコフスキイのカンタアビレまで堕落する必要が何処にあったのだろう。明澄《めいちょう》な意志と敬虔《けいけん》な愛情との*ユニッソン、極度の注意力が、果しない優しさに溶けて流れる。この手法の簡潔さの限度に現れる表情の豊かさを辿《たど》る為には、耳を持っているだけでは足りぬ。これは殆ど祈りであるが、もし明らかな良心を持って、千万無量の想《おも》いを託するとするなら、恐らくこんな音楽しかあるまい、僕はそんな事を想う。

ハイドンの器楽的旋律に、モオツァルトは歌声の性質を導入した。これは、モオツァルトが、偶々《たまたま》そんな事を思い付き、試みて成功したという筋のものではない。又、彼の成功が、音楽技術史上の一段階を劃《かく》したとも、僕は考えない。僕には、モオツァルトという古今独歩の音楽家に課せられた或る単純で深刻な行為の問題だけが見える。彼の音楽に、古典派から浪漫派に通ずる橋を見る人が誤っているとは言わぬ。彼の豊富な世界には、もし望むなら、ベエトオヴェンの激情もワグネルの肉感性も聞き分けられよう。*ドビュッシイや*フォオレの味《あじわ》いさえ感知出来よう。併し、そういう解釈を好む者が、モオツァルトが熟練と自然さとの異様な親和のうちに表現し得た彼の精神の自由を痛切に感得するかどうかを、僕は疑う。大音楽は、ただ耳の為にあるのではない。大シンフォニイも、もし望むなら、ささやきと聞えよう、沈黙もしよう。

誰も、モオツァルトの音楽の形式の均整を言うが、正直に彼の音を追うものは、彼の均整が、どんなに多くの均整を破って得られたものかに容易に気付く筈《はず》だ。彼は、自由に大胆に限度を踏み越えては、素早く新しい均衡を作り出す。到《いた》る処で唐突な変化が起るが、彼があわてているわけではない。方々に思い切って切られた傷口が口を開けている。独特の治癒法を発明する為だ。彼は、決してハイドンの様な音楽形式の完成者ではない。寧ろ最初の最大の形式破壊者である。彼の音楽の極めて高級な意味での形式の完璧《かんぺき》は、彼以後のいかなる音楽家にも影響を与えなかった、与え得なかった。

扨《さ》て、モオツァルトの歌劇について書かねばならぬ時となった様だが、多分、もう読者は、僕の言いたい事を、ほぼ推察してくれているだろう。モオツァルトは、当時の風潮に従い、音楽家としての最大の成功を歌劇に賭《か》けた。そして、確かに、彼の生前にも死後にも、最も成功したものは歌劇であったが、何もその事が、歌劇作者モオツァルトの名を濫用《らんよう》していい理由とはならぬ。わが国では、モオツァルトの歌劇の上演に接する機会がないが、僕は別段不服にも思わない。上演されても眼をつぶって聞くだろうから。僕は、それで間違いないと思っている。彼の歌劇には、歌劇作者よりも寧ろシンフォニイ作者が立っている、と言っても強《あなが》ち過言ではないと思う。ワグネルは、モオツァルトのシンフォニイを見事に解説したが、結局、シンフォニイ形式は、この天才の活動範囲を狭めたと断ぜざるを得なかった。狭めた事は深めた事ではなかったか。いや、源泉は、下流の様に拡《ひろが》っていないのが当然ではあるまいか。シンフォニイ作者モオツァルトは、オペラ作者モオツァルトから何物も教えられる処はなかった様に思われる。彼の歌劇は器楽的である。更に言えば、彼の音楽は、声帯による振動も木管による振動も、等価と感ずるところで発想されている。彼の室内楽でヴァイオリンとヴィオラとが対話する様に、「フィガロ」のスザンナ*が演技しない時には、ヴァイオリンが代りに歌うのである。

この歌劇の大家の天資には、ワグネルという大家が性格的に劇的であった様なものはないのである。モオツァルトのシンフォニイが、劇的動機を欠いているが為に、作者は其処《そこ》では巧妙な対位法家以上に出られなかったと、ワグネルが論ずる時、ワグネルは明らかに自分の理論のうちに閉じ籠《こも》っている。実を言えば、モオツァルトは、その歌劇に於いても、劇的動機を欠いている。劇的効果は劇的動機を必ずしも必要としない。モオツァルトという源泉が溢《あふ》れ、水は劇という河床を流れる。海に注ぐまで、この河は濁りを知らぬ。罪もなく悔恨もない精神の放蕩《ほうとう》である。ワグネルは、音楽の運動は、そのまま形ある劇の演技でなければならぬと信じたが、勿論《もちろん》、モオツァルトは、そんな理論を信じていない。彼の音楽は、決して芝居をしない。芝居の方でこれに追い縋《すが》る。従って、台本の愚劣さなぞ問題ではなかった。*ダ・ポンテは、モオツァルトに不思議なシンフォニイを書く機会を与えた。と言うのは、ここに肉声という素晴しい楽器が加えられたという事であり、何も「ドン・ジョヴァンニ」という標題を有し、「ドン・ジョヴァンニ」という劇的思想を表現した音楽が現れたというわけではない。

歌劇の台本がどんなに多様な複雑な表現を要求しようと、モオツァルトが音楽を組上げる基本となる簡単な材料は、器楽の場合と少しも変らなかった。それは依然として音階であり、少数のハアモニイ形式であり、僅か許りの和音の連繫《れんけい》であった。こういう単純な材料が、単純さの故《ゆえ》に、驚くべき組合せの自由を許した事は、彼の器楽が証する通りであるが、まさしくその同じ事情が、新たに加わった肉声という極めて精妙な楽器の音色を、この別種のシンフォニイの構成の中に他の楽器との見事な調和を保って持続させたのではあるまいか。

モオツァルトが歌声を扱う手法は器楽的主題を扱う時と同様に、極めて慎重である。登場の男女によって歌われる詠唱は、美しいメロディイに満ちているが、ワグネル以後、多くの作者によって、シンフォニイの中に織り込まれた所謂《いわゆる》*メロディストのメロディイは一つも見当らぬという事は、余程大事な事なのである。モオツァルトに捕えられた歌は、単なる美しい形の旋律ではない。人間の声である。それはやはり、あの明け方の空の切れ切れな雲だ。ヴァイオリンが結局ヴァイオリンしか語らぬ様に、歌はとどのつまり人間しか語らぬ、モオツァルトは、殆どそう言いたかったかも知れぬ。旋律の形もなさぬ人間の日常の肉声の持つ極めて複雑なニュアンスが、しっかりと歌の旋律のうちに織り込まれ、旋律は、これから離れて浮足立つ事は出来ない。

彼の歌劇に登場する人物達の性格描写或《あるい》は心理描写の絶妙さについては、既にあんまり沢山な事が言われた様だ。確かにそう思われる人にはそう思われる。充分に文学化した十九世紀の音楽によって養われた僕等の耳の聯想《れんそう》に過ぎぬとは言うまい。その点にかけては音楽は万能なのである。モオツァルトもよく承知していた筈である。大事なのは、モオツァルトの音楽の最も深い魔術は、そういう聯想という様な空漠たるものを相手に戯《たわむ》れた処《ところ》にはなかった、彼の音楽は、自然の堅い岩に、人間の柔らかい肉に、しっかりと間違いなく密着していたという事だ。若し、そうでなければ、性格もなければ心理も持ち合わさぬ様な「コシ・ファン・トゥッテ」*の男女の群れから、何故、あの様に鮮明な人間の歌が響き鳴るのだろうか。誰のものでもない様な微笑、誰のものでもない様な涙が、音楽のうちに肉体を持つ。

彼にとってほんとうに肉体を持つとは、大きな鼻や不器用な挙動を持つ事ではなかった。その為に恋愛に失敗するという様な事では、更になかった。尤《もっと》も、彼は、何事も避けたわけではない。彼は、そういう肉体を提げ、人並みに出来るだけの事はやってみた。併《しか》し、大きな鼻と不器用な挙動では大した事は出来なかっただけである。彼は、人間の肉体のなかで、一番裸の部分は、肉声である事をよく知っていた。彼は声で人を占う事さえ出来ただろう。だが、残念な事には、裸の肉声は、いつも惑わしに充《み》ちた言葉という着物を着ている。人生をうろつき廻り、幅を利《き》かせるのも、偏《ひとえ》に、この纏《まと》った衣裳《いしよう》の御蔭《おかげ》である。肉声は、音楽のうちに救助され、其処で生きるより他はない。実を言えば、僕は、モオツァルトを、音楽家中の最大のリアリストと呼びたいのである。もし誤解される恐れがないならば。だが、誤解は、恐らく避け難かろう。近代の所謂リアリスト小説家達が、人生から文学のうちに、どれだけの人間を、本当に救助し得たであろうか。彼等の自負する人間観察技術が、果して人間の着物を脱がせる事に成功したか。この技術は、寧《むし》ろそれに似合わしい新しい衣裳を、人間の為に、案出してやる事に終らなかったか。彼等の道は、遂に、「われわれは、お互に誤解し合う程度に理解し合えば沢山だ」というヴァレリイの嘆きに行き着かなかったであろうか。奇怪な悪夢である。いずれ、夢から醒《さ》める機は到来するであろう。併し、夢は夢の力によっては覚めまい。

人生の浮沈は、まさしく人生の浮沈であって、劇ではない、恐らくモオツァルトにはそう見えた。劇と観ずる人にだけ劇である。どう違うか。これは難かしい事である。モオツァルトとワグネルとのクロマチスム*の使用法は、形式の上では酷似している。耳を澄まして聞くより他はない。

11

三十五年の短い一生にも拘《かかわ》らず、モオツァルトの作品の量は莫大なもので、彼に関するどの様な専門家も、彼の作品の半分も実際に聞いた事は恐らくないだろう。併《しか》し、更に驚くべき事は、一般に知られている作品を聞いただけでも、凡《およ》そ比類のない質の多様性に出会う事である。スタンダアルは、「ドン・ジョヴァンニ」を聞いて、「耳に於けるシェクスピアの恐怖」と言ったが、そう言われれば、モオツァルトの多様性も、シェクスピアの多様性に似ているかも知れない。プラアグ*の人々は、未だ誰もつい先日聞いた「フィガロ」の華やかな陽気な夢から醒め切らなかった。突然、ジョヴァンニの剣が抜かれ、筋金入りの様な無情な音楽に引摺《ひきず》られ、人々は、彼とともに最後の破滅まで転落して行く。作者は、宴会の場面で「フィガロ」の旋律を聞かせて観客の御機嫌をとらねばならなかった。何んの脈絡もなく、小場面が次々と目まぐるしく変って行く台本の愚劣さは、まるでモオツァルトがそう望んだ様だ。彼のキイ*の魔術は、この煌《きら》めく様な生と死の戯れのうちに、人間の情熱のあらゆる形を累々《るいるい》と重ね上げ、それぞれに誰憚《はばか》らず真率な歌を歌わせる。だが、誰も、叙事詩の魂の様に平静に歩いて行くモオツァルトの音楽の運命の様な力を逃れられぬ。トロンボオンが鳴り、地獄の火が燃え上るまで。ニ＊ッセンの伝えるところによれば、モオツァルトは、この歌劇の序曲を書き乍《なが》ら＊ポンチを飲み、妻に、シンデレラやア＊ラディンのランプの話をさせて、涙が出るほど笑っていたという。誰も、彼の無邪気さの奥底を覗《のぞ》いて見る事は出来ない。だが、其処《そこ》に彼のアラディンのランプは、点《とも》っていたかも知れぬ。と、するならば、やがて、最後の三つのシンフォニイが書かれ、劇はおろか、人間も消え、事物も消えた世界に、僕等が連れて行かれるのも致し方がない。

モオツァルトは、ヨオロッパの北部と南部、ゲ＊ルマンの血とラ＊テンの血との交流する地点に生を享《う》けたばかりではなく、又、二つの時代が、交代しようとする過渡期の真中に生きた。シンフォニイは形成の途にあり、歌劇は悲劇と軽歌劇の中途をさまよい、聖歌さえ教会に行こうか劇場に行こうか迷っていた。若《も》し、彼が、何等《なんら》かの成案を提げて、この十字路に立ったなら、彼は途方に暮れたであろうが、彼の使命は、自らこの十字路と化する事にあった。彼が強いられた大旅行は、彼の一物も蓄えぬ心を当代のあらゆる音楽形式の影響の下に曝《さら》した。どの様な音楽の流れも、何んの障碍《しょうがい》にも出会わず、この柔軟な精神に滲透《しんとう》した。而《しか》も、彼の不断の創造力は、彼を、すべてを呑《の》み込んで空《むな》しさを感ずる懐疑派にも、相反するものを妥協させる折衷派にもさせなかった。彼は、音楽のあらゆる流れに素直に随順し、逆にその上に、悠々と棹《さお》さすに至った。音楽とは、あれこれの音楽を言うのではない、あらゆる音楽こそ音楽である。そういう確信がない処に、どうして彼の音楽の多様性が現れようか。多様性とは、無理に歪《ゆが》められぬ音楽自体の必然の運動であるという確信は、彼の心の柔らかさと素直さのうちに生れ、育ち、言わば、ハイドンも几帳面《きちょうめん》過ぎバッハさえドグマティック*に見える様な普遍性に達する。音楽から非音楽的要素を出来るだけ剝《は》ぎとって純粋たらんと努める現代の純粋音楽家達は、モオツァルトの純粋な音楽が触発する驚くほど多様な感情や観念を、どう扱ったらよいか。それは幻であるか。残念乍《なが》ら、相手は彼等の様な子供でもなかったし、不信者でもなかった。

ここで、もう一つ序《つい》でに驚いて置くのが有益である。それは、モオツァルトの作品の、殆《ほとん》どすべてのものは、世間の愚劣な偶然な或《あるい》は不正な要求に応じ、あわただしい心労のうちに成ったものだという事である。制作とは、その場その場の取引であり、予《あらかじ》め一定の目的を定め、計画を案じ、一つの作品について熟慮専念するという様な時間は、彼の生涯には絶えて無かったのである。而も、彼は、そういう事について一片の不平らしい言葉も遺《のこ》してはいない。

これは、不平家には難かしい、殆ど解き得ぬ真理であるが、不平家とは、自分自身と決して折合わぬ人種を言うのである。不平家は、折合わぬのは、いつも他人であり環境であると信じ込んでいるが。環境と戦い環境に打勝つという言葉も殆ど理解されてはいない。ベエトオヴェンは己れと戦い己れに打勝ったのである。言葉を代えて言えば、強い精神にとっては、悪い環境も、やはり在るが儘《まま》の環境であって、そこに何一つ欠けている処も、不足しているものもありはしない。不足な相手と戦えるわけがない。好もしい敵と戦って勝たぬ理由はない。命の力には、外的偶然をやがて内的必然と観ずる能力が備わっているものだ。この思想は宗教的である。だが、空想的ではない。これは、社会改良家という大仰な不平家には大変難かしい真理である。彼は、人間の本当の幸不幸の在処《ありか》を尋ねようとした事は、決してない。

モオツァルトの環境が、若しもっと善かったらという疑問は、若し彼自身の精神がもっと善かったらと言う愚問に終る。これは、凡そ大芸術家の生涯を調査するに際して、僕等を驚かす例外のない事実である。ニイチェの様な意識家は、その生涯の労作を終るに当って、この事実を記して置くのを忘れなかった、Amor fati*——これが、自分の奥底の天性である、と。モオツァルトにとって制作とは、その場その場の取引であった。彼がそう望んだからである。*贓品《ぞうひん》を切り売りしたわけではない。彼の多才がいかなる註文《ちゅうもん》にも応じ得たという風なものでもない。彼は、自分の音楽という大組織の真只中《まっただなか》に坐っている、その重心に身を置いている。外部からの要求に応じようと、彼がいささかでも身じろぎすれば、この大組織の全体が揺いだのである。彼は、その場その場の取引に一切を賭《か》けた。即興は彼の命であったという事は、偶然のもの、未知のもの、予め用意した論理ではどうにも扱えぬ外部からの不意打ち、そういうものに面接する毎《ごと》に、已れを根柢《こんてい》から新たにする決意が目覚めたという事なのであった。単なる即興的才の応用問題を解いたのではなかった。恐らく、それは、深く、彼のこの世に処する覚悟に通じていた。

彼の提出するものは、何んでも、悪魔であれ天使であれ、僕等は信ぜざるを得ぬ。そんな事は御免だと言っても駄目である。彼は、到《いた》る処で彼自身を現すから。あらゆるものが、彼の眼に見据えられ、誤たず信じられて、骨抜きにされる。或は逆に、彼は、音楽の世界で、スタンダアルの様に、沢山の偽名を持っていたとも言えようか。モオツァルトという傀儡師《*くぐつし》を捜しても無駄だ。偽名は本名よりも確かであろう。徹底して疑った人と徹底して信じた人とが相会する。あらゆる意見や思想が、外的な偶然な形式に見えた時、スタンダアルは、自力で判断する喜びのうちに思想の命の甦《よみがえ》るのを覚えた。モオツァルトは、どの様な種類の音楽も生きていると信じた時、音楽の根柢的な厳しい形式が自《おのず》ら定るのを覚えた。

モオツァルトは、何を狙《ねら》ったのだろうか。恐らく、何も狙いはしなかった。現代の芸術家、のみならず多くの思想家さえ毒している目的とか企図《きと》とかいうものを、彼は知らなかった。芸術や思想の世界では、目的や企図は、科学の世界に於ける仮定の様に有益なものでも有効なものでもない。それは当人の目を眩《くら》ます。或る事を成就《じょうじゅ》したいという野心や虚栄、いや真率な希望さえ、実際に成就した実際の仕事について、人を盲目にするものである。大切なのは目的地ではない、現に歩いているその歩き方である。現代のジャアナリストは、殆ど毎月の様に、目的地を新たにするが、歩き方は決して代えない。そして実際に成就した論文は先月の論文とはたしかに違っていると盲信している。

モオツァルトは、歩き方の達人であった。現代の芸術家には、殆ど信じられない位の達人であった。これは、彼の天賦《てんぷ》と結んだ深刻な音楽的教養の賜物だったのであるが、彼の教養とは、又、現代人には甚だ理解し難い意味を持っていた。それは、殆ど筋肉の訓練と同じ様な精神上の訓練に他ならなかった。或る他人の音楽の手法を理解するとは、その手法を、実際の制作の上で模倣してみるという一行為を意味した。彼は、当代のあらゆる音楽的手法を知り尽した、とは言わぬ。手紙の中で言っている様に、今はもうどんな音楽でも真似《まね》出来る、と豪語する。彼は、作曲上でも訓練と模倣とを教養の根幹とする演奏家であったと言える。彼が大即興家だったのは、ただクラヴサンの前に坐った時ばかりではないのである。独創家たらんとする空虚で陥穽《かんせい》に充ちた企図などに、彼は悩まされた事はなかった。模倣は独創の母である。唯《ただ》一人のほんとうの母親である。二人を引離して了《しま》ったのは、ほんの近代の趣味に過ぎない。模倣してみないで、どうして模倣出来ぬものに出会えようか。僕は他人の歌を模倣する。他人の歌は僕の肉声の上に乗る他はあるまい。してみれば、僕が他人の歌を上手に模倣すればするほど、僕は僕自身の掛けがえのない歌を模倣するに至る。これは、日常社会のあらゆる日常行為の、何の変哲もない原則である。だが、今日の芸術の世界では、こういう言葉も逆説めいて聞える程、独創という観念を化物染《じ》みたものにして了った。僕等は、今日でもなお、モオツァルトの芸術の独創性に驚く事が出来る。そして、彼の見事な模倣術の方は陳腐としか思えないとは、不思議な事ではあるまいか。

モオツァルトは、目的地なぞ定めない。歩き方が目的地を作り出した。彼はいつも意外な処に連れて行かれたが、それがまさしく目的を貫いたという事であった。彼の自意識の最重要部が音で出来ていた事を思い出そう。彼の精神の自由自在な運動は、いかなる場合でも、音という自然の材質の紆余《うよ》曲折した隠秘な必然性を辿《たど》る事によって保証されていた。アラディンのランプは物語の伝える通り、宙に浮いてはいなかった。この様な自由を、所謂《いわゆる》自由思想家達の頭脳に棲《す》んでいる自由と取違えまい。彼等の自由には棲みつく家がない。自由の観念を保証してくれるものは自由の観念しかない、という半ば自覚された不安が、彼等の懐疑主義の温床となる。モオツァルトにとって、自由とは、そういう少し許《ばか》り芥子《からし》を利かせた趣味ではなかったし、まして、自由の名の下に身を守らねばならぬ様な、更に言えば、自分自身と争ってまで、頭上にかかげねばならぬ様な、代償を求めて止《や》まぬ、自由の仮面ではなかった。

ベエトオヴェンという男性的な音楽家に対して、モオツァルトという女性的な音楽家、という幾度となく繰返されて来た通俗な伝説を、僕は真面目には受取らないが、モオツァルトの世界にはベエトオヴェンの一生を貫いた「*フィデリオ」の思想はない、*カタルシスの観念はないと言える。モオツァルトは「*アヴェ・ヴェルム」が「*魔笛」を書きながら書けた人である。キリストの歌が、*モノスタトスの歌と一緒に歌われる世界である。其処に遍満する争う余地のない美しさが、僕等を、否応《いやおう》なく説得しないならば、僕等は、恐らくこの世界について、統一ある観念に至るどの様な端緒も摑《つか》み得まい、そういう世界である。ベエトオヴェンは、「ドン・ジョヴァンニ」の暗い逸楽の世界を許す事が出来なかったが、彼の賞讃《しょうさん》した「魔笛」は、果して実際に、彼の好みの人生観を表現していただろうか。そこに地上の力と天上の力との争闘を読みとる解説者が、この劇に、フリイメイソン*の戦と勝利とを見た当時の観客からどれ程進歩しているであろうか。疑わしい事である。シカネダア*の出現は、一つの偶然に過ぎなかった。ウィン人*の好奇心を当てこんだ彼の着想は、全く荒唐無稽《こうとうむけい》なものであった。結構だ。人生に荒唐無稽でない様なものが何処《どこ》にある。よろしい、真面目臭ったタミノ*も救ってやる、ふざけ散らすパパゲノ*も救ってやる。讃美歌より崇高な流行歌が現れても驚くまい。星空も歌う。太陽も歌うではないか。人間達は、昼と夜、伝説とお伽話《とぎばなし》との間に挟まって、日頃の無意味な表情を見失う。

彼の音楽の大建築が、自然のどの様な眼に見えぬ層の上に、人間のどの様な奥底の上に建てられているのか、或《あるい》は、両者の間にどの様な親和があったのか、そんな事が僕に解ろう筈《はず》はない。だが、彼が屢々《しばしば》口にする「神」とは、彼には大変易しい解《わか》り切った或るものだったに相違ない、と僕は信ずる。彼には、教義も信条も、いや、信仰さえも要らなかったかも知れない。彼の聖歌は、不思議な力で僕を頷《うなず》かせる。それは、彼が登りつめたシナイ*の山の頂ではない。それはバッハがやった事だ。モオツァルトという或る憐《あわ》れな男が、紛《まが》う事ない天上の歌に酔い、気を失って仆《たお》れるのである。而も、なんという確かさだ、この気を失った男の音楽は。

「二年来、死は人間達の最上の真実な友だという考えにすっかり慣れております。

——僕は未だ若いが、恐らく明日はもうこの世にはいまいと考えずに床に這入《はい》った事はありませぬ。而も、僕を知っているものは、誰も、僕が付合いの上で、陰気だとか悲し気だとか言えるものはない筈です。僕は、この幸福を神に感謝しております」。これは、「ドン・ジョヴァンニ」を構想する前に、父親*に送った手紙の一節である。

何故、死は最上の友なのか。死が一切の終りである生を抜け出て、彼は、死が生を照し出すもう一つの世界からものを言う。ここで語っているのは、もはやモイツァルトという人間ではなく、寧《むし》ろ音楽という霊ではあるまいか。最初のどの様な主題の動きも、既に最後のカデンツ*の静止のうちに保証されている、そういう音楽世界は、彼には、少年の日から親しかった筈である。彼は、この音楽に固有な時間のうちに、強く迅速に夢み、僕等の日常の時間が、これと逆に進行する様を眺める。太陽が廻るのではない。地球が廻っているのだ。だが、これは、かなしく辛《つら》く、又、不思議な事ではあるまいか。彼は、其処にじっとしている様に見える。何物も拒絶しないのが自分の意志だ、とでも言いたげな姿で——奔流の様に押寄せる楽想に堪えながら——それは、又、無心の力によって支えられた巨《おお》きな不安の様にも見える。彼は、時間というものの謎《なぞ》の中心で身体の平均を保つ。謎は解いてはいけないし、解けるものは謎ではない。自然は、彼の膚《はだ》に触れるほど近く、傍に在るが、何事も語りはしない。黙契は既に成立っている、自然は、自分の自在な夢の確実な揺籃《ようらん》たる事を止《や》めない、と。自然とは何者か。何者かという様なものではない。友は、ただ在るがままに在るだけではないのか。彼の音楽は、その驚くほど直《じ》かな証明である。それは、罪業《ざいごう》の思想に侵されぬ一種の輪廻《りんね》を告げている様に見える。僕等の人生は過ぎて行く。だが、何に対して過ぎて行くと言うのか。過ぎて行く者に、過ぎて行く物が見えようか。生は、果して生を知るであろうか。恐らくモオツァルトは正しい。彼の言う方が正しい。併《しか》し、彼が神である理由が何処にあろう。やがて、音楽の霊は、彼を食い殺すであろう。明らかな事である。

一七九一年の七月の或る日、恐ろしく厳粛な顔をした、鼠色《ねずみいろ》の服を着けた背の高い痩《や》せた男が、モオツァルトの許《もと》に、署名のない鄭重《ていちょう》な依頼状を持って現れ、鎮魂曲の作曲を註文した。モオツァルトは承諾し、完成の期日は約束し兼ねる旨《むね》断って、五十ダカット*を要求した。数日後、同じ男は、金を持参し、作曲完成の際は更に五十ダカットを支払う事を約し、但《ただ》し、註文者が誰であるか知ろうとしても無駄であると言い残し、立ち去った。モオツァルトは、この男が冥土《めいど》の使者である事を堅く信じて、早速作曲にとりかかった。冥土の使者は、モオツァルトの死後、ある貴族の家令に過ぎなかった事が判明したが、実を言えば、何が判明したわけでもない。何も彼も、モオツァルトの方がよく知っていたのである。驚くことはない。死は、多年、彼の最上の友であった。彼は、毎晩、床につく度に死んでいた筈である。彼の作品は、その都度、彼の鎮魂曲であり、彼は、その都度、決意を新たにして来た。最上の友が、今更、使者となって現れる筈はあるまい。では、使者は何処からやって来たか。これが、モオツァルトを見舞った最後の最大の偶然であった。

彼は、作曲の完成まで生きていられなかった。作曲は弟子のジュッスマイヤア*が完成した。だが、確実に彼の手になる最初の部分を聞いた人には、音楽が音楽に袂別《べいべつ》する異様な辛い音を聞き分けるであろう。そして、それが壊滅して行くモオツァルトの肉体を模倣している様をまざまざと見るであろう。

（「創元」第一輯、昭和二十一年十二月）

当麻

*梅若の能楽堂で、*万三郎の「*当麻《たえま》」を見た。

僕は、星が輝き、雪が消え残った夜道を歩いていた。何故《なぜ》、あの夢を破る様な笛の音や大鼓《おおかわ》の音が、いつまでも耳に残るのであろうか。夢はまさしく破られたのではあるまいか。白い袖《そで》が翻《ひるがえ》り、金色の冠がきらめき、中将姫は、未だ眼の前を舞っている様子であった。それは快感の持続という様なものとは、何か全く違ったものの様に思われた。あれは一体何んだったのだろうか、何んと名付けたらよいのだろう、笛の音と一緒にツッツッと動き出したあの二つの真っ白な足袋は。いや、世阿弥は、はっきり「当麻」と名付けた筈《はず》だ。してみると、自分は信じているのかな、世阿弥という人物を、世阿弥という詩魂を。突然浮んだこの考えは、僕を驚かした。

*当麻寺《たいまでら》に詣《もう》でた念仏僧が、折からこの寺に法事に訪れた老尼《ろうに》から、昔、中将姫がこの山に籠《こも》り、念仏三昧《ざんまい》のうちに、*正身《しょうじん》の弥陀《みだ》の*来迎《らいごう》を拝したという寺の縁起を聞く、

老尼は物語るうちに、嘗《かつ》て中将姫の手引きをした*化尼《けに》と変じて消え、中将姫の精魂が現れて舞う。音楽と踊りと歌との最小限度の形式、音楽は叫び声の様なものとなり、踊りは日常の起居の様なものとなり、歌は祈りの連続の様なものになって了《しま》っている。そして、そういうものが、これでいいのだ、他に何が必要なのか、と僕に絶えず囁《ささや》いている様であった。音と形との単純な執拗《しつよう》な流れに、僕は次第に説得され征服されて行く様に思えた。最初のうちは、念仏僧の一人は、麻雀《マージャン》がうまそうな顔付きをしているなどと思っていたのだが。

老尼が、くすんだ菫色《すみれいろ》の*被風《ひふ》を着て、杖《つえ》をつき、*橋懸《はしがか》りに現れた。真っ白な*御高祖《おこそ》頭巾《ずきん》の合い間から、灰色の眼鼻を少しばかり覗《のぞ》かせているのだが、それが、何かが化けた様な妙な印象を与え、僕は其処《そこ》から眼を外《そ》らす事が出来なかった。僅《わず》かに能面の眼鼻が覗いているという風には見えず、例えば仔猫《こねこ》の屍骸《しがい》めいたものが二つ三つ重なり合い、風呂敷包みの間から、覗いて見えるという風な感じを起させた。何故そんな聯想《れんそう》が浮んだのかわからなかった。僕が、漠然と予感したとおり、婆《ばあ》さんは、何にもこれと言って格別な事もせず、言いもしなかった。含み声でよく解《わか》らぬが、念仏をとなえているのが一番ましなんだぞ、という様な事を言うらしかった。要するに、自分の顔が、念仏僧にも観客にもとっくりと見せ度《た》いらしかった。

勿論《もちろん》、仔猫の屍骸なぞと馬鹿々々しい事だ、と言ってあんな顔を何んだと言えばいいのか。*間狂言《あいきょうげん》になり、場内はざわめいていた。どうして、みんなあんな奇怪な顔に見入っていたのだろう。念の入ったひねくれた工夫。併《しか》し、あの強い何んとも言えぬ印象を疑うわけにはいかぬ、化かされていたとは思えぬ。何故、眼が離せなかったのだろう。この場内には、ずい分顔が集っているが、眼が離せない様な面白い顔が、一つもなさそうではないか。どれもこれも何んという不安定な退屈な表情だろう。そう考えている自分にしたところが、今どんな馬鹿々々しい顔を人前に曝《さら》しているか、僕の知った事でないとすれば、自分の顔に責任が持てる様な者はまず一人もいないという事になる。而《しか》も、お互に相手の表情なぞ読み合っては得々としている。滑稽《こっけい》な果敢《はか》無《な》い話である。幾時《いつ》ごろから、僕等は、そんな面倒な情無い状態に堕落したのだろう。そう古い事ではあるまい。現に眼の前の舞台は、着物を着る以上お面も被《かぶ》った方がよいという、そういう人生がつい先だってまで厳存していた事を語っている。

仮面を脱げ、素面《すめん》を見よ、そんな事ばかり喚《わめ》き乍《なが》ら、何処《どこ》に行くのかも知らず、近代文明というものは駈《か》け出したらしい。*ルッソオはあの「*懺悔《ざんげ》録」で、懺悔など何一つしたわけではなかった。あの本にばら撒《ま》かれていた当人も読者も気が付かなかった女々しい毒念が、次第に*方図《ほうず》もなく拡《ひろが》ったのではあるまいか。僕は間狂言の間、茫然《ぼうぜん》と悪夢を追う様であった。

中将姫のあでやかな姿が、舞台を縦横に動き出す。それは、歴史の泥中から咲き出でた花の様に見えた。人間の生死に関する思想が、これほど単純な純粋な形を取り得るとは。僕は、こういう形が、社会の進歩を黙殺し得た所以《ゆえん》を突然合点した様に思った。要するに、皆あの美しい人形の周りをうろつく事が出来ただけなのだ。あの慎重に工夫された仮面の内側に這入《はい》り込む事は出来なかったのだ。世阿弥の「花*」は秘められている、確かに。

現代人は、どういう了簡《りょうけん》でいるから、近頃能楽の鑑賞という様なものが流行《はや》るのか、それはどうやら解こうとしても労して益のない難問題らしく思われた。ただ、罰が当っているのは確からしい、お互に相手の顔をジロジロ観察し合った罰が。誰も気が付きたがらぬだけだ。室町時代という、現世の無常と信仰の永遠とを聊《いささ》かも疑わなかったあの健全な時代を、史家は乱世と呼んで安心している。

それは少しも遠い時代ではない。何故なら僕は殆《ほとん》どそれを信じているから。そして又、僕は、無要な諸観念の跳梁《ちょうりょう》しないそういう時代に、世阿弥が美というものをどういう風に考えたかを思い、其処に何んの疑わしいものがない事を確かめた。「*物数を極めて、工夫を尽して後、花の失《う》せぬところをば知るべし」。美しい「花」がある、

「花」の美しさという様なものはない。彼の「花」の観念の曖昧《あいまい》さに就いて頭を悩ます現代の美学者の方が、化かされているに過ぎない。肉体の動きに則《のっと》って観念の動きを修正するがいい、前者の動きは後者の動きより遥《はる》かに微妙で深淵《しんえん》だから、彼はそう言っているのだ。不安定な観念の動きを直ぐ模倣する顔の表情の様なやくざなものは、お面で隠して了うがよい、彼が、もし今日生きていたなら、そう言いたいかも知れぬ。

僕は、星を見たり雪を見たりして夜道を歩いた。ああ、去年《こぞ》の雪何処《いずこ》に在りや、*いや、いや、そんなところに落ちこんではいけない。僕は、再び星を眺め、雪を眺めた。

（「文學界」昭和十七年四月号）

徒然草

「徒然《つれづれ》なる儘《まゝ》に、日ぐらし、硯《すゞり》に向ひて、心に映り行くよしなしごとを、そこはかと無く書きつくれば、怪しうこそ物狂ほしけれ」。「徒然草」の名は、この有名な書出しから、後人の思い付いたものとするのが通説だが、どうも思い付きはうま過ぎた様である。兼好の苦がい心が、洒落《しやれ》た名前の後に隠れた。一片の洒落もずい分いろいろなものを隠す。一枚の木の葉も、月を隠すに足りる様なものか。今更、名前の事なぞ言ってもはじまらぬが、「徒然草」という文章を、遠近法を誤らずに眺めるのは、思いの外《ほか》の難事である所以《ゆえん》に留意するのはよい事だと思う。

「つれづれ」という言葉は、平安時代の詩人等が好んだ言葉の一つであったが、誰も兼好の様に辛辣《しんらつ》な意味をこの言葉に見付け出した者はなかった。彼以後もない。「徒*然わぶる人は、如何《いか》なる心ならむ。紛《まぎ》るゝ方無く、唯《たゞ》独り在るのみこそよけれ」、兼好にとって徒然とは「紛るゝ方無く、唯独り在る」幸福並びに不幸を言うのである。

「徒然わぶる人」は徒然を知らない、やがて何かで紛れるだろうから。やがて「惑《まどひ》の上に酔ひ、酔の中に夢をなす」だろうから。兼好は、徒然なる儘に、「徒然草」を書いたのであって、徒然わぶるままに書いたのではないのだから、書いたところで彼の心が紛れたわけではない。紛れるどころか、眼が冴《さ》えかえって、いよいよ物が見え過ぎ、物が解《わか》り過ぎる辛《つら》さを、「怪しうこそ物狂ほしけれ」と言ったのである。この言葉は、書いた文章を自ら評したとも、書いて行く自分の心持ちを形容したとも取れるが、彼の様な文章の達人では、どちらにしても同じ事だ。

兼好の家集*は、「徒然草」について何事も教えない。逆である。彼は批評家であって、詩人ではない。「徒然草」が書かれたという事は、新しい形式の随筆文学が書かれたという様な事ではない。純粋で鋭敏な点で、空前の批評家の魂が出現した文学史上の大きな事件なのである。僕は絶後とさえ言いたい。彼の死後、「徒然草」は、俗文学の手本として非常な成功を得たが、この物狂おしい批評精神の毒を呑《の》んだ文学者は一人もなかったと思う。西洋の文学が輸入され、批評家が氾濫《はんらん》し、批評文の精緻《せいち》を競う有様となったが、彼等の性根を見れば、皆お目出度《めでた》いのである。*「万事頼むべからず」、そんな事がしっかりと言えている人がない。批評家は批評家らしい偶像を作るのに忙しい。

兼好は誰にも似ていない。よく引合いに出される長明なぞには一番似ていない。彼は、モンテエニュがやった事をやったのである。モンテエニュが生れる二百年も前に。モンテエニュより遥《はる》かに鋭敏に簡明に正確に。文章も比類のない名文であって、よく言われる「枕草子《まくらのそうし》」との類似なぞもほんの見掛けだけの事で、あの正確な鋭利な文体は稀有《けう》のものだ。一見そうは見えないのは、彼が名工だからである。「よき細工は、少し鈍き刀を使ふ、といふ。妙観が刀は、いたく立たず」、彼は利《き》き過ぎる腕と鈍い刀の必要とを痛感している自分の事を言っているのである。物が見え過ぎる眼を如何に御《ぎょ》したらいいか、これが「徒然草」の文体の精髄である。

彼には常に物が見えている、人間が見えている、見え過ぎている、どんな思想も意見も彼を動かすに足りぬ。評家は、彼の尚古《しょうこ》趣味を云々《うんぬん》するが、彼には趣味という様なものは全くない。古い美しい形をしっかり見て、それを書いただけだ。「今やうは無下に卑《いや》しくこそなりゆくめれ」と言うが、無下に卑しくなる時勢とともに現れる様々な人間の興味ある真実な形を一つも見逃していやしない。そういうものも、しっかり見てはっきり書いている。彼の厭世《えんせい》観の不徹底を言うものもあるが、「人皆生を楽しまざるは、死を恐れざる故《ゆゑ》なり」という人が厭世観なぞを信用している筈《はず》がない。「徒然草」の二百四十幾つの短文は、すべて彼の批評と観察との冒険である。それぞれが矛盾撞着《どうちゃく》しているという様な事は何事でもない。どの糸も作者の徒然なる心に集って来る。

鈍刀を使って彫られた名作のほんの一例を引いて置こう。これは全文である。

「*因幡《いなば》の国に、何の入道とかやいふ者の娘容美《かたちよ》しと聞きて、人数多《あまた*》言ひわたりけれども、この娘、唯栗をのみ食ひて、更に米《よね》の類《たぐひ》を食はざりければ、斯《か》ゝる異様《ことやう》の者、人に見ゆべきにあらずとて、親、許さざりけり」（第四十段）

これは珍談ではない。徒然なる心がどんなに沢山な事を感じ、どんなに沢山な事を言わずに我慢したか。

（「文學界」昭和十七年八月号）

無常という事

「或云《あるひといはく》、*比叡《ひえい》の御社に、いつはりて*かんなぎのまねしたる*なま女房の、*十禅師の御前にて、夜うち深け、人しづまりて後、ていとうていとうと、つゞみをうちて、心すましたる声にて、とてもかくても候、なうなうとうたひけり。其《その》心を人に*しひ問はれて云《いはく》、生死《しやうじ》無常の有様を思ふに、此《この》世のことはとてもかくても候。なう*後世《ごせ》をたすけ給へと申すなり。云々《うんぬん》」

　これは、「*一言芳談抄《いちごんほうだんしょう》」のなかにある文で、読んだ時、いい文章だと心に残ったのであるが、先日、比叡山に行き、山王権現《さんのうごんげん》の辺りの青葉やら石垣やらを眺めて、ぼんやりとうろついていると、突然、この短文が、当時の絵巻物の残欠でも見る様な風に心に浮び、文の節々が、まるで古びた絵の細勁《さいけい》な描線を辿《たど》る様に心に滲《し》みわたった。そんな経験は、はじめてなので、ひどく心が動き、*坂本で蕎麦《そば》を喰っている間も、あやしい思いがしつづけた。あの時、自分は何を感じ、何を考えていたのだろうか、今になってそれがしきりに気にかかる。無論、取るに足らぬある幻覚が起ったに過ぎまい。そう考えて済ますのは便利であるが、どうもそういう便利な考えを信用する気になれないのは、どうしたものだろうか。実は、何を書くのか判然しないままに書き始めているのである。

「一言芳談抄」は、恐らく兼好の愛読書の一つだったのであるが、この文を「徒然草」のうちに置いても少しも遜色《そんしょく》はない。今はもう同じ文を眼の前にして、そんな詰らぬ事しか考えられないのである。依然として一種の名文とは思われるが、あれほど自分を動かした美しさは何処《どこ》に消えて了《しま》ったのか。消えたのではなく現に眼の前にあるのかも知れぬ。それを摑《つか》むに適したこちらの心身の或る状態だけが消え去って、取戻す術《すべ》を自分は知らないのかも知れない。こんな子供らしい疑問が、既に僕を途方もない迷路に押しやる。僕は押されるままに、別段反抗はしない。そういう美学の萌芽《ほうが》とも呼ぶべき状態に、少しも疑わしい性質を見付け出す事が出来ないからである。だが、僕は決して美学には行き着かない。

確かに空想なぞしてはいなかった。青葉が太陽に光るのやら、石垣の苔《こけ》のつき具合やらを一心に見ていたのだし、鮮やかに浮び上った文章をはっきり辿った。余計な事は何一つ考えなかったのである。どの様な自然の諸条件に、僕の精神のどの様な性質が順応したのだろうか。そんな事はわからない。わからぬ許《ばか》りではなく、そういう具合な考え方が既に一片の洒落《しゃれ》に過ぎないかも知れない。僕は、ただある充《み》ち足りた時間があった事を思い出しているだけだ。自分が生きている証拠だけが充満し、その一つ一つがはっきりとわかっている様な時間が。無論、今はうまく思い出しているわけではないのだが、あの時は、実に巧みに思い出していたのではなかったか。何を。鎌倉時代をか。そうかも知れぬ。そんな気もする。

歴史の新しい見方とか新しい解釈とかいう思想からはっきりと逃れるのが、以前には大変難かしく思えたものだ。そういう思想は、一見魅力ある様々な手管《てくだ》めいたものを備えて、僕を襲ったから。一方歴史というものは、見れば見るほど動かし難い形と映って来るばかりであった。新しい解釈なぞでびくともするものではない、そんなものにしてやられる様な脆弱《ぜいじゃく》なものではない、そういう事をいよいよ合点して、歴史はいよいよ美しく感じられた。晩年の鷗外が考証家に堕したという様な説は取るに足らぬ。あの厖大《ぼうだい》な考証を始めるに至って、彼は恐らくやっと歴史の魂に推参したのである。「古事記伝」*を読んだ時も、同じ様なものを感じた。解釈を拒絶して動じないものだけが美しい、これが宣長《のりなが》の抱いた一番強い思想だ。解釈だらけの現代には一番秘められた思想だ。そんな事を或る日考えた。又、或る日、或る考えが突然浮び、偶々《たまたま》傍にいた川端康成さんにこんな風に喋《しゃべ》ったのを思い出す。彼笑って答えなかったが。「生きている人間などというものは、どうも仕方のない代物《しろもの》だな。何を考えているのやら、何を言い出すのやら、仕出来《しでか》すのやら、自分の事にせよ他人事にせよ、解《わか》った例《ため》しがあったのか。鑑賞にも観察にも堪えない。其処《そこ》に行くと死んでしまった人間というものは大したものだ。何故《なぜ》、ああはっきりとしっかりとして来るんだろう。まさに人間の形をしているよ。してみると、生きている人間とは、人間になりつつある一種の動物かな」

この一種の動物という考えは、かなり僕の気に入ったが、考えの糸は切れたままでいた。歴史には死人だけしか現れて来ない。従って退《の》っ引《ぴ》きならぬ人間の相しか現れぬし、動じない美しい形しか現れぬ。思い出となれば、みんな美しく見えるとよく言うが、その意味をみんなが間違えている。僕等が過去を飾り勝ちなのではない。過去の方で僕等に余計な思いをさせないだけなのである。思い出が、僕等を一種の動物である事から救うのだ。記憶するだけではいけないのだろう。思い出さなくてはいけないのだろう。多くの歴史家が、一種の動物に止まるのは、頭を記憶で一杯にしているので、心を虚《むな》しくして思い出す事が出来ないからではあるまいか。

上手に思い出す事は非常に難かしい。だが、それが、過去から未来に向って飴《あめ》の様に延びた時間という蒼《あお》ざめた思想（僕にはそれは現代に於ける最大の妄想《もうそう》と思われるが）から逃れる唯一《ゆいいつ》の本当に有効なやり方の様に思える。成功の期はあるのだ。この世は無常とは決して仏説という様なものではあるまい。それは幾時如何《いついか》なる時代でも、人間の置かれる一種の動物的状態である。現代人には、鎌倉時代の何処かのなま女房ほどにも、無常という事がわかっていない。常なるものを見失ったからである。

（「文學界」昭和十七年六月号）

西行

「西行は*おもしろくてしかもこゝろに殊《こと》にふかくあはれなる、ありがたく、出来しがたきかたもともに相兼てみゆ。*生得《しやうとく》の歌人とおぼゆ。これによりて、*おぼろげの人の*まねびなどすべき歌にあらず。不可説の上手なり」（*後鳥羽院御口伝《ごとばいんおんくでん》）

まことに簡潔適確で、而《しか》も余情と暗示とに富んだ言葉であるが、非凡な人間が身近かにいるという素直で間違いのない驚き、そういうものが、まざまざと窺《うかが》われるところがもっと肝腎《かんじん》なのである。鋭い分析の力と素直な驚嘆の念とを併せ持つのはやさしい事ではないが、西行に行着く道は、そう努める他にはないらしい。彼自身そういう人であった。

心なき身にもあはれは知られけり鴫立沢《しぎたつさは》の秋の夕ぐれ

この有名な歌は、当時から評判だったらしく、*俊成は「*鴫立沢のといへる心、幽玄にすがた及びがたく」という*判詞《はんし》を遺《のこ》している。歌のすがたというものに就いて思案を重ねた俊成の眼には、下二句の姿が鮮やかに映ったのは当然であろうが、どういう人間のどういう発想からこういう歌が生れたかに注意すれば、この自ら鼓動している様な歌の心臓の在りかは、上三句にあるのが感じられるのであり、其処《そこ》に作者の心の疼《うず》きが隠れている、という風に歌が見えて来るだろう。そして、これは、作者自讃《じさん》の歌の一つだが、俊成の自讃歌「夕されば野べの秋風身にしみてうづらなくなり深草の里」を挙げれば、生活人の歌と審美《しんび》家の歌との微妙だが紛《まぎ》れ様のない調子の相違が現れて来るだろう。*定家の「見わたせば花も紅葉もなかりけり浦の苫屋《とまや》の秋のゆふぐれ」となると、外見はどうあろうとも、もはや西行の詩境とは殆《ほとん》ど関係がない。「新古今集」で、この二つの歌が肩を並べているのを見ると、詩人の傍で、美食家があぁでもないこうでもないと言っている様に見える。*寂蓮の歌は挙げるまでもあるまい。*三《さん》夕《せき》の歌なぞと出《で》鱈目《たらめ》を言い習わしたものである。

西行は何故《なぜ》出家したか、幸いその原因については、大いに研究の余地があるらしく、西行研究家達は多忙なのであるが、僕には、興味のない事だ。凡《およ》そ詩人を解するには、その努めて現そうとしたところを極めるがよろしく、努めて忘れようとし隠そうとしたところを詮索《せんさく》したとて、何が得られるものではない。保延《ほうえん》六年に、原因不明の出家をし、行方不明の歌をひねった幾十幾百の人々の数のなかに西行も埋めて置こう。彼が忘れようとしたところを彼とともに素直に忘れよう。僕等は厭《いや》でも、月並みな原因から非凡な結果を生み得た詩人の生得の力に想《おも》いを致すであろう。

（鳥羽院に出家のいとま申《すけ》すとてよめる）*

惜むとて惜まれぬべき此《こ》の世かは身を捨ててこそ身をも助けめ

（世にあらじとおもひける比《ころ》、東山にて人々霞《かすみ》によせて思ひをのべけるに）

空《そら》になる心は春の霞にて世にあらじとも思ひたつかな

（おなじ心をよみける）

世を厭《いと》ふ名をだにもさはとどめ置きて数ならぬ身の思出にせん

（世をのがれけるをり、ゆかりなりける人の許《もと》へ云ひおくりける）

世の中を反《そむ》き果てぬといひおかん思ひしるべき人はなくとも

これらは決して世に追いつめられたり、世をはかなんだりした人の歌ではない。出家とか厭世《えんせい》とかいう曖昧《あいまい》な概念に惑わされなければ、一切がはっきりしているのである。自ら進んで世に反いた廿三歳の異常な青年武士の、世俗に対する嘲笑《ちようしよう》と内に湧《わ》き上る希望の飾り気のない鮮やかな表現だ。彼の眼は新しい未来に向って開かれ、来《きた》るべきものに挑んでいるのであって、歌のすがたなぞにかまっている余裕はないのである。確かに彼は生得の歌人であった。そして彼も亦《また》生得の詩人達の青年期を殆ど例外なく音ずれる、自分の運命に関する強い或《あるい》は強過ぎる予感を持っていたのである。

年たけて又こゆべしと思ひきや命*なりけりさ*夜の中山

五十年の歌人生活を貫き、同じ命の糸が続いて来た様が、老歌人の眼に浮ぶ。無常は無常、命は命の想いが、彼の大手腕に捕えられる。彼が、歌人生活の門出に予感したものは、恐らくこの同じ彼独特の命の性質であった。彼の門出の性急な正直な歌に、後年円熟すべき空前の内省家西行は既に立っているのである。心理の上の遊戯を交えず、理性による烈《はげ》しく苦がい内省が、そのまま直《じ》かに放胆な歌となって現れようとは、彼以前の何人《なんぴと》も考え及ばぬところであった。表現力の自在と正確とは彼の天稟《てんぴん》*であり、これは、生涯少しも変らなかった。彼の様に、はっきりと見、はっきりと思ったところを素直に歌った歌人は、「万葉」の幾人かの歌人以来ないのである。「山家集」*ばかりを見ているとさほどとも思えぬ歌も、「新古今集」のうちにばら撒《ま》かれると、忽《たちま》ち光って見える所以《ゆえん》も其処にあると思う。勿論《もちろん》、彼の心は単純なものではなく、複雑微妙な歌は多いのだが、曖昧な歌は一つもない事は注意を要するのであって、所謂《いわゆる》*「幽玄」の歌論が、言葉を曖昧にするという様な事は、彼の歌では発想上既に不可能な事であった。この人の歌の新しさは、人間の新しさから直かに来るのであり、特に表現上の新味を考案するという風な心労は、殆ど彼の知らなかったところではあるまいか。即興は彼の技法の命であって、放胆に自在に、平凡な言葉も陳腐な語法も平気で馳駆《ちく》した。自ら頼むところが深く一貫していたからである。流石《さすが》に芭蕉の炯眼《けいがん》は、「其《その》細き一筋」を看破していた。「ただ*釈阿西行のことばのみ、かりそめに云ひちらされし*あだなるたはぶれごとも、あはれなる所多し」(許六《きょりく》離別詞)

西行の実生活について知られている事実は極めて少いが、彼の歌の姿がそのまま彼の生活の姿だったに相違ないとは、誰にも容易に考えられるところだ。天稟の倫理性と人生無常に関する沈痛な信念とを心中深く蔵して、凝滞《ぎょうたい》を知らず、頽廃《たいはい》を知らず、俗にも僧にも囚《とら》われぬ、自在で而も過《あやま》たぬ、一種の生活法の体得者だったに違いないと思う。だが、歌に還《かえ》ろう。

捨てたれど隠れて住まぬ人になれば猶《なほ》世にあるに似たるなりけり

数ならぬ身をも心のあり顔に浮かれては又帰り来にけり

世中を捨てて捨てえぬ心地して都離れぬ我身なりけり

捨てし折の心を更に改めて見る世の人にわかれはてなん

思へ心人のあらばや世にも恥ぢんさりとてやはといさむ許《ばか》りぞ

西行が、こういう馬鹿正直な拙《つたな》い歌から歩き出したという事は、余程人事なことだと思う。これらは皆思想詩であって、心理詩ではない。そういう事を断って置きたいのも、思想詩というものから全く離れ去った現代の短歌を読みなれた人々には、これらの歌の骨組は意志で出来ているという明らかな事が、もはや明らかには見え難いと思うからである。西行には心の裡《うち》で独り耐えていたものがあったのだ。彼は不安なのではない、我慢しているのだ。何をじっと我慢していたからこそ、こういう歌が出来上ったのか、其処に想いを致さねば「猶世にあるに似たるなりけり」の調べはわからない。「世中を捨てて捨てえぬ心地して」にただ弱々しい感傷を読んでいる様では、「心のあり顔」とはどんな顔だかわかるまいし、あとの二首から、人々の誤解によっていよいよ強くなるとでも言い度げな作者の自信も読みとれまい。

（述懐の心を）

世をすつる人はまことにすつるかはすてぬ人こそすつるなりけれ

こういう歌も仏典の弁証法の語法を借りた概念の歌として読み過す事は出来ないのであって、思想を追おうとすれば必ずこういうやっかいな述懐に落入る鋭敏多感な人間を素直に想像してみれば、作者の自意識の偽らぬ形が見えて来る。西行とは、こういうパラドックスを歌の唯一《ゆいいつ》の源泉と恃《たの》み、前人未到の境に分入った人である。よほどの精力と意志とがなければ、七十三歳まで歩けやしない。従って、彼の風雅は芭蕉の風雅と同じく、決して清淡という様なものではなく、根は頑丈で執拗《しつよう》なものであった。併《しか》し、こういう人物が、見掛けは不徹底な人間に見えるのは致し方なく、彼に意志薄弱な人間らしさを読みとり、同類発見を喜ぶ人も多いわけであるが、僕は、そういう現代人向きに空想された人間西行とか西行の人間らしさとかいうものを好まぬ。*「吾妻鏡《あずまかがみ》」に記された*有名な逸話の方がよほど確かである。*「井蛙抄《せいあしょう》」の伝える伝説もなかなかいい。*文覚《もんがく》は、日頃、西行をにくみ「遁世《とんせい》の身とならば一筋に仏道修行の外《ほか》他事あるべからず、*数寄《すき》をたて、こゝかしこに嘯《うそぶ》きありく条、憎き法師なり、いづくにても見あひたらば、頭を打ちわるべき由《よし》」ふれていたが、会ってみると、懇《ねんご》ろにもてなして帰したのを見て、弟子どもが訝《いぶか》り訊《たず》ねると、「あらいふがひなの法師どもや、あの西行は、この文覚に打たれむずる顔様か、文覚をこそ打らてむずるものなれ」。

世の中を思へばなべて散る花のわが身をさてもいづちかもせん

右の歌を、定家は次の様に評した。「左歌、世の中を思へばなべてといへるより終の句の末まで、句ごとに思ひ入て、作者の心深くなやませる所侍《はべ》れば、いかにも勝侍らん」（宮河歌合）。「群書類従」の伝えるところを信ずるなら、西行は、この評言に非常に心を動かされた様である。「九番の左の、わが身をさてもといふ歌の判の御詞《おんことば》に、作者の心ふかくなやませる所侍ればとかかれ候《さふらふ》。かへすがへす面白く候物かな。なやませなど申御詞に、万みなこもりてめでたく覚候。これあたらしくいできさ候ぬる判の御詞にてこそさふらふらめ。古はいと覚候はねば、歌のすがたに似て、いひくだされたる様に覚候」（贈定家卿《きょう》文）

西行は、別して歌論という様なものを遺しておらぬ。「西公談抄」があるが言うに足らぬ。「和歌はうるはしく詠《よ》むべきなり。『古今集』の風体をもととして詠むべし」云々《うんぬん》。毒にも薬にもならぬ様な事を言っているが、実は、彼には、どうでもよかったのであろう。弟子には、「古今集」の風体をもととして詠むべしと教えて置けば、事は済んだであろうし、そう教えて間違いだったわけでもあるまい。事実、彼自身、「古今集」の風体をもととして詠んだのである。ただ、何をもととして詠み出そうが、自在に独自な境に遊べた自分の生得の力に就いては、人に語らなかったまでである。当時の歌の風体に従って、殊更《ことさら》に異をたてず、而も、無理なくこれを抜け出している彼の歌の姿は、当時の歌壇に対するこの歌人の口外するには少々大き過ぎた内心の侮《ぶ》蔑《べっ》と無関心とを自《おのず》ら語っている様に見える。恐らく、当時流行の歌学にも歌合《うたあわせ》*にも、彼は、和して同ぜずという態度で臨んでいたと察せられる。要は、「吾妻鏡」の簡明率直な記述の含蓄を知れば足りるのである。頼朝*に歌道に就いて尋ねられ、「詠歌は、花月に対して動感するの折節は、僅《わず》かに卅一文字《みそひともじ》を作る許《ばかり》なり、全く奥旨《あうし》を知らず、然《しか》れば、是彼《これかれ》*報じ申さんと欲する所無しと云々」。実はそういう西行の姿を心に描きつつ、あれこれ読み漁《あさ》っている時、贈定家卿文*に出会い、忽ち自分の心が極って、西行論の骨組の成るのを覚えたのであった。蓮阿*にも頼朝にも明かさなかった、彼の歌学の精髄が、たまたま定家の判詞にふれて迸《ほとばし》っていると思えたからである。「世の中を思へばなべて」の歌は、西行の歌として決して優れた歌ではないけれども、余人には、どうしても詠み出せぬ西行の姿というものは明らかで、それを一と言で、「心深くなやませる所」と評したのは、この才気煥発《かんぱつ》する少壮歌人の歌詞に関する異常な鋭敏さに相違ないのであるが、これを読んで、「かへすがへす面白く候物かな」と言う西行は、恐らく定家から全く離れた処《ところ》で自問自答しているのである。定家への感謝状は、語るに落ちた西行の自讃《じさん》状にさえ見える。新しいのは判詞ではない、歌の方だ、これが西行には解《わか》り過ぎる程解っていた事に間違いない様に思われた。如何《いか》にして歌を作ろうかという悩みに身も細る想《おも》いをしていた平安末期の歌壇に、如何にして己れを知ろうかという殆《ほとん》ど歌にもならぬ悩みを提げて西行は登場したのである。彼の悩みは専門歌道の上にあったのではない。陰謀、戦乱、火災、饑饉《ききん》、悪疫《あくえき》、地震、洪水、の間にいかに処すべきかを想った正直な一人の人間の荒々しい悩みであった。彼の天賦《てんぷ》の歌才が練ったものは、新しい粗金《あらがね》であった。事もなげに「古今」の風体を装《よそお》ったが、彼の行くところ、当時の血腥《ちなまぐさ》い風は吹いているのであり、其処《そこ》に、彼の内省が深く根を下している点が、心と歌詞との関係に想いをひそめた当時の歌人等の内省の傾向とは全く違っていたのであって、彼の歌に於ける、わが身とかわが心とかいう言葉の、強く大胆な独特な使用法も其処から来る。「＊わが身をさてもいづちかもせん」という風には、誰も詠めなかった。誰も次の様な調べは知らなかった。

ましてまして悟る思ひはほかならじ吾《わ》が歎《なげ》きをばわれ知るなれば

まどひきてさとりうべくもなかりつる心を知るは心なりけり

いとほしやさらに心のをさなびて*たまぎれらるる恋もするかな

心から心に物を思はせて身を苦しむる我身なりけり

うき世をばあられればあるにまかせつつ心よいたく*ものな思ひそ

「地獄絵を見て」という連作がある。

見るも憂《う》しいかにかすべき我心かゝる報いの罪やありける

こういう歌の力を、僕等は直かに感ずる事は難かしいのであるが、地獄絵の前に佇《たたず》み身動きも出来なくなった西行の心の苦痛を、努めて想像してみるのはよい事だ。「*黒きほむらの中に、*をとこをみな燃えけるところを」の*詞書《ことばがき》あるものを数首挙げて置こう。彼は巧みに詠もうとは少しも思っていまいし、誰に読んでもらおうとさえ思ってはいまい。「わが心」を持て余した人の何か執拗な感じのする自虐《じぎやく》とでも言うべきものがよく解るだろう。自意識が彼の最大の煩悩《ぼんのう》だった事がよく解ると思う。

なべてなき黒きほむらの苦しみは夜の思ひの報いなるべし

わきてなほあかがね*の湯のまうけ*こそ心に入りて身を洗ふらめ

塵灰《ちりはひ》にくだけ果てなばさて*もあらでよみがへらする言の葉ぞ憂き

あはれみし乳房のことも忘れけり我悲しみの苦のみおぼえて

たらちを*の行方をわれも知らぬかなおなじ焰《ほのほ》にむせぶらめども

「いかにかすべき我心」これが西行が執拗に繰返し続けた呪文《じゆもん》である。彼は、そうして何処《どこ》に連れて行かれるかは知らなかったが、歩いて行く果てしのない一筋の道は恐らくはっきりと見えていた。

あはれあはれこの世はよしやさもあらばあれ来む世もかくや苦しかるべき

彼の苦痛の大きさと精力の大きさとがよく現れている。彼は単なる抒情詩人《じよじよう》でもなかったし、叙事詩人でもなかった。又、多くの人々が考え勝ちの様に、どちらにも徹せず、迷悟の間を彷徨《ほうこう》した歌人では更にない。僕は彼の空前の独創性に何等《なんら》曖昧《あいまい》なものを認めない。彼は、歌の世界に、人間孤独の観念を、新たに導き入れ、これを縦横に歌い切った人である。孤独は、西行の言わば生得の宝であって、出家も遁世《とんせい》も、これを護持する為に便利だった生活の様式に過ぎなかったと言っても過言ではないと思う。

都にて月をあはれと思ひしは数にもあらぬすさびなりけり

*すさみすさみ南無《なも》と称《とな》へし契《ちぎ》りこそならくが*底の苦にかはりけれ

西行は、すさびというものを知らなかった。月を詠んでも仏を詠んでも、実は「いかにかすべき我心」と念じていたのであり、常に其処に歌の動機を求めざるを得なかったところから、同じ釈教の歌で慈円*寂蓮の流儀から際立《きわだ》ち、花月を詠じて俊成定家と全く異るに到《いた》ったのである。花や月は、西行の愛した最大の歌材であったが、誰も言う様に花や月は果して彼の友だっただろうか、疑わしい事である。自然は、彼に質問し、謎《なぞ》をかけ、彼を苦しめ、いよいよ彼を孤独にしただけではあるまいか。彼の見たものは寧《むし》ろ常に自然の形をした歴史というものであった。

花みればそのいはれとはなけれども心のうちぞ苦しかりける

春風の花をちらすと見る夢は覚めても胸のさわぐなりけり

つゆもありつかへすがへすも思出でて独《ひとり》ぞ見つる朝顔の花

眺む眺む散りなむことを君も思へ黒髪山*に花さきにけり

物思ふ心のたけぞ知られぬる夜な夜な月を眺めあかして

ともすれば月澄む空にあくがるる*心のはてを知るよしもがな

いつかわれこの世の空を隔たらむあはれあはれと月を思ひて

西行は、決して素朴な詩人ではなかった。併《しか》し、「心より心に物を思はせる」苦しみを知悉《ちしつ》していた者に、どうしてこの様に無理のない柔らかな延び延びした表現があったのだろうかと思われる様な歌も多い。生得の歌人というより他はあるまいが、僕はそういう歌の比類のない調べを感ずるごとに驚き、やはり、其処に思いあぐんだ西行が隠れているのに気付く。彼は、俊成の苦吟は知らなかったが、孤独という得体の知れぬものについての言わば言葉なき苦吟を恐らく止《や》めた事はなかったのである。いかにも、やすやすと詠み出されている様に見えて、陰翳《いんえい》は深く濃いのも其処から来ていると思われる。

何となく春になりぬと聞く日より心にかゝるみ吉野の山
春霞《はるがすみ》いづち立ち出で行きにけむきぎす*棲《す》む野を焼きてけるかな
春になる桜の枝は何となく花なけれどもむつまじきかな
さきそむる花を一枝まづ折りて昔の人のためと思はむ
菫《すみれ》さくよこ野のつばな*生ひぬれば思ひ思ひに人かよふなり
道の辺の清水ながるる柳蔭しばしとてこそ立ちどまりつれ
雲雀《ひばり》あがるおほ野の茅原《ちはら》夏くれば涼む木かげをねがひてぞ行く
こゝを又我がすみ*うくてうかれなば松は独《ひとり》にならんとすらん

子供を詠んだ歌も実にいいが、彼の深い悲しみに触れずには読み過せない。其《その》後、こういう調べに再会するには、僕等は良寛まで待たねばならぬ。

*うなゐ児《ご》が*すさみにならす麦笛のこゑに驚く夏の昼臥《ひるぶし》

*篠《しの》ためて*雀弓《すずめゆみ》張る男《を》のわらは*額烏帽子《ひたひゑぼし》のほしげなるかな

*いたきかな*菖蒲《しやうぶ》かぶりの茅巻馬《ちまきうま》はうなゐわらはのしわざとおぼえて

我もさぞ庭の真砂《いさご》の土あそび*さておひたてる身にこそ有りけれ

昔せし隠れ遊びになりなばや片隅もとに寄り伏せりつつ

西行の様に生活に即して歌を詠《よ》んだ歌人では、歌の詞書というものは大事である。詞書とともに読み、歌を詠む時の彼の心と身体とがよくわかる例を二三挙げて置く。どんな伝記作家も再現出来ない彼の生き生きとした生活の断片が見られる。

（*天王寺にまゐりけるに、雨のふりければ、江口と申す所に宿をかりけるに、かさざりければ）

世の中をいとふまでこそかたからめかりの宿りを惜む君かな

(*徳大寺の左大臣の*堂に立ち入りて見侍《みはべ》りけるに、あらぬことになりて、あはれなり。*三条太政大臣歌よみてもてなしたまひしこと、たゞ今とおぼえて、忍ばるる心地し侍り。堂の跡あらためられたりけるに、さることのありと見えて、あはれなりければ)

なき人のかたみにたてし寺に入りて跡ありけりと見て帰りぬる

(世の中に*大事いで来て、*新院*あらぬさまにならせおはしまして、*御《み》ぐしおろして、*仁和寺《にんなじ》の北院におはしましけるに、まゐりて、兼賢阿闍梨《けんげんあざり》出あひたり、月あかくてよみける)

かかる世に影も変らずすむ月を見るわが身さへ怨《うら》めしきかな

(備前国に*小島と申す島に渡りたりけるに、あみと申す物をとる所は各々我々占めて、長き竿《さを》に袋をつけてたて渡すなり。其竿の立て初めをば一の竿とぞ名付けたる。中に年高き海人《あま》のたてそむるなり。たつるとて申すなる言葉聞き侍りしこそ、涙こぼれて申すばかりなく覚えて詠みける)

たてそむる糠蝦《あみ》とる浦の初竿は*つみの中にもすぐれたるかな

（*世の中に武者おこりて、にしひんがし北南、いくさならぬ処なし。打ち続き人の死ぬる数きく夥《おびたゞ》し。まこととも覚えぬほどなり。こは何事の争ひぞや。あはれなることの様かなとおぼえて）

死手《しで》の山こゆる絶間はあらじかし亡《な》くなる人の数つゞきつつ

（*木曾と申す武者死に侍りにけりな）

木曾人は海のいかりを静めかねて死手の山にも入りにけるかな

（*十月十二日、*平泉にまかりつきたりけるに、雪ふり嵐はげしく事の外にあれたりけり。いつしか*衣河《ころもがは》みまほしくて、まかりむかひて見けり。河の岸につきて衣河の城しまはしたる事柄、やうかはりて物を見る心ちしけり。汀《みぎは》こほりて取分けさびしければ）

とりわきて心もしみてさえぞ渡る衣河みにきたる今日しも

文治二年、六十九歳の西行は、東大寺大仏殿再興の*勧進《かんじん》の為に、伊勢から、東海奥羽の行脚《あんぎや》に出た。八月、鎌倉に至り、頼朝に謁《えつ》し、引きとめられるのもきかず、贈られた銀作りの猫を門外の嬰児《えいじ》に与えて去った（「吾妻鏡」）。十月平泉に着いて詠んだ歌である。頼朝に抗して嵐の中に立つ*同族の孤塁を眺めて彼の胸に感慨の湧《わ》かぬ筈《はず》はなかったろう。ただ、心の中の戦を、と決意してより四十余年、自分はどの様な安心を得たのであろうか。いや、若《も》し世に叛《そむ》かなかったなら、どんな動乱の渦中に投じて、どんな人間を相手に血を流していたか。同じ秀衡《ひでひら》*を頼って旅を続けていた義経《よしつね》は、当時既に平泉に着いていたかも知れぬ。若しそうだったなら彼はつい鼻の先きの館《やかた》から同じ吹雪を見ていた筈である。この鋭敏な詩人に果して秘密は全く覆《おお》われていたろうか。彼の同族佐藤兄弟*が義経に代って憤死した事実は彼の耳に這入《はい》っていた筈である。義経の行方について彼が無関心だった筈はあるまい。やがて、眼前の館は、関東勢の重囲の下に燃え上る。そんな予感が彼の胸を掠《かす》めなかったとも限らない。彼の頑丈な肉体の何処かで、忘れ果てたと信じた北面武士*時代の血が騒ぐのを覚えたかも知れぬ。恐らく、彼は、汀の氷を長い間見詰めていたであろう。群がる苦痛がそのまま凍りつくまで。「心もしみてさえぞ渡る」

風になびく富士の煙の空にきえて行方も知らぬ我が思ひかな

これも同じ年の行脚のうちに詠まれた歌だ。彼が、これを、自讃歌の第一に推したという伝説を、僕は信ずる。ここまで歩いて来た事を、彼自身はよく知っていた筈である。「いかにかすべき我心」の呪文が、どうして遂《つい》にこういう驚くほど平明な純粋な一楽句と化して了《しま》ったかを。この歌が通俗と映る歌人の心は汚れている。一西行の苦しみは純化し、「読人知らず」の調べを奏《かな》でる。人々は、幾時《いつ》とはなく、ここに「*富士見西行」の絵姿を想い描き、知らず知らずのうちに、めいめいの胸の嘆きを通わせる。西行は遂に自分の思想の行方を見定め得なかった。併し、彼にしてみれば、それは、自分の肉体の行方ははっきりと見定めた事に他ならなかった。

　願はくは花の下にて春死なんそのきさらぎの望月《もちづき》のころ

彼は、間もなく、その願いを安らかに遂げた。

（「文學界」昭和十七年十一月号―同十二月号）

実朝

芭蕉は、弟子の木節《ぼくせつ》に、「*中頃の歌人は誰なるや」と問われ、言下に「西行と*鎌倉右大臣ならん」と答えたそうである（「俳諧《はいかい》一葉集」）。言うまでもなく、これは、有名な*真淵《まぶち》の実朝《さねとも》発見より余程古い事である。それだけの話と言って了《しま》えば、それまでだが、僕には、何か其処《そこ》に、万葉流の大歌人という様な考えに煩《わずら》わされぬ純粋な芭蕉の鑑識が光っている様に感じられ、興味ある伝説と思う。必度《きっと》、本当にそう言ったのであろう。僕等は西行と実朝とを、まるで違った歌人の様に考え勝ちだが、実は非常によく似たところのある詩魂なのである。

「*吾妻鏡《あずまかがみ》」は、*実朝横死事件を簡明に記録した後で、次の様に記している。

「抑《そもそも》今日《こんにち》の*勝事、兼ねて変異を示す事一に非《あら》ず、所謂《いはゆる》、御出立の期《ご》に及びて、*前大膳大夫入道《さきのだいぜんのだいぶにふだう》参進して申して云ふ、覚阿《かくあ》成人の後、未だ涙の顔面に浮ぶことを知らず、而《しか》るに今昵近《ぢつきん》し奉《たてまつ》るの処《ところ》、落涙禁じ難し、是直《これた》也事《ゞごと》に非ず、定めて子細《しさい》有る可《べ》きか、東大寺供養《くやう》の日、右大将軍《うだいしやうぐん》の御出《ごしゆつ》の例に任せ、御束帯*の下に腹巻*を著《つ》けしめ給《たま》ふ可しと云々《うんぬん》、仲章朝臣《なかあきあそん》申して云ふ、大臣大将に昇るの人、未だ其《その》式有らずと云々、仍《よ》つて之《これ》を止《や》めらる、又公氏御鬢《きみうぢぎよびん》に候するの処、自ら御鬢一筋を抜き、記念と称して之を賜《たま》はる、次に庭の梅を覧《み》て禁忌*の和歌を詠じ給ふ、

出テイナハ主ナキ宿ト成ヌトモ軒端《ノキバ》ノ梅ヨ春ヲワスルナ

次に南門を御出の時、霊鳩頻《しき》りに鳴き囀《さへづ》り、車より下り給ふの刻、雄剣を突き折ると云々」（承久元年正月廿七日）（龍粛氏訳）

「吾妻鏡」には、編纂《へんさん》者等の勝手な創作にかかる文学が多く混入していると見るのは、今日の史家の定説の様である。上の引用も、確かに事の真相ではあるまい。併《しか》し、文学には文学の真相というものが、自《おのず》から現れるもので、それが、史家の詮索《せんさく》とは関係なく、事実の忠実な記録が誇示する所謂真相なるものを貫き、もっと深いところに行こうとする傾向があるのはどうも致し方ない事なのである。深く行って、何に到《いた》ろうとするのであろうか。深く歴史の生きている所以《ゆえん》のものに到ろうとするのであろうか。とまれ、文学の現す美の深浅は、この不思議な力の強弱に係わるようである。「吾妻鏡」の文学は無論上等な文学ではない。だが、史家の所謂一等史料「吾妻鏡」の劣等

な部分が、かえって歴史の大事を語っていないとも限るまい。

*大江広元は、異変の到来を知っていたと言う。*義時は、前の年に予感したという。「御夢中に、薬師十二神将の内、*戌神《いぬがみ》御枕上《まくらがみ》に来りて曰《いは》く、今年は神拝無事なり、明年拝賀の日は、*供奉《ぐぶ》せしめ給ふこと莫《なか》れ*者《てへり》、御夢覚むるの後、尤《もっと》も奇異たり、且《かつ》は其意を得ずと云々」（建保六年七月九日）。拝賀の当日、彼は「俄《には》かに心神御違例」という理由で、仲章に代参させ、仲章は殺された。誰も義時の幸運を信ずるものはあるまい。*公暁《くぎょう》は、首を抱えて、雪の中を、後見備中阿闍梨《あじゃり》の宅に走り、飯を食った。「膳《ぜん》を羞《すゝ》むるの間、猶《なほ》手に御首を放たず」とあるのは目に見える様だが、その後は、怪しげになる。彼は、早速、*三浦義村に使を走らせ、「今将軍の*闕《けつ》有り、吾専《われもっぱ》ら*東関の長に当るなり、早く計議を廻《めぐ》らす可《べ》きの由《よし》」を言い遣《や》る。これは殆《ほとん》ど予《かね》ての計画通り事をはこんだ人の当然の報告の様に受取れ、義村を信じ切った公暁の姿が、よく出ていると言えばよく出ている。と思うと、急に、何故公暁は義村に報告したかを訝《いぶか》る様な曖昧《あいまい》な筆致となり、「是《これ》義村の息男駒若丸、門弟に列《つらな》るに依《よ》りて、其好《そのよしみ》を恃《たの》まるるの故《ゆゑ》か」と書いている。実朝殺害は、公暁の出来心でもなかったし、全く意外な事件でもなかった。彼は、長い間、何事か画策するところあり、果ては、人々、その挙動を怪しむに至った事は、当の「吾妻鏡」が記している（建保六年十二月五日）。公暁は、義村が

やがて御迎えを差上げると偽り、討手を差向けたとは露知らず、待ち兼ねて義村宅に出向く途路、討手に会し、格闘して殺された。公暁の急使に接した義村の応対ぶりを叙したところも妙な感じのする文章である。「義村此《この》事を聞き、先君の恩化を忘れざるの間、落涙数行、更に言語《ごんご》に及ばず、少選《しばらく》して、先《ま》づ*蓬屋《ほうをく》に*光臨有る可し、且は御迎の兵士を献ず可きの由之《これ》を申す」。大雪の夜の椿事《ちんじ》に、諸人惘然《ぼうぜん》としているなかで、義村が演じねばならなかった芝居を描くのに「吾妻鏡」編者の頬被《ほおかぶ》りして素知らぬ顔した文章がまことによく似合っている。文章というものは、妙な言い方だが、読もうとばかりしないで眺めていると、いろいろな事を気付かせるものである。書いた人の意図なぞとは、全く関係ない意味合いを沢山持って生き死にしている事がわかる。北条氏の陰謀と「吾妻鏡」編者等の曲筆とは、多くの史家の指摘しているところで、その精細な研究について知らぬ僕が、今更かれこれ言う事はないわけであるが、ただ、僕がここで言いたいのは、特に実朝に関する「吾妻鏡」編者等の*舞文《ぶぶん》潤飾は、編者等の意に反し、義時の陰謀という事実を自ら臭《にお》わしているに止まらず、自らもっと深いものを暗示しているという点である。

　広元は知っていたと言う。義時も知っていたと言う。では、何故「吾妻鏡」の編者は実朝自身さえ自分の死をはっきり知っていたと書かねばならなかったか。そればかりではない。今日の死を予知した天才歌人の詠には似付かぬ月並みな歌とは言え、ともかく一首の和歌さえ、何故、案出しなければならなかったか。そういう考え方も、勿論《もちろん》、出来るわけだろう。実朝の死には、恐らく、彼等の心を深く動かすものがあったのである。「出でていなば」の辞世は、「*大日本史」にも引かれ、今日では、実朝秀歌の一つとして評釈さえ現れているが、僕には、実朝が、そんな役者とはどうも考えられない。「吾妻鏡」編纂者達の、実朝の横死に禁忌の歌を手向《たむ》けんとした心根を思ってみる方が自然であり、又、この歌の裏に、幕府*問注所の役人達の無量の想《おも》いを想像してみるのは更に興味ある事である。

鶴岡拝賀の夜の無慙《むざん》な事件が、どんなに強く異様な印象を当時の人々に与えたか、それを想像してみるのは難かしい。それは、現代に住む僕等が、どんなに誇張して考えようとも、誇張し過ぎるという様な事は、まずないものと知らねばならぬ。事件の翌日、百余人の御家人達が、出家を遂げた。「吾妻鏡」には、「*薨御《こうぎょ》の哀傷に堪へず」とあるが、勿論、簡単なのは言葉の上だけであり、彼等の心根には容易に推知を許さぬものがあったであろう。首のない実朝は、彼等の寝所の枕上に立ったかも知れないのである。「吾妻鏡」編者等にしても、彼等からそう隔《へだ》った世代に生きていたわけではない。実朝の詩魂については知るところはなかったにしても、この人物の当時の歴史に於ける象徴的な意味、悲しく不気味な意味合いは、口には説明は出来なくても、はっきりと感得していた筈《はず》である。義時の為にした曲筆が、実朝の為にした潤色となり終ったのも、彼等の実朝に対する意識した同情という様な浅薄なものが原因ではない。原因は、もっと深い処にかくれて、彼等を動かしていた。僕は、それをはっきりした言葉で言う事が出来ない。併し、そういう事を思い乍《なが》ら、実朝の悲劇を記した「吾妻鏡」の文を読んでいると、その幼稚な文体に何か罪悪感めいたものさえ漂っているのを感じ、一種怪しい感興を覚える。僕の思い過ごしであろうか。そうかも知れない。どちらでもよい。僕は、実朝という一思想を追い求めているので、何も実朝という物品を観察しているわけではないのだから。

　頼朝という巨木が倒れて後は（この時実朝は八歳であった）、幕府は、陰謀と暗殺との本部の様な観を呈する。*梶原景時《かじわらかげとき》から始まり、*阿野全成《ぜんじょう》、*一幡《いちまん》、*比企《ひき》能員《よしかず》、*頼家、*畠山重忠、*平賀朝雅《ともまさ》、*和田義盛と、まるで順番でも待つ様に、皆死んでも死に切れぬ死様をしている。例えば、頼家はほぼこんな風に殺された。「サテ次ノ年ハ、元久元年七月十八日ニ、修禅寺ニテ又頼家入道ヲバサシコロシテケリ、*トミニ*エトリツメザリケレバ、*頸《クビ》ニヲ、ツケ、フグリヲ取ナドシテコロシテケリト聞ヘキ云々」（*「愚管抄」六）。無造作な文が、作者慈円の悲しみと怒りとをつつみ、生きて動いている。珍重すべき暗殺叙事詩とも言えようが、やがては、自らその主人公たるべき運命を、実朝は、幾時頃《いつ》から感じ始めただろうか。そういう事は、無論わからないが、これは決して愚問ではない。「吾妻鏡」を見て行くと、*和田合戦の頃から、急に頻々《ひんぴん》たる将軍家の礼仏神拝の事を記しているが、それは恰《あたか》も、懊悩《おうのう》する実朝の体温と脈搏《みゃくはく》とのグラフの様なものだ。やがて死の十字が描かれる。彼は晩年、頻《しき》りに官位の昇進を望み、殺される前年の如きは、正月に権大納言《ごんだいなごん》、三月には左近《さこん》大将、十月には内大臣、十二月には右大臣という異常な栄転で、これは、朝廷の側に、実朝*官打《かんうち》の思召《おぼしめし》があった為であるという説（*「承久記」）も行われたほどであるが、「吾妻鏡」は、大江広元の*諷諫《ふうかん》に、実朝が次の様に答えた事を伝えている。「*諫諍《かんさう》の趣、尤《もつと》も*甘心《かんしん》すと雖《いへど》も、源氏の正統此時に縮まり畢《をは》んぬ、子孫敢《あへ》て之を相継ぐ可からず、然《しか》らば飽くまで官職を帯し、家名を挙げんと欲すと云々」（建保四年九月廿日）。たとえ、ここに、世の謗《そし》りを免れんとする編者等の曲筆を認め得るとしても、実朝の異様な行為は依然として事実であり、それが、彼の異様な心を語っている事に変りはない。又、同じ年に、*陳和卿《ちんわけい》のすすめによる謎《なぞ》めいた渡宋計画がある。「和卿を御所に召して、御対面有り、和卿三反《みたび》拝し奉《たてまつ》り、頗《すこぶ》る涕泣《ていきふ》す、*将軍家其礼を憚《はゞか》り給ふの処、和卿申して云ふ、貴客は、昔宋朝医王山《いわうさん》の長老たり、時に吾《われ》其門弟に列すと云々、此事、去る建暦《けんりやく》元年六月三日*丑《うしの》刻《こく》、将軍家御寝《ぎよしん》の際、高僧一人御夢の中に入りて、此趣を告げ奉る、而《しか》して御夢想の事、敢て以て御詞《おんことば》を出されざるの処、六ケ年に及びて、忽《たちま》ち以て和卿の申状《まうしじやう》に符合す、仍《よ》つて御信仰の外《ほか》他事無しと云々」（建保四年六月十五日）。恐らくその通りであったろう。少くとも疑うべきしかとした理由はない。いずれにせよ、註文《ちゆうもん》の唐船は出来《しゆつたい》し、*由比浦の進水式が失敗に終ったのは事実である。彼が親しんだ仏説の性質、宋文明に対する彼の憧憬《しようけい》を考えたり、或《あるい》は、彼が秘めていた或る政治上の企図《きと》などを想像し、彼の異様と見える行為の納得のいく説明を求めようとしても、結局は空《むな》しいであろう。謎の人物実朝を得るのが落ちであろう、史家は、得て詩人というものを理解したがらぬものである。「宋人和卿唐船を造り畢んぬ、今日数百輩の疋夫《ひつぷ》を諸御家人より召し、彼船を由比浦に浮べんと擬す、即《すなは》ち御出有り、*右京兆《うけいてう》監臨《かんりん》し給ふ、信濃守行光《ゆきみつ》今日の*行事たり、和卿の訓説に随《したが》ひ、諸人筋力を尽して之を曳《ひ》くこと、*午剋《うまのこく》より申《さる》の斜《をはり》に至る、然れども、此所の為体《ていたらく》は、唐船出入す可きの海浦《かいほ》に非ざるの間、浮べ出すこと能《あた》はず、仍《よ》つて*還御、彼船は徒《いたづら》に砂頭《さとう》に朽ち損ずと云々」（建保五年四月十七日）。実朝は、どの様な想いでその日の夕陽を眺めたであろうか。

　紅の*ちしほの*まふり山のはに日の入る時の空にぞありける

何かしら物狂おしい悲しみに眼を空にした人間が立っている。そんな気持ちのする歌だ。歌はこの日に詠《よ》まれた様な気がしてならぬ。事実ではないのであるが。

公暁は、実朝暗殺の最後の成功者に過ぎない。頼家が殺された翌年、時政夫妻*は実朝殺害を試みたが、成らなかった。この事件を、当時十四歳の鋭敏な少年の心が、無傷で通り抜けたと考えるのは暢気《のんき》過ぎるだろう。彼が、頼家の亡霊を見たのは、意外に早かったかも知れぬ。亡霊とは比喩《ひゆ》ではない。無論、比喩の意味で言う積りも毛頭ない。それは、実朝が、見て信じたものであり、恐らく、教養と観察とが進むにつれ、彼がいよいよ思い悩まねばならなかった実在だった事に間違いはあるまいから。そういう僕等の常識では信じ難く、理解し難いところに、まさしく彼の精神生活の中心部があった事、また、恐らく彼の歌の真の源泉があった事を、努めて想像してみるのはよい事である。現代史家の常識は、北条氏の圧迫と実朝の不平不満、神経衰弱という様な事を直ぐ言い度《た》がるが、そういう理詰めな詮索《せんさく》が、実朝という詩人について何を語るものでもあるまい。又、実朝の歌に就いて、「万葉集」の影響を云々《うんぬん》するのは、現代歌人の常識であるが、現代の万葉趣味に準じて実朝が「万葉」を読んだ筈もない。真淵*によって主張され、子規*によって拍車をかけられた、「万葉」による実朝の自己発見という周知の仮説を否定し去る考えは少しもないが、この仮説の強さや真実さを支えているものは実朝自身ではない事をはっきり知って置くのはよい事だ。

「*十八日、丙戌《ひのえいぬ》、霽《はれ》、*子剋《ねのこく》、将軍家南面に出御、時に灯消え、*人定まりて、悄然《さつぜん》として音無し、只月色《ただげつしょく》　*蛬思《きょうし》心を傷《いた》むる計《ばかり》なり、御歌《おんうた》数首、御独吟《ぎょどくぎん》有り、*丑剋《うしのこく》に及びて、夢の如《ごと》くして*青女《せいじょ》一人、前庭を奔《はし》り融《とほ》る、頻りに問はしめ給《たま》ふと雖《いへど》も、遂《つひ》に以て名謁《なの》らず、而《しか》して漸《やうや》く門外に至るの程、俄《には》かに光物有り、頗《すこぶ》る松明《たいまつ》の光の如し、宿直《とのゐ》の者を以て、*陰陽少允親職《おんみやうせうじようちかもと》を召す、親職衣を倒《さかしま》にして奔参す、直《なほ》に事の次第を仰せらる、仍《よ》つて勘《かんが》へ申して云ふ、殊《こと》なる変に非ずと云々、然《しか》れども南庭に於て、招魂祭を行はる、今夜著《つ》け給ふ所の御衣を親職に賜はる」(建保元年八月十八日)

僕は、この文章が好きである。実朝の心事なぞには凡《およ》そ無関心なこの素朴な文章が、何んと実朝の心について沢山な事を語ってくれるだろう。そんな事を思っていると、彼の姿が彷彿《ほうふつ》と浮んで来る。彼は、この夜、僕の好きな彼の歌の一つを詠んでいたかも知れない。

萩《はぎ》の花くれぐれ迄もありつるが月出でて見るになきがはかなさ

建保元年八月といえば、和田合戦の余燼《よじん》未だ消えず、大地震が幾度も来たりして、人々不安な想いをしていた頃である。恐らく、実朝は、和田合戦の残酷な真相をよく承知していたのである。彼と、義盛とはよく心の通い合った主従であった。徒《むだ》と知りつつ、義時と義盛との間を調停もした。若《も》し義村の変心がなく、義盛が死なずに済んだなら、義時は実朝に自害を強いたであろう。それも彼はよく知っていた筈だ。既に七十に近かった義盛は、息子の義直が討たれたとき「今に於ては、合戦に励むも益無しと云々、声を揚げて悲哭《ひこく》し、東西に迷惑し」遂に討たれたと「吾妻鏡*」は書いているが、夜半の寝覚めに、恐らく実朝は、幾度となく、老人の悲哭の声を追ったのである。「廿五日、庚辰《かのえたつ》、幕府に於て、俄かに仏事を行はしめ給ふ、導師は行勇律師《*ぎやうゆうりつし》と云々、是《これ》将軍家去夜《さんぬるよ》御夢想有り、義盛已下《いか》の亡卒御前に群参すと云々*」（建保三年十一月）。前庭を奔《はし》り融《とお》った女は、或は刺客だったかも知れない。泉親衡《*いずみちかひら》の党類や義盛の余党は、当時まだ実朝の身辺を窺《うかが》っていた筈である。実朝を害した時、公暁は女装していたと「増鏡*」は書いている。だが、実朝が確かに見たものは、青女一人だったのであり、又、特に松明《たいまつ》の如き光物だった。どちらが幻なのか。この世か、あの世か。

世の中は鏡にうつるかげにあれやあるにもあらずなきにもあらず

こういう歌が、概念の歌で詰らぬという風には僕は考えない。現実の公暁は、少しばかり雪に足を辷らしさえしたら失敗したであろう。併《しか》し、自分の信じている亡霊が、そんなへまをするとは、実朝には全く考えられなかったろう。「鎌倉の右府の歌は志気ある人決《た》えて見るべきものにあらず」という香川景樹《かげき》の評は、子規を非常に立腹させた（「歌話」）。実朝の歌が、わからぬ様な志気は、向詰らぬ志気には相違あるまいが、景樹は、出まかせの暴言を吐いたわけではあるまい。実朝の歌は悲しい。おおしい歌でもおおらかな歌でもないのだから。「万葉」を学び、遂に「けがれたる物皆はらひすてて、清き瀬にみそぎしたらん」が如き歌境に達したとする真淵の有名な評言にしても、出鱈目《でたらめ》なものである。恐らく、実朝の憂悶《ゆうもん》は、遂に晴れる期はなかったのであり、それが、彼の真率で切実な秀歌の独特な悲調をなしているのである。

（箱根の山をうち出《い》でて見れば浪のよる小島あり、供の者に此《この》うらの名は知るやと尋ねしかば、伊豆の海となむ申すと答へ侍《はべ》りしを聞きて）

箱根路をわれ越えくれば伊豆の海や沖の小島に波の寄るみゆ

この所謂《いわゆる》万葉調と言われる彼の有名な歌を、僕は大変悲しい歌と読む。実朝研究家達は、この歌が二所詣《にしよもうで》の途次、詠まれたものと推定している。恐らく推定は正しいであろう。彼が箱根権現《ごんげん》に何を祈って来た帰りなのか。僕には詞書《ことばがき》にさえ、彼の孤独が感じられる。悲しい心には、歌は悲しい調べを伝えるのだろうか。それにしても、歌には歌の独立した姿というものがある筈だ。この歌の姿は、明るくも、大きくも、強くもない。この歌の本歌*として「万葉集」巻十三中の一首「あふ坂を打出て見ればあふみの海白木綿花《しらゆふはな》に浪立ちわたる」が、よく引合いに出されて云々されるが、僕には短歌鑑賞上の戯《たわむ》れとしか思えない。自分の心持ちを出来るだけ殺してみるのだが、この短調と長調とで歌われた二つの音楽は、あんまり違った旋律を伝える。「万葉」の歌は、相坂山に木綿*を手向《たむ》け、女に会いに行く古代の人の泡立つ恋心の調べを自ら伝えているが、「沖の小島に波の寄るみゆ」という微妙な詞の動きには、芭蕉の所謂ほ*そみとまでは言わなくても、何かそういう感じの含みがあり、耳に聞えぬ白波の砕ける音を、遥《はる》かに眼で追い心に聞くと言う様な感じが現れている様に思う、はっきりと澄んだ姿に、何とは知れぬ哀感がある。耳を病んだ音楽家は、こんな風な姿で音楽を聞くかも知れぬ。

　大きく開けた伊豆の海があり、その中に遥かに小さな島が見え、又その中に更に小さく白い波が寄せ、又その先きに自分の心の形が見えて来るという風に歌は動いている。こういう心に一物も貯《たくわ》えぬ秀抜な叙景が、自ら示す物の見え方というものは、この作者の資質の内省と分析との動かし難い傾向を暗示している様に思われてならぬ。

ゆふされば汐風《しほかぜ》寒し波間よりみゆるこじまに雪は降りつつ

特にここに挙げるほどの秀歌とも思わぬのだが、前の歌が調子を速め、小刻みになった歌という風に見れば、やはり叙景の仮面を被《かぶ》った抒情《じょじょう》の独特な動きが感じられる。一読すると鮮やかな叙景の様に思われるが、見ているうちに、夕暮がせまり、冷い風が吹き、冬の海は波立ち、その中に見え隠れする雪を乗せた小島を求めて、眼を凝らす作者の心や眼指《まなざ》しの方が、次第に強くはっきりと浮んで来る。何か苛立《いらだ》しいもの、苛立しさにじっと堪えているものさえ感じられるではないか。

実朝は早熟な歌人であった。

時によりすぐれば民のなげきなり八大竜王あめやめ給へ

は、彼の廿歳の時の作である。定家について歌を学んでいる廿歳やそこらの青年に、この様な時流を抜いた秀歌があるとは、いかにも心得難い事で、詞書に建暦元年とあるのは、或は書き誤りではあるまいか、という様な説さえ現れた程だが（斎藤茂吉「金槐集私鈔《きんかいしゅうししょう》」）、それよりもまず実朝自身に、これが時流を抜いた秀歌という様なはっきりした自覚があったかどうかを疑ってみる方が順序でもあり自然でもあると思う。

勿論《もちろん》、彼は、ただ、「あめやめ給へ」と一心に念じたのであって、現代歌人の万葉美学という様なものが、彼の念頭にあった筈《はず》はない。当り前の事だ。そして、これをそういう極く当り前な歌としてそのまま受取って何の差支《さしつか》えがあろうか。何流の歌でも何派の歌でもないのである。又、殊更《ことさら》に独創を狙《ねら》って、歌がこの様な姿になる筈もない。不思議は、ただ作者の天稟《てんぴん》のうちにあるだけだ。いや、この歌がそのまま彼の天稟の紛れのない、何一つ隠すところのない形ではないのだろうか。何を訝《いぶか》り、何を疑う要があろう。これは単純な考え方だ。併し、「建暦元年七月、洪水漫天土民愁歎《しうたん》せむ事を思ひて、一人奉向本尊聊致祈念云」という詞書と一緒にこの歌を読んでいると、僕は、自ら、そういう一番単純な考えに誘われて行くのである。僕は、それでよいと思っている。

子規はこの歌を評し、「此の如く勢強き恐ろしき歌はまたと有之間敷《これあるまじく》、八大竜王を叱咤《しった》する処《ところ》、竜王も慴伏《せふふく》致すべき勢相現れ申候」（「歌よみに与ふる書」）と言っているが、そういうものであろうか。子規が、世の歌よみに何かを与えようと何かに激している様はわかるが、実朝の歌は少しも激してはおらず、何か沈鬱《ちんうつ》な色さえ帯びている様に思われる。僕には、慴伏《しようふく》した竜王なぞ見えて来ない、「一人奉向本尊」作者が見えて来るだけだ。まるで調子の異った上句と下句とが、一と息のうちに聯結《れんけつ》され、含みのある動きをなしている様は、歌の調とか姿とかに関する、作者の異常な鋭敏を語っているものだが、又、それは青年将軍の責任と自負とに揺れ動く悩ましい心を象《かたど》ってもいるのであって、真実だが、決して素朴な調ではないのである。個々の作歌のきれぎれな鑑賞は、分析の精緻《せいち》を衒《てら》って、実朝という人間を見失い勝ちである。例えば、次の歌を誰も勢強く恐ろしい歌とは言わぬであろう。

ものいはぬ四方《よも》の獣《けだもの》すらだにもあはれなるかなや親の子を思ふ

併し、これも亦《また》実朝という同じ詩魂が力を傾けた秀歌なる所以《ゆえん》に素直に想《おも》いを致すならば、同じ人間の抜差しならぬ骨組が見えて来る筈だ。何やらぶつぶつ自問自答している様な上句と深く強い吐息をした様な下句との均斉のとれた和音。やはり歌は同じ性質の発想に始り、同じ性質の動きに終っている事を感知するであろう。

大海の磯《いそ》もとゞろによする波われてくだけてさけて散るかも

こういう分析的な表現が、何が壮快な歌であろうか。大海に向って心開けた人に、この様な発想の到底不可能な事を思うなら、青年の殆《ほとん》ど生理的とも言いたい様な憂悶を感じないであろうか。恐らくこの歌は、子規が驚嘆するまで（真淵はこれを認かった）孤独だっただろうが、以来有名になったこの歌から、誰も直《じ》かに作者の孤独を読もうとはしなかった。勿論、作者は、新技巧を凝《こら》そうとして、この様な緊張した調を得たのではなかろう。又、第一、当時の歌壇の誰を目当に、この様な新工夫を案じ得たろうか。自ら成った歌が詠み捨てられたまでだ。いかにも独創の姿だが、独創は彼の工夫のうちにあったというより寧《むし》ろ彼の孤独が独創的だったと言った方がいい様に思う。自分の不幸を非常によく知っていたこの不幸な人間には、思いあぐむ種はあり余る程あった筈だ。これが、ある日悶々《もんもん》として波に見入っていた時の彼の心の嵐の形でないならば、ただの洒落《しゃれ》に過ぎまい。そういう彼を荒磯にひとり置き去りにして、この歌の本歌やら類歌やらを求めるのは、心ないわざと思われる。

我こゝろいかにせよとか山吹《やまぶき》のうつろふ花のあらしたつみん（註）

これは「山吹に風の吹くをみて」と題され、前の「あら磯に浪のよるを見てよめる」とは趣は勿論違ったものだが、やはり僕には、この人の天稟と信ずるものの純粋な形が、そのまま伝わって来る様な歌と思われる。言葉の非常に特色ある使い方が見られるが、これも亦ただ言葉の上の工夫で得られる様な種類のものではあるまい。よほどはっきりと自分の心を見て摑《つか》む事が出来る人でないと、こういう歌は詠《よ》めぬ。人にはわからぬ心の嵐を、独り歌によって救っている様が、まざまざと見える様だ。

＊うば玉ややみのくらきにあま雲の八重雲がくれ雁《かり》ぞ鳴くなる

「黒」という題詠である。恐らく作者は、ひたすら「黒」について想いを凝したのであろうが、得たものはまさしく彼自身の心に他ならず、題詠の類型を超脱した特色ある形を成している点で興味ある歌と思うのであげたのであるが、実に暗い歌であるにも拘《かかわ》らず、弱々しいものも陰気なものもなく、正直で純粋で殆ど何か爽《さわ》やかなものさえ感じられる。暗鬱《あんうつ》な気持ちとか憂鬱な心理とかを意識して歌おうとする様な曖昧《あいまい》な不徹底な内省では、到底得る事の出来ぬ音楽が、ここには鳴っている。言わば、彼が背負って生れた運命の形というものが捕えられている様に思う。そういう言い方が空想めいて聞える人は、詩とか詩人とかいうものをはじめから信じないでいる方がいい様である。

「古今」「新古今」の体を学んだ実朝が、廿二歳で定家から「相伝私本万葉集」を贈られたのを期とし、「万葉」の決定的な影響の下に想を練り、幾多の万葉ぶりの傑作を得、更に進んで彼独特の歌境を開くに至ったという従来一般に行われていた説が、

＊佐佐木信綱氏の「定家所伝本金槐集」＊の発見によって覆《くつがえ》ったといわれる。この発見が確実に証したところは、要するに、直接には、人口に膾炙《かいしゃ》した傑作の殆ど全部を含め、従来実朝の歌と認められて来たものの大部分（六百六十三首）は、それが彼の全製作という確証はないが、ともかくすべて彼の廿二歳以前の作であるという事、間接には廿二歳を境として、実朝の環境や精神に突然変異が生じたという様な事が考えられない以上、その後の彼の作歌の殆どすべては散佚《＊さんいつ》したと考えるべきだし、従って、将来新たな彼の歌集の発見も考えられぬわけではないという事、そういう次第であってみれば、折角《せっかく》の大発見も、実朝の創作の発展とか筋道とかに関する本質的問題を少しも明らかにする処はなく、寧ろ為に問題はいよいよ謎《なぞ》を深めたとも言えるのである。実朝の創作に関する覆された従来の説が、どういう様なものであったにせよ、兎《と》も角《かく》一つの解釈には相違なかったわけだが、言わば歌人実朝の廿二歳の横死体が投げ出されて以来、下手人の見当も付かず、詮索《せんさく》は五里霧中という有様で、そういう状態は、合理的解釈とか方法論とかいう趣味の身についた現代の評家にはまことに厄介なものだろうと推察される。従って、例えば、次の様な窮余の一策も現れる。定家所伝本の歌が廿二歳までの実朝の全集と仮定すると、現存する其《その》他の彼の歌は、すべて廿二歳以後の作という一応好都合な事になる。そこで、これらの歌の数の少い事と質の凡庸なも

のが多いところから判断して、驚くべき早熟の天才にあり勝ちな驚くべき早老を、実朝に想像してみる（川田順「源実朝」）。併し、努めて古人を僕等に引寄せて考えようとする、そういう類《たぐ》いの試みが、果して僕等が古人と本当に親しむに至る道であろうか。必要なのは恐らく逆な手段だ。実朝という人が、まさしく七百年前に生きていた事を確かめる為に、僕等はどんなに沢山なものを捨ててかからねばならぬかを知る道を行くべきではないのだろうか。

「実朝といふ人は三十＊にも足らで、いざ是《これ》からといふ処にてあへなき最期《さいご》を遂げられ誠に残念致候。あの人をして今十年も活かして置いたならどんなに名歌を沢山残したかも知れ不申候《まうさず》」（「歌よみに与ふる書」）。恐らくそうだったろう。子規の思いは、誰の胸中にも湧《わ》くのである。恐らく歴史は、僕等のそういう想いの中にしか生きてはいまい。歴史を愛する者にしか、歴史は美しくはあるまいから。ただ、この種の僕等の嘆息が、歴史の必然というものに対する僕等の驚嘆の念に発している事を忘れまい。実朝の横死は、歴史という巨人の見事な創作になったどうにもならぬ悲劇である。そうでなければ、どうして「若《も》しも実朝が」という様な嘆きが僕等の胸にあり得よう。ここで、僕等は、因果の世界から意味の世界に飛び移る。詩人が生きていたのも、今も尚《なお》生きているのも、そういう世界の中である。彼は殺された。併し彼の詩魂は、自分は自殺したのだと言うかも知れぬ。一流の詩魂の表現する運命感というものは、まことに不思議なものである。

僕がここに止《や》むを得ずやや曖昧な言い方で言おうとした処を読者は推察してくれたであろうか。実朝の作歌理論が謎であったところでそれが何んだろう。謎は、謎を解こうとあせる人しか苦しめやしない。実朝の人物の姿や歌の形が、鮮やかに焼付けられるには、暗室は暗ければ暗い方がいい。僕は、そんな風に感ずる。殆ど強い意志表示とも言える様な形で歌われた彼の心の嵐が、思付きや気紛《きまぐ》れだった筈があろうか。それは彼の生涯を吹き抜けた嵐に他ならず、恐らく雑然と詠み捨てられた彼の各種各様の歌は、為に舞上った木の葉であり、その中の幾葉かが、深く彼の心底に沈んだ。

流れ行く木の葉のよどむえにしあれば暮れての後も秋の久しき

秀歌の生れるのは、結局、自然とか歴史とかという僕等とは比較を絶した巨匠等との深い定かならぬ「えにし」による。そういう思想が古風に見えて来るに準じて、歌は命を弱めて行くのではあるまいか。実朝は、決して歌の専門家ではなかった。歌人としての位置という様なものを考えてもみなかったであろう。将軍としての悩みは、歌人の悩みを遥《はる》かに越えていたであろう。勿論彼は万葉ぶりの歌人という様なものではなかった。成る程「万葉」の影響は受けた。同じ様に「古今」の影響も精一杯受けた。新旧の思想の衝突する世の大きな変り目に生きて、あらゆる外界の動きに、彼の心が鋭敏に反応した事は、彼の作歌の多様な傾向が示す通りである。影響とは評家にとっては便利な言葉だが、この敏感な柔軟な青年の心には辛《つら》い事だったに相違ない。様々な世の動きが直覚され、感動は呼び覚まされ、彼の心は乱れたであろう。嵐の中に摸索《もさく》する彼の姿が見える様だ。ただ純真に習作し摸索し、幾多の凡庸な歌が風とともに去るにまかせ、彼の名を不朽にした幾つかの傑作に、闇夜に光り物に出会う様に出会ったが、これに執着して、これを吟味する暇もなく、新たな悩みが彼を捕える。僕の眼前にチラつく彼のそういう姿は、定家所伝本の発見という様なものとは何んの係わりもない。発見は、あってもなくても同じ事だ。恰《あたか》も短命を予知した様な一種言い難い彼の歌の調に耳を澄ましていれば、実は事足りるのだから。そういう僕の眼には、歌人の廿二歳の厄介な横死体さえ、好都合な或る象徴的な意味を帯びて見え兼ねないから。廿八で横死したとはいかにも実朝らしい、廿二で歌を紛失して了《しま》ったとはいかにも彼らしい、と。空想を逞《たくま》しくしているわけではない。僕は、ただ、不思議な事だが今も猶《なお》生きている事が疑えぬ彼の歌の力の中に坐って、実証された単なる一事実が、足下でぐらつく様を眺めているに過ぎないのである。「吾妻鏡」によれば、実朝は十四の時には、既に歌を作っている。彼は蹴鞠《*けまり》に熱中する様に歌に熱中したのだろうが、歌は、その本来の性質上、特に天稟ある人にとっては、必ずしも慰めにはならぬ所以《ゆえん》に、恐らく彼は思い至ったであろう。そういう漠然とした事は想像出来るとしても、彼が、歌道の一と筋につながり、其処《そこ》に生活の原理を見出《みいだ》すに至ったという風な明確な想像は、先《ま》ず難かしい事ではないかと思われる。彼が歌の上である特定な美学を一貫して信じた形跡が全く見当らぬのは、彼が人生観上、ある思想に固執した形跡の少しも見付からぬのと一般である。而《しか》も彼と「万葉」との深いつながりを説く人の絶えぬのは、あらゆる真摯《しんし》な歌人の故郷としての「万葉」の驚くべき普遍性を語るものと考えていい。西行が、青春の悩みを、一挙に解決しようと心を定め、実行の一歩を踏み出した年頃には、実朝は既に歌うべきものを凡《すべ》て歌っていた事を考えてみるがよい。いや、「金槐集」が彼の幾歳までの作であろうと、この驚くほどの秀作を鏤《ちりば》めた雑然たる集成に、実朝という人間に本質的な或る充実した無秩序を、僕が感じ取るのを妨げない。

「紫の雲の林を見わたせば法《のり》にあふちの花咲きにけり」（肥後）*。「ほのかなる雲のあなたの笛の音も聞けば仏の御法《みのり》なりけり」（俊成）。そういう紫の雲が、実は暗澹《あんたん》たる嵐を孕《はら》んでいる事を、非常に早く看破した歌人は西行であった。と、言っても、それが、彼の遁世《とんせい》の理由だったとか動機だったとかと考えたいのではない。そういう彼の心理や意識は、彼とともに未練気もなく滅び去ったのだし、彼の歌が独り滅びずに残っているのも、そういうものの証《あか》しとしてではないのだから。歌はもっと深い処から生れて来る。精緻な彼の意識も、恐らく彼の魂が自ら感じていた処まで下ってみはしなかったのである。

平安末の所謂《いわゆる》天下之大乱は、僕等が想いみるにはあんまり遠過ぎるが、当時の人々にはあんまり近過ぎたとも言えるであろう。「寿永元暦《げんりやく》などのころ世のさわぎは、夢ともまぼろしとも哀《あはれ》とも、なにともすべてすべていふべききはにもなかりしかば、よろづいかなりしとだにおもひわかれず。（中略）たゞいはんかたなき夢とのみぞ、ちかくもとほくも見聞く人みなまよはれし」（「建礼門院右京大夫集《うきょうのだいぶ》」）。眼前の事実も、「たゞいはんかたなき夢」と見えた人の文章に、勿論《もちろん》大動乱の姿を見る事は出来ないが、王朝人の見果てぬ夢が、いかに濃密なものであったかはよく現れている。動乱に夢を覚まされるには、この世を夢ともまぼろしとも観ずる思想はあまり成熟し過ぎていたのである。動乱のさ中に「千載集」が成ったという様な事にも別に不思議はない。歌人達は、世のさわぎに面を背けていたわけではない。そんな事が出来た様な生やさしいさわぎではなかったであろう。彼等は、恐らく新しい動乱に、古い無常の美学の証明されるのを見たのである。そういう言わば彼等の精神がわれ知らず採った自衛策は、幽玄有心の危い理論を辿《たど》り、遂《つい》に党派と伝授との袋道に堕《お》ちて行った。夥《おびただ》しい気質や才能が、歴史の大きな悲劇の破片を拾い上げ、絶望と希望とを経緯とする、めいめいの複雑な心理の綾《あや》を織ったことだろうが、そういうものには一顧も与えず、古いものの死と新しいものの生との鮮やかな姿を、驚くほど平静に、行動の世界のうちに描き出してみせたのが「平家物語」であった。平俗と見える叙述は、実は非常に純粋で、叙事詩としての無私な深い感情は、或る個性とか或る才能とかいうものを超えた歴史の大きな呼吸とともに息づいている。物語の作者のはっきりした名の伝わらぬも偶然ではないのだ。未曾有《みぞう》の動乱を鳥瞰《ちょうかん》するには、和歌という形式は、無論、適当なものではなかったのであろうが、この物語が孕んでいる様な深い歴史感情に独力で堪えた歌人はあったのである。それが西行だ。彼の歌は成熟するにつれて、いよいよ平明な、親しみ易《やす》いものとなり、世の動きに邪念なく随順した素朴な無名人達の嘆きを集めて純化した様なものになった。彼の出家の直接の動機がどの様なものであったにせよ、彼は出家によって世間を狭めようとしたのではあるまい。無常観の雛形《ひながた》の様な生活が、彼の魂には狭過ぎたのである。成る程、西行と実朝とは、大変趣の違った歌を詠《よ》んだが、ともに非凡な歌才に恵まれ乍《なが》ら、これに執着せず拘泥《こうでい》せず、これを特権化せず、周囲の騒擾《そうじょう》を透して遠い地鳴りの様な歴史の足音を常に感じていた異様に深い詩魂を持っていたところに思い至ると、二人の間には切れぬ縁がある様に思うのである。二人は、厭人《えんじん》や独断により、世間に対して孤独だったのではなく、言わば日常の自分自身に対して孤独だった様な魂から歌を生んだ稀有《けう》な歌人であった。

西行は、歌人として円熟するに充分な長命を享《う》けた。彼が深く経験した白河院、鳥羽院時代の風雅の生活は、遁世後も永く彼の歌に調和を齎《もたら》す力と変じて、彼のうちに残っただろうし、新たに得た宗教上の教養は、迷いに満ちた彼の心の好伴侶《はんりよ》だったに相違ない。実朝の生涯には、そういう好都合な条件は一つも見当らぬ。戦争は終ったが、世相の紛糾と分裂とは、いよいよ悪質な複雑なものとなり、公家と武家との対立の他に教団の勢力があり、その各々は又、党派に分裂し、反目抗争していたが、実朝の宰領したものは、最も陰惨な、殆《ほとん》ど百鬼夜行の集団であった事は、既に書いた通りである。

神といひ仏といふも世の中の人のこゝろのほかのものかは

実朝が、こういう考えを栄西から得たか、行勇から得たか、その様な事はどうでもよい。それに、これは単なる考えではない。傑作ではないが、いかにも実朝らしい歌と僕は感ずる。煩瑣《はんさ》な混乱した当時の宗教上の教養に足をとられた歌人等の間で、彼はたった一人でぽつりとこんな歌を詠んでいるのである。この歌には「心の心をよめる」という詞書《ことばがき》がある。外界の不安を心の不安と観ずるのは当時の風であった。併《しか》し、心の心を求めて、実朝の歌が、例えば「*こはいかにまたこはいかにとにかくにたゞ悲しきは心なりけり」(慈円)という風な調には決してならなかった。彼は、恐らく、慈円の様な歌の生れて来る不安な心理には通暁《つうぎょう》していたのであるが。当時の歌人達に愛好された心を観じて悲しみを得るという観想の技術を、彼は他の技術と同列に無邪気に模倣したに相違ないのだが、彼の抒情歌《じょじょうか》の優れたものが明らかに語っている様に、彼の内省は無技巧で、率直で、低徊《ていかい》するところがない。これは大事な事である。慈円は、実朝の死を残酷な筆致で描いた後、「ヲロカニ用心ナクテ文ノ方アリケル実朝ハ又大臣大将ケガシテケリ。亦《マタ》跡モナクウセヌルナリケリ」(「愚管抄」六)と書いている。慈円の政治思想が言わせた言葉とばかりは言い切れまい。心を観じて悲しみを得、悲しみを馴致《じゅんち》して思想の一組織を得た彼の様な典型的な教養人の眼には、実朝は凡《およ》そ定見というものを持たぬ「ヲロカニ用心ナキ」人物と見えたかも知れぬ。一方、彼の周囲の頼朝の所謂「清濁を分たざるの武士」達にも実朝は、勿論理解し易い人間ではなかった。畠山重忠の子が謀叛《むほん》を企てた時、長沼五郎宗政という武士が、命ぜられて生虜《いけどり》に赴いたが、首を斬《き》って還《かえ》った。「*楚忽《そこつ》の議、罪業《ざいごふ》の因たるの由《よし》、太《はなは》だ御歎息《たんそく》と云々《うんぬん》、仍《よ》つて宗政御気色《*みけしき》を蒙《かうむ》る、而《しか》るに宗政眼を怒らし、仲兼朝臣《なかかねあそん》に盟《ちか》ひて云ふ、件《くだん》の法師に於ては、叛逆《ほんぎやく》の企《くはたて》其疑無し、又生虜《いけど》るの条は、掌の内に在りと雖《いへど》も、直に之《これ》を具参せしめば、諸の女姓比丘尼《*びくに》等の申状に就いて、定めて宥《なだ》めの沙汰《さた》有るかの由、兼ねて以て推量するの間、斯《かく》の如《ごと》く誅罰《ちゅうばつ》を加ふる者なり、向後《きやうこう》に於ては、誰《いづれ》の輩《ともがら》か忠節を抽《ぬき》んづ可《べ》き乎《か》、是《これ》将軍家の御不可なり、(中略)当代は、歌鞠《うたまり》を以て業《わざ》と為《な》し、*武芸は廃《すた》るるに似たり、女姓を以て宗《むね》と為し、勇士は之無きが如し、(中略)此外《このほか》の*過言勝《あ》げて計《かぞ》ふ可からず、仲兼一言に及ばず座を起《た》つ、宗政も又退出す」(「吾妻鏡」、建保元年九月廿六日)。実朝は、こんな歌を詠んでいる。

(二所詣《にしよまうで》下向後朝《あした》にさぶらひども見えざりしかば)

旅をゆきし跡の宿もりおのおのに私あれや今朝はいまだこぬ

彼は悲しんでも怒ってもいない様だ。併《しか》し、そういう事はどうでもよい。恐らく、彼自身にとってもどうでもいい事であった。歌は、写生帖《ちょう》をひらいて写生でもしている様な姿をしていて、画家の生き生きとした、純真な眼差《まなざ》しが見える。この画家は極めて孤独であるが、自分の孤独について思い患《わずら》う要がない。それは、あまりわかり切った当り前な事だから。

扨《さ》て、「神といひ仏といふも」の歌も亦、当時として珍重すべき思想という様なものではなく、ただこの純真な眼差しが、見たもの驚いたものではあるまいか。彼は、ただそういう風に見たのである。見たものについて考えた歌ではない。彼は確かに鋭敏な内省家であったが、内省によって、悩ましさを創《つく》り出す様な種類の人ではなかった。確かに非常に聡明《そうめい》な人物であったが、その聡明は、教養や理性から来ていると言うより寧《むし》ろ深い無邪気さから来ている。僕にはそういう様に思われる。

塔をくみ堂をつくるも人のなげき懺悔《さんげ》にまさる功徳《くどく》やはある

これは殆ど親鸞《しんらん》の思想だとは言うまい。作者の天稟《てんぴん》が、大変易しい仕事をしたまでだ。彼が敬神崇仏の念に篤《あつ》かったのは、「吾妻鏡」の語る通りだったであろうが、彼には当時の善男善女の宗教感覚を痛切に感得する事で充分だったであろう。熊谷直実《*くまがいなおざね》が大往生を遂げたのは、実朝の十七歳の時であった。「三日*、庚子《かのえね》、陰《くもり》、熊谷小次郎直家上洛す、是《これ》父入道、来《きたる》十四日東山の麓《ふもと》に於て執終《*しつしゅう》す可きの由《よし》示し下すの間、之《これ》を見訪《みとぶら》はんが為と云々、進発の後、此《この》事御所中に披露す、珍事の由、其沙汰有り、而《しか》るに広元朝臣《*あそん》云ふ、兼ねて死期《しご》を知ること、権化《*ごんげ》の者に非《あら》ずば、疑有るに似たりと雖《いへど》も、彼の入道世塵《せぢん》を遁《のが》るるの後、浄土を欣求《ごんぐ》し、所願堅固にして、念仏修行の*薫修《くんしゅ》を積む、仰ぎて信ず可きかと云々」（承元二年九月）。直実の心も広元の心も、実朝に近かったとは言えまい、小次郎の「世の中の人のこゝろ」は、彼の心だったのではあるまいか。彼は、頼朝以来の幕府の宗教上の慣例作法に素直に従っていた。和田義盛一党の冥福《めいふく》を祈りつつ写した自筆の「*円覚経《えんがくきょう》」が、*三浦の海に沈み行く時、彼は確かに、夢に現れた亡卒達の*得度《とくど》するのを信じたであろう。併し、それは、彼が「円覚経」の観念論に興味を持った事にはならない。興味を持ったとも思われぬ。

　*大日《だいにち》の種子《しゅじ》よりいでて*さまや形《ぎやう》さまやぎやう又尊形《そんぎやう》となる

実朝の歌を言うものは、皆この歌を秀歌のうちに選んでいる様だ。深い宗教上の暗示を読む者もあり、*密教の観法の心理が歌われている処から、作者の密教修行の深さを言う者もある。僕は、ここに無邪気な好奇心に光った子供の様な正直な作者の眼を見るだけだ。観法も修してみた実朝の無頓着な報告の様に受取れる。確かに大胆な延び延びした姿はある、極端に言えば子供の落書きの様な。併し、この歌人の深い魂はない。彼の詩魂が密教の観法に動かされる様な観念派のものとは考えない。だが、秀作ではないと強くは主張したいとも思わぬ、僕は歌の評釈をしているわけではないのだから。人々が好むところを読みとるに如《し》くはない。彼の性格についても深入りはしまい。それは歴史小説家の任務であろうし、それに、僕は、近代文学によって誇張された性格とか心理とかいう実在めいた概念をあまり信用してもいない。

　*ほのほのみ虚空《こくう》にみてる*阿鼻《あび》地獄行方《ゆくへ》もなしといふもはかなし

彼の周囲は、屢々《しばしば》地獄と見えたであろう。という様な考えは、恐らく僕等の心に浮ぶ比喩《ひゆ》に過ぎず、実朝の信じたものは何処《どこ》かにある正銘の地獄であった。僕は、この歌を読む毎《ごと》に、何とは知れぬが、いかにも純潔な感じのする色や線や旋律が現れて来るのを感じ、僕にはもはや正銘の地獄が信じられぬ為であろうかと自問してみるのだが、空疎《くうそ》な問いに似て答えがない。僕にしかと感じられるこの同じ美しさを作者も亦見、感じていなかった筈《はず》はあるまい。美というものは不思議なものである。いかにも地獄の歌らしいあの陰惨な罪業《ざいごう》の深い感じのする*西行の地獄の歌に比べると、これは又なんという物悲しい優しい美しい地獄の歌だろう。要するに歌の姿は作者の心の鏡なのである。そういう事を思うと、例えば、

　吹く風の涼しくもあるかおのづから山の蝉《せみ》鳴きて秋は来にけり

の名歌からも同じものが見えて来る、抗し難い同じ純潔な美しさが現れ、ほのかに巨《おお》きな肉体の温みにでも触れる様に彼の無垢《むく》な魂が感じられて来る。彼自身もそんな具合に触れていたものとさえ感じられて来る。「金槐集」は、凡庸な歌に充《み》ちているが、その中から十数首の傑作が、驚くほど明確で真率な形と完全な音楽性とを持って立現れて来る様は、殆ど奇蹟《きせき》に似ている。「君が歌の清き姿はまんまんとみどり湛《たた》ふる海の底の玉」、子規には、実朝を讃《たた》えた歌はいくつもあるが、僕はこの歌が一番好きである。子規は素直に驚いている。奇蹟と見えたなら、驚いているに越した事はあるまい。実朝は自分の深い無邪気さの底から十余りの玉を得たのだが、恐らく彼の垂*鉛が其処《そこ》までとどいていたわけではなかったのである。

世の中は常*にもがもな渚《なぎさ》こぐあま*のを舟の綱手かなしも

この歌にしても、あまり内容にこだわり、そこに微妙で複雑な成熟した大人の逆説を読みとるよりも、いかにも清潔で優しい殆ど潮の匂《にお》いがする様な歌の姿や調の方に注意するのがよいように思われる。実は、作者には逆説という様なものが見えたのではない、という方が実は本当かも知れないのである。又、例えば、

散り残る岸の山吹《やまぶき》春ふかみ此ひと枝をあはれといはなむ

人々のしゃぶり尽した「かなし」も「あはれ」も、作者の若々しさのなかで蘇生《そせい》する。僕は、浪漫派の好む永遠の青春という様なものを言っているのではない。その様な要素は、実朝の秀歌には全くない。青年にさえ成りたがらぬ様な、完全に自足した純潔な少年の心を僕は思うのである。それは、眼前の彼の歌の美しさから自《おの》ずと生れて来る彼の歌の観念の様に思われる。

才能は玩弄《がんろう》する事も出来るが、どんな意識家も天稟には引摺《ひきず》られて行くだけだ。平凡な処世にも適さぬ様な持って生れた無垢な心が、物心ともに紛糾を極めた乱世の間に、実朝を引摺って行く様を僕は思い描く。彼には、凡そ武装というものがない。歴史の溷濁《こんだく》した陰気な風が、はだけた儘《まま》の彼の胸を吹き抜ける。これに対し彼は何等《なんら》の術策も空想せず、どの様な思想も案出しなかった。そういう人間には、恐らく観察家にも理論家にも行動家にも見えぬ様な歴史の動きが感じられていたのではあるまいかとさえ考える。奇怪な世相が、彼を苦しめ不安にし、不安は、彼が持って生れた精妙な音楽のうちに、すばやく捕えられ、地獄の火の上に、涼しげにたゆたう。

玉くしげ箱根の*みうみ*けけれあれや*二国《ふたくに》かけてなかにたゆたふ

彼の歌は、彼の天稟の開放に他ならず、言葉は、殆ど後からそれに追い縋《すが》る様に見える。その叫びは悲しいが、訴えるのでもなく求めるのでもない。感傷もなく、邪念を交えず透き通っている。決して世間というものに馴《な》れ合おうとしない天稟が、同じ形で現れ、又消える。彼の様な歌人の仕事に発展も過程も考え難い。彼は、常に何かを待ち望み、突然これを得ては、又突然これを失う様である。

山は裂け海はあせなむ世なりとも君にふた心わがあらめやも

「金槐集」は、この有名な歌で終っている。この歌にも何かしら永らえるのに不適当な無垢な魂の沈痛な調べが聞かれるのだが、彼の天稟が、遂に、それを生んだ、巨大な伝統の美しさに出会い、その上に眠った事を信じよう。ここに在るわが国語の美しい持続というものに驚嘆するならば、伝統とは現に眼の前に見える形ある物であり、遥《はる》かに想《おも》い見る何かではない事を信じよう。

（註）　引用の歌は、凡て定家所伝本によったが、この歌のみは*貞享本《じようきようぼん》を底本とした斎藤茂

吉氏校訂の岩波文庫、「新訂金槐和歌集」（昭和四年版）によった。貞享本所載のものの方が、いかにも立派で面白い歌と思われ、これを捨てる気持ちにどうしてもなれなかったという以外別に理由はない。定家所伝本では、「わか心いかにせよとかやまふきのうつろふはなにあらしたつらん」となっている。

（「文學界」昭和十八年二月号、同五月号―同六月号）

平家物語

「先がけの勲功《いさを》立てずば生きてあらじと誓へる心生食《いけずき》知るも」。これは、「平家物語」を詠じた子規の歌である。名歌ではないかも知れないが、子規の心が、「平家物語」の美しさの急所に鋭敏に動いた様が感じられ、詩人がどれくらいよく詩人を知るか、その見本の様な歌と思われて面白い。

「平家」のなかの合戦の文章は皆いいが、宇治川先陣は、好きな文の一つだ。「盛衰記」でもあの辺りは優れた処《ところ》だが、とても「平家」の簡潔な底光がしている様な美しさには及ばぬ。同じ題材を扱い、こうも違うものかと思う。読んでいると、子規の歌が、決して佐々木四郎の気持ちという様な曖昧《あいまい》なものを詠じたのではない事がよく解《わか》る。荒武者と駻馬《かんば》との躍り上る様な動きを、はっきりと見て、それをそのままはっきりした音楽にしているのである。成る程、佐々木四郎は、先がけの勲功立てずば生きてあらじ、と頼朝の前で誓うのであるが、その調子には少しも悲壮なものはない、勿《もち》論《ろん》感傷的なものもない。傍若無人な無邪気さがあり、気持ちのよい無頓着さがある。人々は、「あつぱれ荒*涼な申しやうかな」、と言うのである。頼朝が四郎に生*食をやるのも気紛《きまぐ》れに過ぎない、無造作にやって了《しま》う。尤《もっと》もらしい理由なぞいろいろ書いている「盛衰記」に比べると格段である。「金覆輪《きんぷくりん》の鞍《くら》置かせ、小総《こぶさ》の鞦《しりがい》かけ、白轡《しろぐつわ》はげ白泡かませ、舎人《とねり》あまた附たりけれども、なほ引きもためず、跳《をど》らせてこそ出来《いでき》たれ」。これは又佐々木四郎の出立《いでた》ちでもある。源太*景季《かげすえ》これを見て、佐々木とさし違え、「*よき侍二人死んで、鎌倉殿に損取らせ奉《たてまつ》らむ」と飛んだ決心をアッと思う間にして了うのもなかなかよい。佐々木から、盗んだ馬と聞かされると、「*ねったい」と大笑いしてさっさと行って了う。まるで心理が写されているというより、隆々たる筋肉の動きが写されている様な感じがする。事実、そうに違いないのである。この辺りの文章からは、太陽の光と人間と馬の汗とが感じられる、そんなものは少しも書いてないが。

生食、*磨墨《するすみ》の説明やら大手*、搦手《からめて》の将兵の説明やらを読んで行くと、突然文の調子が変り、「*頃は睦月《むつき》二十日あまりの事なれば、比良《ひら》の高根、志賀の山、昔ながらの雪も消え、谷々の氷うちとけて、水は折ふし増《まさ》りたり、白浪《しらなみ》おびたゞしう漲《みなぎ》り落ち、瀬《せ》枕《まくら》大きに滝鳴つて、逆巻く水も早かりけり、夜は既にほのぼのとあけ行けど、川霧深くたち籠《こ》めて、馬の毛も鎧《よろひ》の毛もさだかならず」という風になる。宇治川がどういう川だかはわからないが、水の音や匂《にお》いや冷さは、はっきりと胸に来て、忽《たちま》ち読者はそのなかに居るのである。そういう風に読者を捕えて了えば、先陣の叙述はただの一《ひと》刷毛《はけ》で足りるのだ。

「一*文字にさつと渡いて、向《むかへ》の岸にぞ打ち上げたる」

終りの方も実にいい。勇気と意志、健康と無邪気とが光り輝く。畠山重忠*が、馬を射られ、水の底をくぐって岸に取りつく。「うち*上らんとする所に、後よりものこそむずと控へたれ。誰ぞと問へば、重親《しげちか》と答ふ。大串《おほぐし》か、さん*候。大串の次郎は畠山が為には、*烏帽子子《ゑぼしご》にてぞ候ひける。あまりに水が早うて、馬をば川中よりおし流され候ひぬ。力*及ばでこれまで著《つ》き参つて候と言ひければ、畠山、いつもわ*殿《との》ばらがやうなる者は、重忠にこそ助*けられむずれといふまゝに、大串を摑《つか》んで、岸の上へぞ投げ上げたる。投げ上げられてたゞなほり、太刀《たち》をぬいて額にあて、大音声《だいおんじやう》をあげて、武蔵の国の住人大串の次郎重親、宇治川の*歩立《かちたち》の先陣ぞや、とぞ名乗つたる。敵も御方《みかた》もこれを聞いて、一度にどつとぞ笑ひける」

込み上げて来るわだかまりのない哄笑《こうしょう》が激戦の合図だ。これが「平家」という大音楽の精髄である。「平家」の人々はよく笑い、よく泣く。僕等は、彼等自然児達の強《きょう》靭《じん》な声帯を感ずる様に、彼等の涙がどんなに塩辛いかも理解する。誰も徒《いたず》らに泣いてはいない。空想は彼等を泣かす事は出来ない。*通盛卿《みちもりきょう》の討死《うちじに》を聞いた*小宰相《こざいしょう》は、船の上に打ち臥《ふ》して泣く。泣いている中に、次第に物事をはっきりと見る様になる。もしや夢ではあるまいかという様な様々な惑いは、涙とともに流れ去り、自殺の決意が目覚める。とともに突然自然が眼の前に現れる、常に在り、而《しか》も彼女の一度も見た事もない様な自然が。「漫々たる海上なれば、いづちを西とは知らねども、月の入るさの山の端《は》を、云々《うんぬん》」。*宝井其角《きかく》の「平家なり太平記には月も見ず」は有名だが、この趣味人の見た月はどんな月だっただろうか覚束《おぼつか》ない気持ちがする。

「平家」のあの*冒頭の今様《いまよう》風の哀調が、多くの人々を誤らせた。「平家」の作者の思想なり人生観なりが、其処《そこ》にあると信じ込んだが為である。一応、それはそうに違いないけれども、何も「平家」の思想はかくかくのものと仔細《しさい》らしく取上げてみるほど、「平家」の作者は優れた思想家ではないという処が肝腎《かんじん》なので、彼はただ当時の知識人として月並みな口を利《き》いていたに過ぎない。物語のなかでの唯《ただ》一人の思想家*重盛にしてからが、その説くところ、殆《ほとん》ど矛盾撞着《どうちゃく》して、不徹底な愚にもつかぬものであり、それが、作者から同情の念をもって描かれているらしい処から推しても、解るのである。作者を、本当に動かし導いたものは、彼のよく知っていた当時の思想という様なる。

ものではなく、彼自らはっきり知らなかった叙事詩人の伝統的な魂であった。彼自ら知らぬ処に、彼が本当によく知り、よく信じた詩魂が動いていたのであって、「平家」が多くの作者達の手により、或《あるい》は読者等の手によって合作され、而も誤らなかった所以《ゆえん》もそこにある。「平家」の真正な原本を求める学者の努力は結構だが、俗本を駆逐し得たとする自負なぞ詰らぬ事である。*流布本《るふ》には所謂《いわゆる》原本なるものにあるよりも美しい叙述が屡々《しばしば》現れる。「平家」の哀調、惑わしい言葉だ。このシンフォーイは短調で書かれていると言った方がいいのである。一種の哀調は、この作の叙事詩としての驚くべき純粋さから来るのであって、仏教思想という様なものから来るのではない。「平家」の作者達の厭人《えんじん》も厭世《えんせい》もない詩魂から見れば、当時の無常の思想の如《ご》きは、時代の果敢《はか》無《な》い意匠に過ぎぬ。鎌倉の文化も風俗も手玉にとられ、人々はその頃の風俗のままに諸元素の様な変らぬ強い或るものに還元され、自然のうちに織り込まれ、僕等を差招き、真実な回想とはどういうものかを教えている。

（「文學界」昭和十七年七月号）

蘇我馬子の墓

*岡寺から*多武峰《とうのみね》へ通ずる街道のほとりに、石舞台と呼ばれている大規模な古墳がある。この辺りを島の庄と言う。島の大臣《おおおみ》*馬子《うまこ》の墓であろうという説も学者の間にはあるそうだ。私は、その説に賛成である。無論、学問上の根拠があって言うのではないので、ただ感情の上から賛成して置くのである。この辺りの風光は朝鮮の*慶州辺りにいかにもよく似た趣《おもむき》があると思い乍《なが》ら、うろつき廻っていると、どうもこの墓は、馬子の墓という事にして貰《もら》わないと具合が悪い気持ちになって来たのである。

＊＊＊

馬子の先祖*武内宿禰《たけうちのすくね》は、国史を信ずるなら、*景行《けいこう》以来引続き*六朝に仕え、齢《よわい》三百歳を越えた不思議な政治家であるが、私は予《かね》てから、「古事記」「日本書紀」に記された人で、こんな気味の悪い人間は他に一人もいないと思っている。それと言うのも、国史の扱い方が異様だからでもある。常に国家の枢機《すうき》を握る人物として現れてい乍ら、何をやっていたのやら殆《ほとん》どわからぬ様に書かれているからである。

景行時代の国家の大事は、内乱の鎮圧にあったが、身を挺《てい》して事に当ったのは、*日本武尊《やまとたけるのみこと》であった。打続く征戦に疲れ、尊《みこと》は*能褒野《のぼの》に死に、「独り曠野《あらの》に臥《ふ》して誰にも語ること無し」というその愁《かな》しみは、白鳥と化《な》って、天に翔《かけ》ったと史は言う。武内宿禰が、この間何をしていたかわからない。やがて次帝成務《せいむ》となる稚足彦尊《わかたらしひこのみこと》と結び、栄進して総理大臣になった事だけが明らかだ。次帝仲哀《ちゅうあい》は日本武尊の第二皇子である。「冀《ねがは》くは白鳥《しらとり》を獲《え》て、陵《みささき》の域《めぐり》の池に養《か》はん――。則《すなは》ち諸国《くにぐに》に令《のりご》ちて白鳥を貢《たてまつ》らしむ」、これは解《わか》り切った事だ。処《ところ》が白鳥の間に争が起った。これが当時の国家の大事である。*越《こし》の人、白鳥四隻《よつ》を貢ろうと、はるばる来て*宇治川の辺《ほと》りに宿る。或る人白鳥を見て「白鳥と雖《いへど》も、焼かば則ち黒鳥に為《な》らん」と嘲《あざけ》り、奪って去った。天皇は怒り、これを誅《ちゅう》した。掠奪《りゃくだつ》者は天皇の異母弟であった。この時武内は何をしていたか解らぬが、*神功《じんぐう》皇后の寵《ちょう》を得た彼が間もなく皇后の*三韓征戦に先立ち、史上最も奇怪な白鳥の死の立会人となって現れるのは、誰も知る処である。所謂《いわゆる》*胎中《たいちゅう》天皇は、征戦終って*筑紫で生れた。次に武内のとった行動は、かなりはっきりしている。京にあった皇子、麛坂《かごさか》王忍熊《おしくま》王が、兄を以って弟に従う理由なしと、凱旋《がいせん》軍を迎え撃った。

武内は幼主を懐《いだ》いて戦ったが、宇治川を挟んで苦戦であった。彼は軍に命じ、替弦を結髪《たぎふさ》の中に隠し、弓弦《ゆづる》を断ち、真刀を河に投じて木太刀《こだち》を佩《は》かせ、巧言を用い、偽って和を媾《こう》じ、敵軍がこれに倣《なら》うに乗じ、突然、装《よそお》いを脱して襲撃した。忍熊王は逃れる術《すべ》なく、五十狭茅宿禰《いさちのすくね》と相抱いて、瀬田に投身自殺した。辞世に曰《いわ》く「*いざ吾君《あぎ》　五十狭茅宿禰　たまきはる　内の朝臣《あそ》が　頭槌《くぶつち》の　痛手負はずば　鳰鳥《にほとり》の　潜《かづき》せな」。処が、この時、武内は「淡海《あふみ》の海　瀬田の済《わたり》に　潜《かづ》く鳥　目にし見えねば　*悒愁《いきどほ》ろしも」と歌ったという。数日を経て死体が河に浮んだ。すると、彼は「淡海の海　勢田の済に　潜く鳥　*田上《たなかみ》過ぎて　*莵道《うぢ》に捕へつ」と歌ったという。歌の形にこしらえているが歌とは言えまい。感情がないからである。「記紀」に現れた歌で恐らく一番無情な歌であろう。

応神《おうじん》の九年夏、妙な事件が起った。天皇の命によって当時、監察使として筑紫にあった武内が、殺されたのである。筑紫を裂き、三韓を招いて、天下を有《たも》たんとする野望を抱いたというのがその理由であった。武内の弟甘美内宿禰《うましうちのすくね》の讒言《ざんげん》であったと史は言うが、天皇はこれを信じ、敢《あ》えて歴代の*元勲を廃《す》てようと決意し、事を断行したという事実から、当時の武内の社会的地位を推察すべきである。時に、*壱岐《いき》の人に真根《まね》子《こ》という者があり、人品骨柄《じんぴんこつがら》武内に酷似しているところから、大臣に代って自殺し、武内は天皇の眼を晦《くらま》して、ひそかに京に還《かえ》った。武内兄弟は、天皇の推問に会ったが、是非定め難く、遂《つい》に*探湯《くがたち》によって弟の方が負けたという。弟は、天皇の憐《あわ》れみにより、僅《わず》かに死を逃れた。

　応神朝が終ると、三皇子の政争が始る。先帝の希望によって、末弟菟道稚郎子《うじのわきいらつこ》が、名目上の太子であったが、事実は、大山守命《おおやまもりのみこと》は大和にあり、大鷦鷯尊《おおさざきのみこと》は難波にあり、太子は宇治にあって、*三権鼎立《ていりつ》の形であった。大鷦鷯尊と菟道稚郎子とは、皇位を譲り合い、菟道稚郎子が解決の道を自殺に選んだ事は、周知の美談となっているが、この美談は痛ましい。先《ま》ず長兄の大山守命が、太子を殺そうと企《たくら》んだ。太子は大鷦鷯尊の密告によって、これを知り、兵を備えて待った。太子は粗衣を着け、船頭に変装し、大山守命を載せ、檝櫓《かじ》をとり、宇治川を渡って、河中に至り、舟を傾けて、兄を堕《おと》した。彼は流れて岸に著《つ》こうとしたが、伏兵が起りかなわず、河に沈んだ。兄の屍《しかばね》を前にして、弟の詠《よ》んだという歌「*霊速人《ちはやびと》　宇治の済《わたり》に　渡頭《わたりで》に　植《た》てる　梓弓《あづさゆみ》真弓　射切らむと　心は思へど　射捕らんと　心は思へど　本辺《もとへ》は　父尊《きみ》を思ひ出　末辺《すゑへ》は　妹を思ひ出　苛歎《いらなげ》く　其処《そこ》に思ひ　悲しけく　此処《ここ》に思ひ　射切らずぞ帰来《くる》　梓弓真弓」。

　その後、残った兄弟の陰鬱《いんうつ》な対立は、三年に及んだ。武内が、先帝在世の頃から、大鷦鷯尊と結んでいた事は、国史の何気ない記録から、充分に推察出来るのである。

＊＊＊

武内宿禰《すくね》の姿は、ただの政治的権力や謀略の姿ではない。それは、日本文明の黎明《れいめい》に現れた無気味な朝焼の様な大陸文明の色合いの中に溶け込んでもいる。彼の血は、稲目《*いなめ》、馬子《うまこ》、蝦夷《*えみし》、入鹿《*いるか》と流れた。

百済《くだら》から、学問と宗教とが渡来した時の日本人の驚き、そんなものを私達はもう想像する事も出来ないのだが、考えてみれば、歴史というものは何処《どこ》も彼処《かしこ》も、そんな事だらけである。仕方がない。生きた人が死んで了《しま》った人について、その無気《なけ》なしの想像力をはたく。だから歴史がある。文字に、いや活字にさえ慣れ切って了った私達には、「貴賤《*きせん》老少、口々相伝、前言往行、存して忘れず」などというのは、人間の暮しとは思えない。一民族のこの様な状態に於ける生活意識が、どれほど強い純一な文明を築き上げていたか、そういう事を想像するには、本居宣長《*もとおりのりなが》の想像力を要したのである。動揺は、先ず政治や経済の面に起る。思想の嵐が来るまでには、手間がかかるが、来るものはやがて来る。聖徳太子の姿がそれである。歴史の筆は「夢殿《*ゆめどの》」の嵐を描くに適していなかっただけだ。

菟道稚郎子の美談が、古めかしく見えるのも、外見に過ぎまい。それは、外来思想を我がものとするに、どれほどの価《あたい》を払わねばならなかったかを、私達に語ってい
る。思想は、政争と同じ様な残酷な力で彼を追い詰めた。これは、さながら今日の私
達の間の事件である。私達の文明の苦しい特徴は、千六百年も前から現れているので
あろうか。聖徳太子の様な非凡な人が現れる為に、どれほどの無名の稚郎子を要した
か。

馬子の権勢は、叔父穴穂部《あなほべ》皇子を殺し、*物部守屋《もののべのもりや》を滅して定った。この辺りの戦の
記録は、「書紀」のうちでも非常に魅力ある文章であるが、未開人達が、ぶざまな兇《きよう》
器《き》を手にして、乱闘している様が眼に浮ぶ想《おも》いがして、夢の様である。*廐戸《うまやど》皇子は、
馬子軍に加わり参戦した。参戦というのも大袈裟《おおげさ》な様なもので、敵の総大将守屋は
朴《えのき》に登って、枝に股《また》がり、射ること雨の如《ごと》しと言った風なものだ。ついで起った馬子
の*崇峻弑逆《すしゆんしぎやく》事件は、「*愚管抄」の昔から*大義名分論のやかましいもので、論難は馬子
を優遇した聖徳太子にまで及んでいる。議論はやかましいが、「書紀」の記すところ
は、凡常な殺人記事を扱うに似ていて、政治上の大事件たる姿は少しも見えぬ。大伴《おおともの》
妃《みめ》は、天皇の寵《ちよう》衰えて、蘇我嬪《そがのみめ》に移ったのを恨み、馬子に密告して、天皇、馬子を嫌《そね》
む由《よし》を伝えた。馬子は驚き、東国の*調《みつき》を進《たてまつ》るといつわり、東漢直駒《やまとのあやのあたいこま》を使して、天

皇を弑《しい》せしめた。処が、駒は、騒動にまぎれ、蘇我嬪を偸《ぬす》み、隠して妻とした。馬子は、娘が死んだと思っていたが、事が露顕するに及んで、大いに怒り、駒を惨殺《ざんさつ》した。東漢直は、当時の帰化姓中*の強族である。駒には、天皇は勿論《もちろん》馬子も眼中になかったろう。「*聖徳太子実録」の著者は、すべては蘇我嬪を得ようとする駒の計略であり、先ず大伴妃に嫉妬《しっと》させ、馬子に密書を送らせ、自衛の*弑逆を*唆《さ》動《どう》し、即日帝を葬《ほうむ》って、嬪の殉死の態《てい》を装った。天皇が馬子の傀儡《かいらい》だった様に、馬子は駒に操られた、と推断している。そんな風にも見える。

歴史は元来、告白を欠いている。歴史のこの性質を極端に誇張してみたところに*唯《ゆい》物《ぶつ》史観という考えが現れた。奇妙な事だが、どんな史観も歴史を覆《おお》う事は出来ないもので、歴史から告白を悉《ことごと》く抹殺《まっさつ》したという考えが通用する為には、一方、告白なら何んでも引受けた文学が発達していなければならぬ。歴史はいつもそんな具合に動くという事は、読み様によっては、唯物史観ほど、人間の消え去った精神について、私達の好奇心を挑発するものはないという事にもなろう。それは兎《と》も角《かく》、歴史にその痕《こん》跡《せき》を止め難い精神というものをそれと気附かずにでも信じていなければ、誰にも歴史を読む興味なぞある筈《はず》がないのである。

何を置いても先ず精神としての聖徳太子というものに、異常な関心を寄せて書かれている点で、亀井勝一郎氏の「*聖徳太子」伝は特色ある著書である。私には亀井氏の様な信念を以って、この人物を語る事が出来ないが、嘗《かつ》て、仏典の解釈書としては、何を選ぶべきかを亀井氏に訊《たず》ね、言下に、太子の「*経疏《きようしよ》」だと言われて、それを読んだ時、異様な感に襲われた。あんな未開な時代の一体何処に、この様に高度な思想をはめ込んだらいいのか。それは、私が勝手に作り上げていた漠然たる歴史感覚の平衡を、突然狂わせる様子であった。歴史に、逆に光を当てて見なければ、いや、少くとも、「経疏」という視点から、この人物を眺めてみなければ、そんな事をしきりに思った。伝説は悉く嘘《うそ》だというのも理窟《りくつ》に合わぬ話である。伝説という思想は本当だからだ。これは一つの視点である。そういう視点から見ないと、太子に宿った思想の、現実的な烈《はげ》しさというものが想像し難い。歴史を読む時に起る不思議である。この驚くほど早熟で聡明《そうめい》な人が、若い頃から、到《いた》る処に見たものは、血で血を洗う、ただもう何んとも言い様のない野蛮というものであったに相違ない。物部守屋《もののべのもりや》と戦おうとして、十六歳の彼は、*白膠木《ぬりでのき》を切り、*四天王の像を速製し、頂髪《たぎふさ》に置いて勝利を誓った。馬子も、これに倣《なら》ったが、太子の手は、馬子などの想像も及ばぬ憤怒《ふんぬ》と理想とで慄《ふる》えていたであろう、と私は推察する。

　仏教というものが、文化のほんの一つの分野となった現代にいて、仏教即《すなわ》ち文化であった時代を見る遠近法は大変難かしい。仏教という同じ言葉を使っている事さえ奇妙なくらいのものだ。「経疏」に、どれほどの太子独創の解釈があるかという様な事は、私には解らないし、解らなくてもよい様にも思われる。彼が、仏典の一解釈などを試みようとした筈はないからである。仏典を齎《もたら》したものは僧であるが、これを受取ったものは、日本最初の思想家なのであり、彼の裡《うち》で、仏典は、精神の普遍性に関する明瞭《めいりよう》な自覚となって燃えた、そういう事だっただろうと思われる。燃え上った彼の精神はただ偏《ひと》えに正しく徹底的に考えようと努めたに相違ない。夢に*金人《きんじん》が現れて不解の義を告げたという伝説は、*不稽《ふけい》なものではない。太子の信じた思弁の力は太子自身のものであったが、又、万人のものでもあった筈である。

*「人皆党《たむら》有り、亦達《またさと》れる者は少し」、思想の力が、彼をそういう者に仕立て上げる。そして、「我必ずしも聖《ひじり》にあらず、彼必ずしも愚《おろか》に非《あら》ず――相共に賢愚なること、環《みゝがね》の端《はし》なきが如し」という困難な地点まで連れて行く。そういう次第なのであって、*十七条憲法の思想が儒教的であるか仏教的であるかという様な事とは、これは別事である。人間は自分の能力にも環境にも丁度都合のいい様な思想を求める事も、現す事も出来ない。ジャアナリストが、そんな事をやっている様に見えるだけだ。つまり、人皆党有りという事に過ぎない。強い思想家というものは、達《さと》らんとする力に、言わば

鬼にでも食われる様に、捕えられ、自らどうにもならぬ者なのだろうと思われる。十七条の訓戒なぞ、誰も聞くものはない、守るものはない、それを一番よく知っているのは、これを発表した当人である。どうしてそんな始末になったか当人も知らない。彼の悲しみは、彼の思想の色だ。

本当によく自覚された孤独とは、世間との、他人との、自分以外の凡《すべ》てとの、一種微妙な平衡運動の如きものであろうと思われるが、聖徳太子にとっては、*任那《みまな》問題も、*隋《ずい》との外交も寺院建立《こんりゅう》等の文化政策も、そういう気味合いのものではなかったろうか、そして晩年に至り、思想が全く彼を夢殿に閉じ込めて了ったのではなかろうかと推察される。「書紀」は、有名な「*旅人《たびと》あはれ」の不思議な物語を記して後七年間、太子について殆《ほとん》ど何事も記さず、突然の死を報告している。やがて、*斑鳩宮《いかるがのみや》は焼け、蘇我氏は太子一族を亡《ほろ》ぼす。夢殿の秘仏を最初に見た者は、*親鸞《しんらん》であって、*フェノロサではない。太子の思想を、その動機から、その喜びと悲しみとから、想像しようとすると、どうしても、人間と名附けるより他はない一つの内的世界の、最初の冒険者という様なものが思われてならぬ。この人が演じた様に見える、言わば、思想の古典劇で、外来思想などというものが、どういう意味を持ち得たろう。

＊＊＊

馬子の墓の天井石の上で、弁当を食いながら、私はしきりと懐古の情に耽《ふけ》った。実を言えば、以上書いて来た事は、この時、頭の中を極めて迅速に往来した想念に、尾《お》鰭《ひれ》を附けてみたまでの事だ。

巨《おお》きな花崗《かこう》の切石《きりいし》を畳んだ古墳の羨道《＊えんどう》を行くと、これも亦御影《みかげ》造りの長方形の玄室《＊げんしつ》に出る。八畳二間は優にとれるであろうか。石棺《せっかん》はない。天井は、二枚の大磐石《だいばんじゃく》である。死人の家は、排水溝なぞしつらえ、風通しよく乾き、何一つ装飾らしいものもなく、清潔だ。岩の隙間《すきま》から、青い空が見え、野菊めいた白い花が、しきりに揺れている。私は、室内を徘徊《はいかい》しながら、強い感動を覚えた。どうもよく解らない。何が美しいのだろうか。何も眼を惹《ひ》くものもない。永続する記念物を創《つく》ろうとした古代人の心が、何やらしきりに語りかけているのか。彼等の心は、こんな途轍《とてつ》もない花崗岩を、切っては組み上げる事によってしか語れなかった、まさにそういう心だったに相違ない。いや、現に私は、それを目のあたり見ている、触る事も出来る。歴史の重みなどという忌《い》ま忌ましいものはない。そんなものは、知識が作り出す虚像かもしれない。私は、現在、この頑丈な建物が、重力に抗して立っているのを感じているだけではないか。

私は、芸術の始原とでもいうべきものに、立会っている様な気もしたし、建築の美しさというものの、全く純粋な観念の、ただ中にいる様にも感じた。この美しさには、少しも惑わしいものがない。美しさに関する工夫なぞまるでないからだ。これを作った建築家達には美は予定された調和だっただろう。彼等は、ただ出来るだけ堅牢《けんろう》な、出来るだけ巨大な家を、慎重に重力の法則を考えて作ろうとしただけであろう。外的条件の如何《いかん》によっては、彼等の手でピラミッドも作れた筈だ。何故《なぜ》出来なかったのだろう。不意に浮んだ子供らしい質問に、私は躓《つまず》いて了う。

若《も》し*飛鳥《あすか》や*天平《てんぴょう》の寺々が、堂々たる石造建築だったとしたら、今日の大和地方は、何んという壮観だろう。みんな荒れ果てて廃墟《はいきょ》と化しても、その廃墟は、修理に修理を重ねて、保存された、法隆寺という一とかけらの標本よりは、素晴しいだろう。私は、ギリシアの神殿もローマの城も見た事がないが、いつか*古北口《こほくこう》で万里長城を見た時の強い感情を忘れる事が出来ない。私は、廃墟というものを生れて初めて見たと思った。日本の建築は、廃墟さえ、死人にとって最適の住居さえ作る事が出来ぬ。馬子の墓を作った石工達が、土台で仕事を止めて、あとは大工にまかせて了ったとは、どういう事だったのだろう。残念な事である。こう地震が多過ぎ、湿度が高過ぎては、石屋ではどうにも手がつけられなかったのかも知れない。それにいい材木が、やたらにころがっていた国だったせいもあろう。それよりも、仏教渡来とともにやって来た建築家の幹部が大工だったという事の方が、重大かも知れぬ。では、どうして中国でも、石屋はやたらに大きな岩窟《がんくつ》を掘ったが、建築の方では駄目だったのだろう。建築史家は、*金堂《こんどう》の柱の*エンタシスは教えるが、そういう子供らしい質問には答えてくれない。だが、素人《しろうと》が考えると、金堂を作った大工にとって、エンタシスとは、重力の必然性などという建築家の動機を全く欠いたものだったかも知れない。金堂の柱は、*パルテノンの柱よりも、遥《はる》かに日本の檜木《ひのき》の大木に似ている。先年、*金堂が半焼けになり大騒ぎであった。文部省ばかり攻めても仕方がない。もともと短命に生れついているのである。特別保護建造物という見窄《みすぼ》らしい棒杭を傍に打たれ、継《つ》ぎ接《は》ぎだらけで生きながらえている古寺院の美しさには、何かしら傷《いた》ましい夢の様なものがある。わが国の、滅び易《やす》い優しいあらゆる芸術は、先ず滅び易く優しく作られた建築という基本芸術の子供であろう。堅く、重く、人間に強く抵抗する石は、頑丈な手を作り出すだろう。軽い従順な木が作り出す繊細な手は、やがて組織力を欠いた思想を作り出すだろう。兼好は大工の思想を見事に表現している。

「*すべて何も皆、事の調《とゝの》ほりたるはあしき事なり。為残《しのこ》したるをさてうち置きたるは、おもしろく、生き延ぶるわざなり。*内裏《だいり》造らるゝもかならず作り果てぬ所をのこす事なりと、或る人申し侍《はべ》りしなり。*先賢のつくれる*内外《ないげ》の文《ふみ》にも、章段の欠けたる事のみぞ侍る」

＊＊＊

併《しか》し、そんな考えは間違った考えだろう。結局は冗談なのだ。そう、私は何度も自分に言いきかせる。歴史というものほど、私達にとって、大きな躓きの石はない。近代の歴史思想というものは、思想界に於ける産業革命の如きものではあるまいかと、私はいつも思っている。私達は、歴史に悩んでいるよりも、寧《むし》ろ歴史工場の夥《おびただ》しい生産品に苦しめられているのではなかろうか。例えば、*ヘーゲル工場で出来る部分品は、ヘーゲルという自動車を組立てる事が出来るだけだ。而《しか》もこれを本当に走らせたのはヘーゲルという人間だけだ。そうはっきりした次第ならばよいが、この架空の車は、*マルクスが乗れば、逆様《さかさま》でも走るのだ。私達は、思い出という手仕事で、めいめい歴史を織っている。部分品なぞ要りはしないし、そんなものでは間に合いもしない。世界史という理念の製造には、これによって完全に合理的に規定された部分品が要るだろう。それはそれで、少しも間違った事ではないだろう。ただ、この歴史という観念的機械をいじる事はずい分私達を疲らせるものであり、この疲労は、肉体の疲労の様に睡眠によって回復するものではない様に思うのである。歴史の論理という言わば喜びも悲しみもない回顧の情を抱いて、私達は、疲れを知らず疲れている。疲れは、設計図通りに、現在を一挙に改変しようとする焦躁となって、未来に投影されているのではあるまいか。争って日本人の美点を言った時期の後には、争ってその弱点を言う時がつづく。かような歴史意識という見かけ上の力学のなかでは、日本人は、美点と弱点とを併せ持つもの、即ち人間には決してなれないというわけである。そして、美点も弱点も人間を作る部分品ではない事を、誰でも日常の経験から承知している。弱点の御蔭《おかげ》を蒙《こうむ》らない美点というものはあるまい。

伝統の擁護だとか破壊だとか言われるが、伝統とはどうも私には、こちらの都合次第で擁護したり破壊したり出来かねるものの様に思われる。もともと偶像でもないものを、叩《たた》きこわす事も出来まい。私達は、在っても誤解されるし、無くても不便と言った風な言葉を沢山持っているが、これも、そういう言葉の一つだろう。間違いは、この言葉を、ただ狭い意味の歴史的概念と思い込むところから来るのではあるまいか。伝統という言葉は、習慣という言葉よりも、遥かに古典という言葉に近いと私は考えたい。そして古典とは、この言葉の歴史からみても、反歴史的概念である。優れた人間がいつも優れた作品のなかに居る、という考えほど、近代の歴史学に邪魔になる考えはない。近代歴史思想も亦《また》人間の作品には違いなかろうが、これは人間的原理を内在させせまいとする一種不思議な作品だとも言えよう。

若し古典という具体的な形に、現在確かにめぐり合っているという驚きや喜びがなければ、歴史とは、決して在りもしないのに、目方は増えて行く不可解な品物であろう。それとも、豚にも歴史は在ると言うべきであろう。封建的道徳を否定するものが、民主的自由という褒美《ほうび》を貰《もら》う。併し、褒美をくれるのは歴史という悪魔かも知れないのである。封建時代にも、驚くべき道徳の古典的形が、見ようと思えばいくつでも見られるだろう。強い精神は、それぞれの時代により、それぞれの国により、各自の盃《さかずき》を命の酒で一っぱいにしていたであろう。そして、人間の持つ盃に、途轍もない盃なぞあろう筈《はず》はないのである。＊かわらけ焼か＊玉盃《ぎょくはい》か、気にするよりも、先ず呑《の》み方を覚えたほうがよいのではないか。

私は、バスを求めて、田舎道を歩いて行く。＊大和三山が美しい。それは、どの様な歴史の設計図をもってしても、要約の出来ぬ美しさの様に見える。「万葉」の歌人等は、あの山の線や色合いや質量に従って、自分達の感覚や思想を調整したであろう。取り止めもない空想の危険を、僅《わず》かに抽象的論理によって、支えている私達現代人にとって、それは大きな教訓に思われる。伝統主義も反伝統主義も、歴史という観念学が作り上げる、根のない空想に過ぎまい。山が美しいと思った時、私は其処《そこ》に健全な古代人を見附けただけだ。それだけである。ある種の記憶を持った一人の男が生きて行く音調を聞いただけである。

（「芸術新潮」昭和二十五年二月号）

鉄斎 I

*鉄斎は、*竹田《ちくでん》を尊敬していたらしいが、鉄斎の絵の美しさは、とうてい竹田なぞの比ではない様である。竹田は、いわゆる*文人画の典型として長く残るであろうが、それ以上のものではない様に思われる。軽蔑《けいべつ》して見ていると意外な美しさを感ずるし、美しいと思って見ていると突然通俗で感傷的で堪《たま》らぬ気がして来る。なるほど文人画の典型に違いないと思う。向うにこちらを確《し》かと捕えてくれる力がないから、鑑賞が不安定になる。そんな絵だ。*大雅《たいが》の方がずっとよい。先日、川端康成さんの処《ところ》で、大雅の馬市の絵を見ていて、非常に面白かった。

馬が千匹いるという。そんなに居るかどうか知らないが、何しろ大変な馬の数だと思ったが、当の画家も山間の馬市に行ってみて、大変な馬の数だと呆《あき》れ返ったに相違なく、その無邪気な驚きが実によく出ている。馬と*博労《ばくろう》とが同じ様な顔をしてひしめき合い、前景の大きい馬から、だんだんと上の方に向って小さな馬を描いて行き（そんな風に見える）遥《はる》か海上の島の上にも、ここにも空地があった、序《つい》でに描いて置け、と言った具合で、馬が居る。

これが鑑賞家を迷わせる事のない大雅の力量なのであるが、そんな芸当は、竹田には出来なかった。＊玉堂《ぎょくどう》にも文人画家としては破格な芸当があるが、画技に豊かなものを持っておらぬから、含蓄がありそうに見えて実はない。単純だ。彼は、決して絵の中で自己を完成した人ではない。酒を呑《の》み、琴を弾きながら何処《どこ》かへ行って了《しま》った人である。

鉄斎の気質は、疑いなくわが国の文人画家の気質なのであるが、時代の影響というものは争われぬもので、壮年期に明治維新の革命を経験したこの人の気質には、先輩達とはよほど違った、神経の鋭い、性急な、緊張したものがあった様に思われ、四十歳頃の写生帖《ちょう》は、そういう気質そのままのデッサンに充《み》ちているという気がする。

文人画家気質から脱しようとする彼の芸当は、七十歳以後に始ると凡《およ》そ見当をつけてよさそうであるが、彼の芸当は、大雅や玉堂の芸当とはまるで違い、外部の影響に動かされ易《やす》い気質を征服し、真の性格を発見しようとする極めて意識的な戦いであった様に、絵を見ていると受け取れる。

そして勝利は八十台になってから来た様に思われるが、これは、僕の貧弱な知識を土台として言う事で、鉄斎の画を沢山見ている専門家はどういうか知らない。

僕は、嘗《かつ》て、「陸羽品水」という七十八歳の作と「菊令人寿」と題する八十一歳の作を持っていて、よく比べてみた事がある。両方とも、渓谷に人物を配したもので、一方は茶をたて一方は菊を摘んでいるだけの相違で、殆《ほとん》ど同じ構図の淡彩の紙本《しほん》であるが、趣はまるで違う。前者から後者に移ると、急に渓谷に奥行が出て来て、水音がはっきり聞え、菊の匂《にお》いまでして来る。言葉では言い現し難いが、見ていると戦いと勝利といった風な考えが自《おのずか》ら浮び、どうもその辺りに鉄斎の晩年の画業の大きな飛躍がある様に思われてならない。それは兎《と》も角《かく》、もっと晩年の絵になると、もう疑い様もないはっきりした相違が現れて来る。

八十七歳の時に描かれた山水図を、部屋に掛けて毎日眺めているが、日本の南画家《なんが》で此処《ここ》まで行った人は一人もないと思わざるを得ない。文人画家気質は愚か、凡そ努力しないでも人間が抱き得る様な気質は、もう一つも現れてはいない。鍛錬に鍛錬を重ねて創《つく》り出した形容を絶したある純一な性格を象徴する自然だけがある。讃《さん》には大丈夫の襟懐《きんかい》というものはどうのこうのとあるが、そんなものは、もうどうでもいい様子である。画と詩文との馴合《なれあ》いという様な境地は、全く捨てられて、正面切って自然というものを独特に体得した近代的意味での風景画家が立っている。

現代の洋画家で、鉄斎の画が好きな人が、非常に多い様である。この間も、鉄斎の*大津絵と*梅原さんのその自由模写とを並べて見ていたが、どちらの色彩も強く鋭敏で、逸格で、複雑で、全体として聞えて来る和音のどちらが近代的であるかという様な事は、なかなか言い難いと思った。

前に言った八十七歳の山水図にしても、*大丈夫の襟懐などという古風な観念には凡そ似合しからぬ鋭敏複雑な近代水彩画の touch が現れている。*溌墨《はつぼく》法とか*賦彩《ふさい》法とかいうより、確かに touch と言った方がいいのである。多くの touch は、明らかに、パレットナイフでやる様に、筆を捨て墨の面や角でなされている。

そういう硬い線が柔らかい溌墨に皺《しわ》をつけて、両者は不思議な均衡を現じ、山は静かに揺れている様に見える。墨の微妙な濃淡の裡《うち》から、様々な色が見えて来る。在るか無きかほど薄い緑を一と刷毛《はけ》ひいた畠《はたけ》らしい空地から、青々とした麦が生え、茶色の点々を乱暴につけた桃林らしいところに、本当の桃色の花が咲いて来る様に見える。この奇妙な線と色との協和には、何かしら殆ど予言めいたものがある。

*内藤湖南《こなん》は、鉄斎を激賞する文を書いているが、側近者には、鉄斎の絵は騒がしい

と評したそうである。これは友人から聞いた話だが、その友人は、鉄斎の絵の騒がしさは、鉄斎の聾と大いに関係があるという論をなしていた。それはともかく、騒がしいとは動きがあり音がある様な近代的な形を創り出したという事になるのだが、鉄斎にしてみれば、近代的表現という様なものを狙《ねら》ったわけのものではなく、彼が自分の絵は「ぬすみ絵」だと言っているくらい、それはあらゆる東洋画の技法を我がものにしたある独創的な精神のおのずからなる所産であるはずだ。彼の画の騒がしさに洋画家達が共鳴しようがしまいが、無論鉄斎の問題だったわけがあるまいし、第一彼の頭に日本画と西洋画の区別などがてんであったかどうかも疑わしい。晩年の彼は、ルノアールの絵を見て「この絵かきはイケる」と言ったという話がある。

鉄斎の絵の効果は確かに新風であるが、彼の絵の動機は、きわめて古風である。恐らく彼は、「万巻の書を読み千里の道を行かずんば画祖となるべからず」という有名な*董其昌《とうきしょう》の戒律を脇眼《わきめ》もふらず遵奉《じゅんぽう》した人である。この動機の側から考えると、彼の絵の効果の近代性という様な問題は洒落《しゃれ》に過ぎない。彼は暇さえあれば、読書し旅行した。これは大事な事だが、彼の写生帖はデッサンの練習帖ではないのである。彼の歴史の知識の証明書である。歴史を精読する事によって養われた祖国に関する愛情を、実物を見る事によって確かめずにはいられなかった人の記録である。歴史の知識すなわち眼前の生機《せいき》というのが、彼の写生の精神である。

したがって、写生術についても、その秘密を決して自然から直《じ》かに盗もうとする道をとらず、厄介な伝統的写生術に通暁《つうぎょう》し、その秘密の更生を待つという勤勉と忍耐の要る迂路《うろ》をとった。こういう写生の精神も術も、ひたすら人間のいない自然に推参しようとする近代風景画家の忘れ果てたものである。

岩の間から仙人がきのこの様に生えている。向う鉢巻の屈強な猟師に船を漕《こ》がせて、観音様が蓮池《はすいけ》を渡る――かくのごときが、人間と自然との真実唯一《ゆいいつ》の会合点である、とこの偉大なる風景画家は語る。

（「時事新報」昭和二十三年四月三十日号―同五月二日号）

鉄　斎　II

鉄斎*に、富士を描いた六曲*一双の有名な大作がある。以前、展覧会で見た事があったが、先日、所蔵家坂本光浄*氏の御好意で、心行くまで眺める機会を得た。

これは六十三歳の時の画である。鉄斎のものは晩年がいいと言われているが、何しろ八十九まで元気旺盛に仕事をした人だから、ただ晩年のものでは言葉が足らず、最晩年のものはどうのこうのなどという。実際、八十四、五から又画が変って来ている様である。鉄斎の息謙蔵*が死んだのは、鉄斎が八十二の時であった。これは富岡益太郎*さんから聞いた話だが、謙蔵さんがなくなった時、鉄斎は、謙蔵に死なれては、わしも画がうまくなったなどと言っておれん、と言って、その頃少し弱った風であったのが、元気を取戻し、又仕事が始ったそうである。そういう次第であるから、六十三歳の画を、画商達に、ワカガキ*と呼ばれても仕方がない。それにしても、晩年のものとワカガキとの市価は、どうも違い過ぎる様だ。ははあ、これはワカガキですな、など侮蔑《ぶべつ》的に仔細《しさい》らしい顔はしてみせるが、実を言えば、ワカガキを扱う機会は、晩年のニセモノを平気で扱う夥《おびただ》しい機会に比べれば言うに足りないのである。鉄斎の画を調べている専門家ででもないと、鉄斎のワカガキを仔細に見る機会は殆《ほとん》どないと言ってよい。今度、坂本氏の許《もと》で拝見したもののうち、ワカガキだけでも、よく覚えぬが、殆ど二百点近くあったろう。早朝から坐り通し、夜はヘトヘトになり、酒を食らって熟睡した。何一つ考えず、四日間ただ見て見て、茫然としていた。折角の好機を、専門家から見れば、まるで馬鹿の様なものだが、私は上機嫌であった。

鉄斎のワカガキを沢山見ていると、実のところ、何が何やら解らなくなる。いろいろな流儀を試みているのだが、企図《きと》された筋道という様なものはてんで辿《たど》れない。それかと言って、苦しい暗中模索とも受取れず、気紛れで、のん気でいて、性根を失わずと言った風なもので、要するに、この将来の大画家は、大器晩成という朦朧《もうろう》たる概念を実演している様なもので、当人も志は画にはないと言っているのだから致し方がない。ところが、画は年とともに立派になって行く。鉄斎という人間が何処《どこ》からともなく現れて来る。不思議な想いである。

私は、富士*の大屛風《びょうぶ》を、三時間以上も眺めていた。これはもう紛《まご》う事のない鉄斎である。言わば鉄斎の誕生の様な絵だ。画は、自分の志でないと言いたければ、言わせて置くがよいが、志などから嘗《かつ》て何かが生れた例《ため》しはない。屏風の註文がなかったなら、鉄斎は自分に何が出来たかわからなかった筈《はず》である。

富士は、六曲いっぱいに描かれているのだが、富士の遠望でもなければ、麓《ふもと》から見上げた富士でもない。何処から見ても決してこんな風に見る事は不可能な富士である。麓の方は、原始林に覆《おお》われているのだが、これは群青《ぐんじょう》色の大きな*点苔《てんたい》で、ベタベタと一面に塗られて、*俵藤太《たわらとうた》のむかでではないが、富士を一と巻きしている怪獣の鱗《うろこ》の様である。望遠鏡を持って*愛鷹山《あしたかやま》にでも登ったら、富士を取巻く原始林は、こんな風に見えないとも限らない。ところが、よく見ると、その中に浅間神社がある、赤い鳥居があり、参道があり、御土産屋があり、参詣《さんけい》人が歩いており、これはどうしたってお参りしなければ見えない光景である。原始林の上には、*金泥《きんでい》を交えた白雲が走り、その辺りから、富士は、*北斎風に、グッと勾配を高め、鉄斎は、異様な線条を用いて、山肌を描く。これは東洋画の伝統の如何《いか》なる流派の線でもない。何んであれ、円錐《えんすい》体を描こうとする時、子供が本能的に引く線に似ている。薄墨にやや茶色をさした色合いで、筆にたっぷり含ませたのが、大胆に、或《あるい》は、慎重を極めて運動する。富士に限らず、高山に登った経験ある人なら誰でも知っている、あの山頂近くで感ずる圧倒される様な山肌の感じである。あれにそっくりだ。私は屏風を眺《なが》め乍ら、八合目辺りまで登った気である。すると驚いた事には、頂上に通ずるジグザグの道が、ちゃんと描いてある。途中の小屋まで描いてある。頂上の背景は、金泥の空だ。純白の富士の頂を、紺碧《こんぺき》の空の中に見据えていると、屢々《しばしば》、紺碧の空を金泥と感ずることがあるものだ。或は、真っ白に輝いている頂から、雲とも雪煙りともわからぬものが、静かに晴れ渡った空に棚引くのを眺め、頂上には異常な強風が吹いているのを感ずると、白煙のなかに金粉が躍る様に思われる事もある。鉄斎の用いたのは、そういう金色であって、*琳派《りんぱ》の金泥とは関係がない。頂上の辺りの描き方は実に美しい。鋸歯《のこぎりば》のアウトラインは異様に乱れていて、まるで空の金色に襲われている様だ。背景に空があるのではない。山は大気に抗して立っている。

片方の六曲は、山頂之図で、これも飛行機からでも見下さないと、とてもこうは見られぬと言った図である。青緑白緑をふんだんに使い、巨岩怪石が、白雲の上でひしめき合っている。まことに破格な造型で、富士という山の構造に関する一種の感覚と言った様なダイナミックな美しさがよく現れている。この方には*讃《さん》があって、こういう意味の事が書かれている。*大雅《たいが》は富士によく登り、立派な富士の画を遺《のこ》した。たまたま、*韓大年と*高芙蓉《こうふよう》と三人相会した折、富士の話が出て、激論となった。論より証拠登ってみればいいではないか、と三人連れで、その場から富士登山の旅に出た。世人伝えて雅談*となした。富士に登って、ふとこの話を思い出したから、書き附けて置く、と言うのである。見ると四人の男が、のん気そうにお鉢めぐりをやっている。三人は大雅一行に違いないが、もう一人は誰だろうと思い、なるほど鉄斎、あれは自分の積りで描いたのだと納得すると、見ていていかにも楽しかった。

見て写した形なのでなく、登って案出した形である。日本人は、何と遠い昔から富士を愛して来たかという感慨なしに、恐らく鉄斎は、富士山という自然に対する事が出来なかったのである。彼は、この態度を率直に表現した。讃嘆の長い歴史を吸って生きている、この不思議な生き物に到る前人未到の道を、彼は発見した様に思われる。自然と人間とが応和する喜びである。この思想は古い。嘗て宋の優れた画人等の心で、この思想は既に成熟し切っていた。鉄斎は、独特な手法で、これを再生させた。彼は、生涯この喜びを追い、喜びは彼の欲するままに深まった様である。悲しみも苦しみも、彼の生活を見舞った筈であるが、さようなものは画材とするに足りぬ、と彼は固く信じていた。

絵かきとして名声を得た後も、鉄斎は、自分は儒者だ、絵かきではない、と始終言っていたそうだが、そんな言葉では、一体何が言いたかったのやら解らない。絵かきでないといくら言っても、本当に言いたかった事は絵にしか現れなかった人なのだから、絵の方を見た方がはっきりするのである。鉄斎は晩年、釈迦《しゃか》やら観音やら孔子老子達磨《だるま》など、仲良く一緒に舟に乗っている図を好んで描いている。鉄斎自身儒者という言葉で何か言いたかったにせよ、この乗合舟は、彼の思想に関して大切なものを語っているらしく思われる。相乗りしている大思想家達の思想体系を結ぶどんな論理の糸が、思想家鉄斎の頭に隠れていたか。さような事は想像してみるのも愚かである。乗合舟は、鉄斎の画家の手が、彼の儒者の頭を尻目にかけて、創り出した彼の思想の形である。裏返して見ても何があるわけではない。そして、それはあの富士の形の延長なのである。乗合舟のこれらの達人こそ、*扁舟《へんしゅう》を操って、悠々たる大河と応和出来る人間である。学者鉄斎でなく、画家鉄斎の方が讃をしたら、そんな具合に言うかもしれない。自然の唯中《ただなか》で労働し、酒を飲んで哄笑《こうしょう》する農夫や漁夫が、次々に描かれる。君達だけが見込みがある。せいぜい勉強して達人になれ。出来たら仙人になって霞《かすみ》を食う様にしろ。やがて、腰の周りに、化け物の様な桃をぶらさげて、五色の蝙蝠《こうもり》を招く*寿老人《じゅろうじん》こそ、本物の人間だと悟るだろう、云々《うんぬん》。

先日、三好達治君に会った折、鉄斎という人は、画より書の方が、いつも一歩進んでいる様に思われるという意見を聞いた。そういう感じが確かにするのだが、説明し難い、と彼は言った。そう言われてみれば書道の美学なぞには一向不案内な私にもそういう感じがして来るのである。鉄斎の讃は、文章ではなく書道である事に間違いはない。今度気附いた事だが、鉄斎の画業を順序を追って眺めてみると、色が線を次第に消して行く、色が線を食べて次第に肥《ふと》って来る様が見られるのである。晩年、それも*絹本《けんぽん》を嫌い、好んで紙本《しほん》を用いる時期になると殊《こと》に明らかなのであるが、線は全く色に屈従し、水墨であれ、淡彩であれ、色彩感情の完全な勝利を語っている（最晩年の作に、たまたま不思議な予言めいた線が現れているものがあるが、これは例外だ）。これはもう全然*南画《なんが》というものではない。讃がくっついているという処に、南画の名残りがあるだけである。それは恐らくこういう事だ、色に捉って食われなかった線が、讃の中に脱出し、いよいよ美しい独立国を形成しているのである、と。実は、三好君に会った時、私は漠然とそんな事を考えていたのであった。

鉄斎は非常な読書家であった。併《しか》し、若《も》し彼に画道という芸当がなかったなら、彼の雑然たる知識は、その表現の端緒を摑《つか》み得ず、雲散霧消したのではあるまいか。ここでも亦《また》鉄斎の頭より眼が、眼より手が、ものを言う。死語は線によって生きたのである。頭に様々な観念を満載したこの理想主義者の企図、その知的努力の先端は、先ず書という一種のデッサンに現れたに違いない。線は色より、書は画より、余程知的な形である。この休むことを知らぬ頭は、自分の画を、企図の側からしか見なかった。

言わば逆様に見ていたのである。彼は、自分は儒者だというよりも、自分は書家だと言っていた方が正確だったかも知れない。
鉄斎は画家を信じなかったが、画家の方で鉄斎を信じた。これは或る高邁《こうまい》な意志が演じた運命なのであって、詮《せん》ずるところ、私達は、其処《そこ》に何の誤りも見附け出す事は出来ないのである。画は余技だ、わしは儒者だ、みんな本当である。鉄斎は行儀の大変やかましい人で、家人が膝でも崩すと、恐ろしい眼で睨《にら》んだ。当人は、客の前でも平気で膝小僧を出していたそうである。

（「文學界」昭和二十四年三月号）

鉄斎 Ⅲ

*鉄斎について書く様にと言われたが、私は鉄斎を研究したわけではないから、彼に関して充分な知識を持っていない。*前に二度ほど鉄斎について感想風に勝手な事を書いた事がある。今度も、ほんの感想でよいからと言われて承知したのであるが、今浮ぶ感想は、鉄斎の偽物《にせもの》の事である。私の様に、絵に関して研究心が乏しく、見ては楽しみ、欲しくなれば買うという様な事ばかりやっている者には、絵の真贋《しんがん》は、実際問題として切実なものがある。鉄斎には贋作《がんさく》が実に多い。贋作は、鉄斎が七十歳の頃から既に大阪で盛んに行われて、警察の取締りにもかかわらず、一向止《や》まなかった。鉄斎自身日記に歎《たん》ず可《べ》しと記しているそうである。そういう事を*小高根《おだかね》太郎氏の鉄斎研究で読んだ覚えがある。今でも引つづき行われている。私は、鉄斎の絵を、他の画家の絵に比べれば沢山見ていると思う。併《しか》し、無精者だから見たと言っても高《たか》が知れているのだが、それでも疑わしいと感ずる絵に、出会うのが余り多すぎると思っている。

高名な蒐集家《しゅうしゅうか》の蒐集品の中にも、一流の商売人の売るものの中にも、逸品傑作のみを集めたと称する複製画集の中にも、一見怪しげなものが見附かる。*帙入《ちついり》の立派な画集で、その悉《ことごと》くがいけないと思われる様な極端な例に出会った事がある。*南画《なんが》を長年専門に手がけた或る画商から、鉄斎だけは保証なしですという言葉を聞いた事もある。そんな風なのが実状である。偽物の問題は、何も鉄斎だけには限らぬし、面倒且《か》つ不快な事だから、専門家も研究家も、表向きには扱いたがらないのは、よくわかるが、鉄斎の場合は、放って置くには、少しでたらめ過ぎる様に思う。

鉄斎の筆は、絵でも字でも晩年になると非常な自在を得て来るのだが、この自在を得た筆法と、ただのでたらめの筆とが、迂闊《うかつ》な眼には、まぎれ易いというところが、贋物《にせもの》制作者の狙いであろう。例えば、線だけをとってみても、正確な、力強い、或《あるい》は生き生きとした線という様な尋常な言葉では到底間に合わない様な線になって来るので、いつか*中川一政氏とその事を話していたら、もうこうなると化けているから、と氏は言っていた。まあ、そんな感じのものになって来るのである。岩とか樹木とか流木とかを現そうと動いている線が、いつの間にか化けて、何物も現さない。特定の物象とは何んの関係もない線となり、絵全体の遠近感とか量感とかを組織する上では不可欠な力学的な線となっているという風だ。これは殆《ほとん》ど本能的な筆の動きで行われている様に思われる。最晩年の紙本《しほん》に描かれた山水《さんすい》などに、無論線だけには限らないが、そういう言わば抽象的なタッチによって、名状し難い造型感が現れているものが多い。扇面《せんめん》などで、恐らく非常に速く筆がはこばれているだろうと思われるものがあるが、そういうもので、扇面の凸凹に筆がぶつかって、墨や色彩が妙な具合になったり、凸凹に添って、流れたりしているのを見ていると、偶然の効果まで考えて描かれている様にさえ見えて来る。扇面という一種特別な空間に応じて、山水なら山水が、一種特別の収まり方で収っている様に感じられる。私の持っている八十六歳作の山水図には、画面を横切って二本妙な直線が入っている。富岡益太郎氏に訊《たず》ねてわかった事だが、鉄斎先生は、晩年、書物がだんだん多くなり、画室に積み上げているので、紙を拡げる場所もなくなった。片附けるのも面倒な時には、巻いた紙を拡げ乍《なが》ら上の方から描いて行き、巻き乍らだんだん下の方に移って行く。これを繰返している内に絵が仕上ったそうであるが、未だ乾かないのを巻いたり拡げたりしているうちに、紙が折れて墨がにじみ、妙な横線が現れて来る。何しろ盛んな筆勢であるから、余計な線も一向気にかからぬ。この絵にはもう一本余計な線がある。これは確かに筆で描かれたものだが、硯《すずり》から筆を画面に移す時、先生は、空を横切って山頂にかけて、鮮やかに一本線を引いて了《しま》った。余計な線などいろいろ出来て、鉄斎先生は、この図は大変よく描けたと得意だったそうである。ところが、犬が上って来て机の上に放ってあった絵の、鉄斎の鉄のところをなめて了った。犬になめられては、人に渡すわけにもいかず、*鉄叟蔵という印を捺《お》して保存してあったのを、私は強《た》って富岡家から譲り受けた。晩年は、まあそう言った画境であるから、*讃《さん》にはいろいろ難かしい説教もしてあるだろうが、読めなくても絵の鑑賞には差支《さしつか》えあるまいと考えている。

鉄斎の絵は、*絹本《けんぽん》より紙本がいい。八十歳の半ば頃に、非常に濃い墨が使われている一時期があって、ただもう矢鱈《やたら》に、塗りたくっている様に見える、一種執拗《しつよう》な味《あじわ》いのする絵が少くない。そこを狙っている偽物もなかなか多い様で、重厚な量感は、妙な具合に模するのであるが、どうしても出て来ないのは、墨色の透明感なのである。鉄斎の絵は、どんなに濃い色彩のものでも、色感は透明である。この頃を過ぎると、*溌墨《はつぼく》は次第に淡くなり、そこへ、*大和絵《やまとえ》の*顔料《がんりょう》で、群青《ぐんじょう》や緑青《ろくしょう》や朱が大胆に使われて、夢の様に美しい。ああいう夢が実現出来る為には、自然を見てみて、それがいったん忘れられ、胸中に貯えられて了わなければならないであろう。

（角川書店刊「現代日本美術全集」第一巻、昭和三十年一月）

光悦と宗達

先日、鎌倉国宝館に、*琳派《りんぱ》美術の展観があり、この有名な歌巻*(団伊能氏旧蔵)をつくづく眺める機会を得たが、やはり展観品中では一番心ひかれたものであった。歌は皆、「千載集*」の春歌からとられている。開巻は俊成*の「三吉野の花のさかりをけふ見ればば越のしらねに春風ぞ吹く」にはじまり、金銀泥《きんぎんでい》の満開の桜が見事に咲いている。見て行くにしたがい、下絵の方は、四季とりどりの花が咲き乱れ、歌の文句とは必ずしも一致していない。この図版でも、薄《すすき》と萩《はぎ》との向うに大きな月が出ているが、良経《よしつね》の歌も実房《さねふさ》の歌も桜を歌っている。やがて冬が来る、花は既にない。金泥の松の林の間を幾十幾百羽の銀泥の千鳥が横切る。波の音と風の音。千鳥は、巻物の下の方から限りなく湧《わ》き上り、巻物を通過して飛去る様である。花は散ったが花の面かげは心に残る。千鳥の飛去る中に*覚盛《かくじょう》法師の歌が松林の間に残る。「あかなくに散りぬる花の面かげや風にしられぬ桜なるらん」。思いなしか、光悦*の書体も、歌の心を追う様な形をとり、僕の視覚は、不思議な夢につき当り、やがて、それは動揺し而《しか》も自足している自分の心の形である事に気附く。

光悦の書、宗達*の絵と比べると歌は大変劣っていると誰でも考えるが、こういう考え方が、まことに現代流の考え方、少くとも光悦という人を無視した考え方ではあるまいかと反省してみると、これは難かしい問題になる。「古今」「新古今」より「万葉」の方が立派である、と何んの苦もなく言うが、歌合せ*というものが、雑誌編輯《へんしゅう》部宛《あて》の投書に変って了《しま》ったという事が、どれほどの大事を語っているかには気附かない。*勅撰集《ちよくせんしゆう》時代、歌は高級知識人の社会生活の一部をなしていたという事は、現代短歌の孤独な道から眺めては殆《ほとん》ど見当のつかぬ事実であり、特に「古今」や「新古今」の歌人等にとって、歌道と書道とは不離のものであったという事は、活字によって短歌を判断する現代人が忘れ果てた異様な美学である。この二つの忘却は、今も尚《なお》僕等を動かすに足りる、万葉歌人の人間性という観念を、僕等が発見する為に必要な忘却であったか。恐らくそうだとも言えるであろう。が、一体、僕等に何も彼《か》も忘れ果てるという事が出来るのだろうか。僕等が詰らぬ、不要だと思うものを、歴史は本当に流し去ってくれるものだろうか。不当に無視された「古今」「新古今」の形式美は、現代に於ける形式の混乱に、無言の復讐《ふくしゅう》をしてはいないか。形式美は遂《つい》に形式美より他のものを現さぬという粗末不遜《ふそん》な考えの極まるところ、僕等は心の美しさも失わざるを得ないのではないか。

光悦という大美術家は又大美術批評家でもあった。刀剣鑑定稼業《かぎょう》によって鍛錬された彼の美感の鋭さは、彼の驚くべき多様な工芸品が語っているが、それは歌の世界にも正確に働いていた様である。彼は好んで「新古今」の歌を書いたが、「新古今」を讃《ほ》める者にはこう言ったそうである。*近衛《このえ》信尋《のぶひろ》が*家隆の富士の歌を激賞し、*正宗の剣の様だと言ったところ、光悦は、家隆の歌は正宗であろうが、*赤人《あかひと》の歌は*吉光である、妙鍛正宗に勝ること遠し、と答えた（野史）。「新古今」の形式偏重を咎《とが》める人には、「心をとめて『古今集』を始《はじめ》*廿一代集を見侍《はべ》りしに、強《しひ》て『新古今集』計《はかり》花が実に過候と申は、愚眼にはとまらず、能々《よくよく》考ふるに、『新古今』は、詩にて申さば、*晩唐の風儀にも叶《かな》ひ申べきか、中々今時の浮薄な人の手本にしたりとも、詠ることも存られず」（「本阿弥行状記」）と言ったという。

凡《およ》そ思想上の偏見は、この闊達《かったつ》柔軟な美の達人を犯す事は出来なかった。彼が、「万葉」の秀歌をいうのも勿論《もちろん》古道の精神という様なものとは縁がない。伝記は、彼が朝廷を尊崇し、幕府を侮蔑《ぶべつ》していた事実を伝えているが、その背後に、理論と思想とがあったわけではなく、恐らく美と愛とがあっただけであろう。彼は、家康から鷹*ヶ峰の地を貰《もら》い、光悦町という芸術家部落を創設し、家康の尊敬を平然と受けていた。美術史家が、光悦の美術の復古主義を言うのは正しいが、誤解され易《やす》い言葉でもある。彼が年少の頃から修錬した相剣*の技術は、自《おのずか》ら古刀時代に赴く道を彼に教えたに相違ない。彼にとって、日本の美術の故郷とは、即《すなわ》ち日本人が空前絶後の名刀を作り得た時代であった。そして、彼は、それを、砥石《といし》の上で、指の下から現れて来るのを見たのである。天才に裏附けられたこの職人の審美《しんび》上の自得が、桃山期という美術史上の大変革期に際して、諸芸平等と観じもし、そう実行もした彼の生活の扇の要《かなめ》の如《ごと》き役を果した様に思われる。若《も》しこの事がなかったなら、後年、光悦に強く作用した茶道の美学は、彼を食い殺したかも知れぬ。彼の書道の師に就いては諸説あるが、本当の師は*本阿弥切《ほんなみぎれ》だっただろう。画法は*友松《ゆうしょう》に学んだが、秘伝は*信実《のぶざね》や*覚猷《かくゆう》が伝えたであろう。併《しか》し、これらの真実な師匠等が光悦に吹き込んだものは、復古主義という様な観念ではなかった。そういう事は、この生れ乍《なが》らの職人には決して起り得ない事であった。彼の指は、名刀に訓練された視覚に導かれ、当代の需要に応ずる為に、健康児の動きの如く的確に鋭敏に、休みなく運動した。*探幽《たんゆう》の理想も*永徳の夢想も、彼を驚かすに足りなかったのである。

光悦の生涯に関する史料も貧弱だが、宗達に至っては、生国も死地もわからぬ、殆ど伝説中の人物だと言ってよい。無論、両者の関係に就いては、雲を摑《つか》むが如く、疑い深い眼には、この歌巻さえ伝説と化するだろう。少しも構わぬ。若し、伝説が文献の語り得ない或る不朽な精神を語っているならば。所謂《いわゆる》琳派の開祖は確かに光悦であるが、彼の人格は、光悦町の協同作業のうちに全く溶けていた。宗達が、この協同作業に従事した事実を証する何物もないが、もし光悦町という言葉を或る精神の象徴と解するなら、宗達という巨《おお》きな人格もその中に溶けていた事に間違いない。この歌巻が鷹ヶ峰製品である事に間違いない。

「千載集」の凡庸な歌が、形と色とに関するこの二人の達人の協力により、その観念は半ば脱落して不思議な音楽と化している様に、僕は眺め入り、いろいろと思い廻《めぐ》らしたが、考えをはっきりまとめる事が出来なかった。今も出来ずにいる。こういう形式の美術品は世界にない、そんな事ではない。本阿弥切に於ける一能筆家の手すさびが、斬新《ざんしん》な感覚のうちに、明らかな意識と企図《きと》との下に甦《よみがえ》る、そんな事でもない。つまる処《ところ》、これは何なのか。この意匠、この装飾が、何かしら動かせぬ思想を孕《けら》んでいる様に感じられるのは何故《なぜ》か。この形式美の極致が語っているものは、何なのか。眼の下に大虚庵*の落款《らっかん》*と伊年《いねん》*の円印が仲よく並んでいる。己れを失わずに他人と協力する幸福、和して同じない友情の幸福、そんな事を、考える。この歌巻の表現しているものは、極まるところ、幸福というものの秘密ではないだろうか。この考えは、光の様に、僕を照したが、すぐ消えた。恐らくそれは、僕の不幸を照し出したが為である。幸福は、己れを主張しようともしないし、他人を挑撥《ちょうはつ》しようともしない。言わば無言の智慧《ちえ》であろうが、そういうものも亦《また》大思想であると考える事が、現代では、何んと難かしい事になったか。

宗達の下絵を眺めて、大胆な構図という言葉が、誰の口にも先ず上るのは無理もない事である。それほど写実という考えは、現代の画家の心を領している。恐らく写実主義は正しい道であろうが、物には裏があるもので、裏側から眺めると写実主義というものは、現代画家の不幸と甚だよく結び附いている様にも見える。現代の画家には、協作という様な事は思いもよらぬ。めいめいが一人ぼっちだ。従って絵の方も一人ぼっちだ。絵というものが、かつて、その母体であった建築から見捨てられている。工芸品からも離れている。その様なものに、今もって服従しているものは職人であって、て与えられた表現形式というものを信じていない。孤独な芸術家は、もはや人々に共有な歴史によって与えられた表現形式というものを信じていない。自分は自由だ、形式は自分で創り出してみせる。手本は自然が与えてくれるではないか。自分は、ひたすら自然を見詰める。写実主義は現代画家の孤独な自由の苦しみと悲しみとに結ばれている。そして、自然というものは、見る人を映す鏡である事を忘れまい。

光悦や宗達は、こんな自由を知らなかった。彼等は建築や工芸品の要求と必然性とに従って装飾した。自然は彼等の希《ねが》いを容《い》れて、その瞬時も止まらぬ無限に不安定な相貌《そうぼう》をかくして、永遠に美しい桜の花や月の姿を彼等に見せた。彼等の幸福な心は、自然とよく応和していたから、彼等は、自然を糾問する苦しい道を知らなかった。寧《むし》ろ自然が彼等の方を眺め、彼等の為に転身した。これが彼等の大胆なる構図の意味である。彼等が抱いた装飾という観念の難かしさは其処《そこ》にある。それがどんなに保持するに難かしい観念であったかは、琳派の歴史が証明しているであろう。琳派という名は悪い名である。

（「国華百粋」第四輯、昭和二十二年十月）

雪舟

嘗《かつ》て上海の銭痩鉄*さんの許《もと》で、顔輝《がんき》*筆「慧可断臂図《えかだんぴず》*」というものを見せてもらった事がある。雪舟《せっしゅう》の絵と全く同じ構図であり、恐らく雪舟は、この種のものに倣《なら》って作画したのであろうと思われたが、模倣によって如何《いか》に異った精神が現れるかには驚くべきものがあった。顔輝の絵も見事だと思って眺めていたが、その間しきりに雪舟の絵が思い出され、どうも雪舟の方が立派だと思えて来てならなかったのである。

私の雪舟に関する知識は無論素人《しろうと》の常識を出ないもので、雪舟の絵のあの一種生硬な荒々しい印象が、なかば通念化されて、私の頭の一隅に在っただけなのであるが、それが、顔輝を見ているうちに、突然甦《よみがえ》って来て、容易ならぬ意味を語りかけて来る様に思われた。私は顔輝を見乍《みなが》ら雪舟に感動していた。

昨年の秋、山口に旅した折、毛利氏の御好意で、有名な「山水長巻《さんすいちょうかん》*」を、心ゆくばかり眺める機会を得た。巻末の落款《らっかん》*に「六十有七歳筆受」とある。筆受という言葉の意味は、私にははっきり判《わか》らない。恐らく図は自分の独創発明ではないという意味合いであろうか。彼が模した原図というものが中国にあるのかどうかは知らないが、原図があるにせよ、雪舟の筆致は非常に違ったものを創《つく》り出しているに相違ないと思われた。大広間に拡げられた五十余尺*の長巻の前を、私は長い事往《い》ったり来たりして、立ち去り難い想《おも》いであった。こんなに心を動かされた山水図は、今まで絶えて見なかった。私の雪舟に対する考えは極《きま》って了《しま》った。私のせいではない。絵が、どう仕様もなく極《き》めて了ったのである。雪舟という人間が、伝説のなかから現れ出て来る様な想いであった。

山水鑑賞が人生の目的になって了った様な、恐ろしく暇な一人の男が、従者らしい男を連れて、山路をぶらりぶらりと歩き出す。長巻を見て行く私はこの男と一緒に、おのずと画中を歩く様に誘われる。彼等が、たった今歩いた小径《こみち》を振り返り、これから登ろうとする岡に登り、或《あるい》は彼等と共に洞門のうちに憩い、山水を送迎しなければならぬ。かような趣向は、古くから絵巻物にもあるものだが、似ているのは見掛けだけである。雪舟の趣向は、絵巻の筆者の様な素朴なものではない。私は、見ているうちに、この絵を眺める正しい視点というものが、これら画中の二人の男にある事を、はっきり悟った。趣向は借りたかも知れぬが、その意味がまるで違うのである。雪舟は*周文《しゅうぶん》に学んだと言われるが、例えば周文の*詩軸《しじく》に見られる様な、竹林中にしつらえた書斎の人物に、観者の心を誘い入れようという、山水画に通例なやり口でもない。雪舟のはそんな洒落《しやれ》た趣向ではなく、もっと一所懸命な、烈《はげ》しく意識した技法なのであり、彼が観者を誘い込もうとしているところは、勿論《もちろん》一篇の物語なぞではないのだが、又周文風の詩情の世界でもない、そんな曖昧《あいまい》なものではない、山水という異様にはっきりした物へだ。二人の男が立つ所に立って、例えば、私は*豁然《かつぜん》と開けた水郷を眺めねばならないのだが、又、彼等が通って見たに違いない岩壁の裏側も見なければならぬ。岩壁はじっと見ていると裏側も見えて来る様な、そんな具合に描かれている。彼等は単なる点景人物ではない。恐らく自然の構造に関する雪舟自身が正しいと信じた理解と洞察とから直接に生れて来た技法であろう。

彼の精力は、殆《ほとん》ど前景に集中されている様だ。それは、強固な岩壁と岩盤とから成り、彼が最も信頼した自然の体軀《たいく》の様に見える。その中に開鑿《かいさく》された山径は、見えつ隠れつ、長巻の動脈の如《ごと》くつづき、鑿《のみ》や鶴嘴《つるはし》の跡さえ見える。樹木も家も城塞《じようさい》も楼閣も、岩の巨大な重力に捕えられて、安定し、往来する人々さえ岩の破片の様だ。渓流も、水郷の水も、ただ辛抱強く岩を洗う他どう仕様もない。立体感という言葉は弱い。これは立体ではない。岩であり、地殻であり、五十余尺の長巻が、下方に向って目方がかかっている。西洋の立体派*絵画の理論が何を語っているか、私は審《つまびら》かにしないが、単純極まる*潑墨《はつぼく》と迅速簡潔な描線だけで、画家は何ものを現す事が出来るかを感得する。

私は、絵を見乍ら、岩というものに対する雪舟の異常な執着と言った様なものを、しきりに思った。一見*磊落《らいらく》で奔放と思われる描線も、よくよく見ると癇《かん》の強い緊張し切ったものなのであり、それは、あたかも形を透し、質量に到《いた》ろうと動いている様だ。筆を捨て、鑿を採らんとしている様だ。これ以上やったら、絵の限界を突破して了う、画家の意志が踏みこたえる、そんな感じを受ける。自然の骨組を摑《つか》み出そうとするそういう処《ところ》に、彼の自然観の骨組、彼の思想の根幹が露出する様に思われるのだが、この大家は抑制している、そんなやり口ばかりでは絵にならぬ事を承知している。各所に巧みに遠景があんばいされ、観者は緊張し過ぎた前景から解放されるのである。全巻に美しい淡彩が施され、梅が咲き、竹林が揺れ、紅葉が現れて、眼を楽します。これは大家の雅量である。思想は、その根幹だけによっては表現する事は出来ない。

遠景も淡彩も装飾であるが、無論、彼は妥協なぞしているのではない。手を動かし乍ら、岩盤について瞑想《めいそう》する果てに、そういうものが自《おのず》から現れて来る。恐らく最も正しい意味での装飾である。茫漠《ぼうばく》たる遠景は、確固とした前景を再観させる。清楚《せいそ》な衣裳《いしょう》によって、堂々たる体軀に気附く様に、淡彩は施されている。淡彩は、確かに四季の推移を語っているが、それは、まことに静かな移ろいであり、遂に四季の循環という岩の様に不動な観念に導かれる様である。何処《どこ》も彼処《かしこ》も明晰《めいせき》だ。恐らく作者の精神と事物の間には、曖昧なものが何にもないという事だろう。分析すればするほど限りなく細くなって行く様なもの、考えれば考えるほどどんな風にも思われて来るもの、要するに見詰めていれば形が崩れて来る様なもの一切を黙殺する精神、私は、そういう精神が語りかけて来るのを感じて感動した。私には、これを描いた画家が、十年後には、「慧可断臂」を描かねばならなかったのが、よく理解出来る様な気がした。顔輝の絵を見た時の妙な経験を思い出したのも、実はこの時だったのである。

雪舟の生涯につき、少し詳しく知りたいと思い、*沼田頼輔氏の伝記を一読してみて、これほどまで確実な事跡の少い人物かと驚いた。要するに、*応仁《おうにん》の大乱が始ろうとした頃、*大内氏の貿易船に乗込み、*入明し、禅学でも一流、画技でも一流と自覚して帰国して以来、田舎に隠れて死んで了ったという私の雪舟伝の常識は、それ以上何んの啓示らしいものも受け取らなかったのである。考証は、却《かえ》ってこの人物を益々《ますます》私の眼から遠ざけ、謎《なぞ》めいた姿にして行く様子であった。雪舟がはっきりと生き返り、私に近づくのは、画からである。「山水長巻」を見て、私は雪舟に出会う。処《ところ》で、この雪舟を、今日各所で出会う夥《おびただ》しい彼の遺作の何処に置けばよいか。今日、雪舟の疑い様のない遺作と専門家に認められているものが何点あるのか私は知らない。やや信ずべきもの、やや疑わしいもの、等々に至っては、見当もつかぬ。それはそれで構わぬ。私は、ただ「山水長巻」を見た後、「慧可断臂」が又しきりに見たくなったので、博物館に、近藤市太郎氏を訪ねたのである。絵は、既に斎年寺《さいねんじ》に還《かえ》っていた。愛知県まで出向くわけにも行かぬ。併《しか》し、私は、別段落胆もしなかった。絵が在ったとしても、私は、今感じているものしか感じ取りはしまいと思った。それよりも、滝精一博士は、「慧可断臂」を偽物《にせもの》と認めていたという近藤氏の言葉の方が私を驚かした。専門家というものも苦労なものである。

久し振りで、破墨《はぼく》とか溌墨《はつぼく》とかやかましいあの「山水図」と曼殊院《まんしゆいん》旧蔵の「夏冬山水図」(註一)を見せて貰《もら》った。私は、この天下の名幅《めいふく》を、いかにも雪舟である、文句の附けようがないと思って眺めていたが、直ぐそれは「山水長巻」が教えてくれた雪舟に他ならぬと気附いた。全体が心にあるから破片がわかる様な気持ちであった。破片と言っては悪かろう。併し、これらの作が、天下の名幅となっているについては、どうも一種のパラドックスがある様に思えるのである。所謂《いわゆる》「伝雪舟破墨山水」というものは、随分な数に上るであろうが、博物館蔵のものが最上という事になっている。私は定評を信じようと思う。それから先きは、私の勝手な空想になる。要するに＊画賛《がさん》が曲者《くせもの》なのであり、若《も》しこの画賛がなかったならば、雪舟破墨山水などというものは、今日一つも遺《のこ》ってはいないのではあるまいか。（註二）画賛は平明な文だが、なかなか複雑な感情がこもっている様に思われる。当時雪舟は七十六歳で、山口に在った。既に業なった長年の門弟＊宗淵《そうえん》が、鎌倉に還るという。言わば今生《こんじょう》の別れであるが、お別れに際し、宗淵は、将来勉励の資として、強《た》って一図を乞《こ》うた。この辺りの文章に装飾はない様に私は思う。師匠の筆致を知悉《ちしつ》した弟子に、扨《さ》て何を与えようかと真剣に考察したであろうと思う。数日苦しんだ末、突如として筆は走り、図は成った。一種の感慨が雪舟の胸に起る。宗淵に与えて曰《いわ》く以下の文には裏側がある様である。要するに私が勝手に忖度《そんたく》すれば、俺は中央画壇から離れ、田舎で何やらやっているが、当節の幕府の絵師なぞには何んにもわかってはいないのだぞ、という意味合いがある。＊大宋国をぐるぐる廻ってみたが、これはという画師にも会わなかった。＊設色破墨の法に、やや得る処もあったが、大した事ではない。帰って見ても心を分つ様な画家はないのである。お前も新様などを追わず、＊吾祖如拙《じょせつ》周文の謹厳を承《う》け、心識を磨くのが一番だ。扨て、老人ギリギリの発明品を一つやるが、＊人が見たら蛙《かえる》になれと念じて大切にせよ、まあそう言った具合のものだったと思う。ところが宗淵は喜んで、山口からの帰途、よせばいいのに京都に立寄り、五山の宿老《しゆくろう》達に見せて了った。それがこの絵が蛙になった始りであり、蛙はやがて沢山の子供を生んだ。尤《もつと》も蛙にならなかったらどうなったか。宗淵は握り潰《つぶ》し、雪舟は再びあんな絵は描かず、従って雪舟破墨山水など私達は見た事もないという事になったのではあるまいか。人生凡《すべ》て斯《か》くの如し、であろうか。

私は殊更《ことさら》に異説を立てようとしているのではない。ただ、私は、この絵の成った格別の動機というものを特に尊重したいのであり、そこから自ら生れる空想を楽しむに過ぎないのである。宗淵が雪舟の友でもあり、自らも尊敬している五山僧達を訪ねて、師匠の健在を述べ、新作を披露して、賛を求めたという事は尋常な話であるが、これが詩軸に仕立てられたと聞いたら、最後の授筆も無駄であったかと雪舟はさぞ心外に思ったであろう。入明以前、雪舟が、どんな絵を描いていたかわからぬ。入明以前の絵であろうなどという絵を、私は信用しない事にしている。そんな事をしていたら切りがないからである。彼が大陸の旅で、何を得て還ったかわからぬが、彼が京都を避けて田舎に隠れたのは、戦乱其他《その》の外的事情があったにせよ、画家としての志は、簡単に言えば、詩軸というものからの脱走にあったであろう。勝利は「山水長巻」に於いて確定した事を、私達は知っている。

私は、宗淵の得た「山水図」に或る異様なものを感ずる。それは先ず上等と言われる所謂雪舟破墨山水とも何か全く異るものだ。それは自然を極めた雪舟の心頭に閃《ひらめ》いた自然に関するもう一つの予感めいたものではなかったかという感じを得るのである。これは絵ではない、彼は承知して、やっつけたのである。二度とやった筈《はず》はない。そんな風に思われてならぬ。どんな詩も、こんな絵に乗る筈はない。併し、坊様はのん気なもので、一人が胸中酔墨と言えば、一人は酔後筆端などと言っている。又、一人は玉澗《ぎょくかん》筆法と言う。胸中酔墨より玉澗筆法の方が増しであろうが、玉澗と一体何処が似ているのであろうか。贋物《にせもの》の方がもっと似ている。無論、雪舟は玉澗を知っていたであろう。その筆様を真似るくらい易しい事はなかったであろう。併し、玉澗筆様で、雪舟は山水の大画面を実現はおろか構想さえなし得ただろうか。私には考えられぬ。雪舟は、既に、彼自身の百尺竿頭《かんとう》にあったのである。一歩を進めんとして予感めいたものに捕われたのである。そんな気がしてならない。これが今日、天下第一の詩軸となっているのも皮肉なことだ。断って置くが、何も彼もそんな気がするだけの話である。

「夏冬山水図」という大胆不敵な絵、これは殆ど観者を無視して描かれている。言ってみれば、これも絵というものではないのである。「山水長巻」の部分図であり、あそこで前景に集中した力を、ここではままよと全画面に破裂させてみたのである。夏景も冬景もない。これは自然という塊りである。雪舟には雰囲気などというものがもう邪魔臭かったに相違ない。曼殊院の坊様に頼まれて、仕方がない、片っぽには雪を降らせて置こうかと言った風なものだ。こういう、味《あじわ》いというものを一切無視した頑固無情な絵が、大切に伝来されて来たという事さえ、私には不思議に思われる。ただただ画聖雪舟という伝説の力であろうか。少くとも逆ではない。こんな絵は伝説を作る事が出来ない。伝説を作ったのは、雪舟の精力的な求めに応じてあらゆる画題をこなした才能にあったであろう。そして、この才能の産物と思《おぼ》しい数々の作品が、伝雪舟の名を冠せられて今日の研究家を悩ましているのだが、「夏冬山水」は、寧《むし》ろこの悩みの発見物と言った方が、いいであろう。

雪舟は職業画家でもなかったし、彼の絵は禅僧の余技でもない。つまり禅を語るのに絵という手段しかない、そういう処まで絵を持って行った人という事になる様だ。何も禅という言葉にこだわる必要はない。今日の言葉で言えば思想である。思想としての絵画の自律性というものを、恐らく日本で最初に明瞭《めいりよう》に自覚した人であろうと思われる。今日になってみれば何んでもない。へぼ絵かきも、そんな事を言う。寧ろ絵画はその自律性によって危機を感じている向きさえある始末だ。併し、当時としては、それは異常な自覚であり、銀閣寺をめぐる中央画壇なぞの思いも及ばぬものであったろう。恐らく当時の知識人達には、雪舟が*四明天童《しめいてんどう》第一座に上ったという事が（これは今日で言えばノーベル賞を得たと言った様なものである）頭にこびり附き、いつまで経《た》っても、雪舟の作画が、*禅余遊于画事ものと思い込んでいたであろう。職業画家達は雪舟によって齎《もた》らされた絵画形式上の革新を利用するのに、ただ忙しかったであろう。

今、私の机の上には、「慧可断臂図」の極くつまらぬ写真版がある。私は、それで満足である。見ていると、私は、雪舟の他のどんな*達磨《だるま》も*鍾馗《しょうき》も信用したくない、私の親父だって、雪舟の達磨ぐらいは持っていた、と言って済ませたい気持ちになって来る。雪舟には、七十一歳の自画像があるそうだが、見た事がない。だが、例えば有名な「*益田《ますだ》兼尭《かねたか》像」などを到底信用する気になれぬ気持ちになって来る。確実な事は、「慧可断臂図」が、自分には殿様の*寿像など描けぬと断言している事である。壁を眺めているうちに、両足が身体にめり込んで了った男、たった今切った自分の腕を、外れた人形の腕でも拾った様な顔で持っている男、これは伝説であろうか。ところが、絵は全く逆の事を言う。益田兼尭よりは人間である、と。

ここにも曖昧《あいまい》な空気はない。文学や哲学と馴れ合い、或る雰囲気などを出そうとしている様なものはない。達磨は石屋の様に坐って考えている、慧可は石屋の弟子の様に、鑿《のみ》を持って待っている。あとは岩（これは洞窟《どうくつ》でさえない）があるだけだ。この思想は難かしい。この驚くほど素朴な天地開闢《かいびゃく》説の思想は難かしい。込み入っているから難かしいのではない。私達を訪れるかと思えば、忽《たちま》ち消え去る思想だからである。

雪舟の思想は、もはや私達から遠いところにあるか。決してそんな事はないと思う。それは将来への予言かも知れないのである。ただ現に生きているという理由で、その人の言葉を、その人の顔を、現代人は信用し過ぎている。信用し過ぎたお蔭《かげ》で、人間的というどんな夢路を辿《たど》っているか。

（註一）　現在は「秋冬山水図」と呼ばれ、東京国立博物館に所蔵されている。

（註二）　*相陽の宗淵*蔵主《ざうす》、余に従つて画を学ぶ年有り、筆、已《すで》に*典刑《てんけい》有り、意を茲《ここ》の芸に遊《あそ》び勉励尤《もつと》も深し、今春帰を告げ、謂《い》つて曰《いは》く、願《ねがは》くは翁《をう》の一図を獲《え》て、以て我が家の*箕裘《ききう》青氈《せいせん》と為《な》さんと欲すと、数日余に之《これ》を責む、余眼昏《くら》み、心耄《お》い以て製する所を知らずと雖《いへど》も、其の志に逼《せま》られ、輒《すなは》ち禿筆《とくひつ》を拈《ひね》り、淡墨《たんぼく》を洒《そそ》ぎ、之を与へて曰く、余曾《かつ》て大宋国に入り、北大江を渉《わた》り、斉魯《せいろ》の郊を経て、洛《らく》に至り、画師を求む、然《しか》りと雖も*揮染《きぜん》*清抜《せいばつ》の者は稀《まれ》なり、茲に張有声并《ならび》に李在二人時名を得たり。相随《あひしたが》ひ、設色の旨と兼ねて破墨の法とを伝へ、数年にして、本邦に帰るや、吾祖、如拙周文両翁を熟知するに製作楷模《かいぼ》、皆一に前輩の作を承け、敢《あへ》て増損せざるなり、支綫《(ママ)》の間を歴覧するに、弥《いよいよ》と両翁心識《しんしき》の高妙を仰ぐ者乎《か》、子の求に応じて嘲を顧みず焉《これ》を書す。（原漢文）

（「芸術新潮」昭和二十五年三月号）

偶像崇拝

俗に「赤不動《*あかふどう》」と言われている名高い画が高野山にある。予《かね》て評判は聞いていたが、容易に見せては貰《もら》えぬ重宝で、鑑賞の機会がなかったが、この夏、高野山に行き、その機を得た。見てがっかりした。つまらぬ絵である。無論、これは私個人の好き嫌いの問題であるから、つまらぬ絵が国宝であっても少しも構わぬ事だし、又、単なる審《しん》美《び》的判断だけでは、国宝の価値を決めるに足るまい。それは先《ま》ずそういう事だとしても、やはりその時、「赤不動」と並び称せられている「来迎図《*らいごうず》」を、久し振りで見たのだが、どうも余り違い過ぎる。私の印象の中で、どうしてもこの二つの絵は並んでくれない。そういう気持ちの始末には困ったのである。智証《*ちしょう》大師感得などという事は、勿論《もちろん》伝説*だとしても、この二つの絵は、私の心に、同じ時代の心を決して語り掛けては来ない事を、はっきり感じた。最近、「赤不動」を足利期の製作だとする大胆な新説を主張する美術史家があるそうだが、尤《もっと》もな事だと思った。どういう外的証拠によって論をなすのか知らないが、先ず、その学者に、動かし難い内的直覚がなかったなら、話は始らなかったろう、と勝手に推察した。

毎日雨が降っていた。同行の阿部真之助氏から、政治界や新聞界の辛辣《しんらつ》な楽屋話をきき、笑い過ぎて気が滅入《めい》って来ると、又しても、陳列館に出かけて「来迎図」を見て、長い時間を過ごした。絵というものは不思議なものだ。以前よく見た筈《はず》なのに、まるで新しい絵を見る様だ。そういう経験はよくしていたが、こんなに驚いた事はない。この前見たのは数年前である。私が変ったとは思われぬ。同じ私が同じ絵を同じ無心で見ているだけだ。私は、妙な気持ちに誘い込まれる様であった。予想してみたり想像してみたりしていた事が、何にもならなかった事は、現に新しく絵が見えている通りだ。してみると、絵を記憶するという様な事は、ただそんな風な気がするだけで、全く不可能な事ではあるまいか。絵は、偶然に、眼前に現れて、又、全く消え去って了《しま》うというのが本当だろう。絵には、何かしら私の日常意識に対して不連続なものがあり、それが、絵を見ている間だけ、私に作用するらしい。私の何に対して作用するのか。目下《もっか》のところそんな心理学はない。が、絵の好きな人は、絵の作用に応じて、私達のなかに、血行とか消化とかに似た様な、黙している確実な或る精神の機能が働くのを知っている。

私は、高野山に参詣《さんけい》したわけではない。夏期大学の用事で出向いたのである。夏期大学などで来る連中は、建物がどうの絵がどうのと喋《しゃべ》っている有識無慚《ゆうしきむざん》の徒ばかりであると、高野山の坊様は嘆いているそうだ。此処《ここ》に来る前、或る雑誌の日本美術に関する座談会ででも、矢代氏や亀井氏との間で、宗教的礼拝の対象であったものを、審美的な立場からあげつらう事はどうかという話が出た。考えて行くと何処《どこ》まで拡《ひろが》るかわからぬ様な問題であるが、その糸口だけは、はっきりしているのだ。それは、私達の間では、もはや過去の信仰は死んでいるのであり、これはどう仕様もない、どうごま化し様もない、そういう事だ。それからもう一つは次の様な事実だ。私達が現に見ている絵は、過去の宗教の単なる形骸《けいがい》ではない。総じて過去というものに到《いた》る単なる道しるべではない。絵は絵である限り、決してそういう風には現れない。それは洵《まこと》にはっきりした現在の私達の一種の知覚である。「来迎図」は、キリスト教で言えば「受胎告知図」と言った気味合いのものだが、私達は、もう「来迎」も「告知」も信じていない。併《しか》し、そういう絵が現に美しいと感ずる限り、美しい形に何等《なんら》かの意味を感じ取っている限り、私達は、何かが来迎し、何かに告知されている事を信じているのである。これは神秘説ではない、自分の審美的経験を分析してみれば、美の知覚や認識には、必ず何か礼拝めいた性質が見付かるだろう。礼拝的態度は審美的経験に必須な心理的条件だと認めざるを得ないだろう。過去の宗教心の名残《なご》りという様な考えは、何にも説明しない。宗教心は人間の心に、盲腸の様にぶら下っているわけのものではないからだ。

仏教美術は、仏教のドグマ*に制約されているとは言え、美術としての自《おのずか》らの動機なり表現なりの自由を、それが為に弾圧されて了うという様な事は考えられぬ事である。若《も》し、そういう危機に見舞われれば、美術は、宗教を離れて勝手のよい形式を自ら選ぶに至るであろう。「来迎図」の画因は、「観無量寿経*《かんむりょうじゅきょう》」のドグマを超えている、この事を明言した最初の人は折口信夫《おりくちしのぶ》氏である。折口氏の仕事で、直接に対象となっているのは、高野山の「来迎図」ではなく、所謂《いわゆる》「山越し弥陀*《やまごみだ》」の形式の「来迎図」である。尤も高野のものにしても「山越し」には違いなく、弥陀は、山頂を越えて谷合から麓《ふもと》かに下りて来ている。それは兎《と》も角《かく》、折口氏が「来迎図」の画因と言っている言葉に、ここでは注意したいのだが、それは、画家の製作の動機の事であり、その喜びであり、今もなお画面から発すると感じられる或る力の事なのであって、ある様式の芸術が生産されるについての、あれこれの環境の性質という様な、歴史家の求めている外的原因ではない。歴史家には、ある絵の様式とは、ある時代の社会的制約の結果と見えるが、画家には、社会的制約とは、その製作の動機という内的原因のうちに取入れられた、自由に戦うべき敵或《あるい》は自由に利用すべき味方の事であり、いずれにせよ、立派な画家は思う通りの事を遂行した。この画家の自由が、折口氏の求めようとした画因なのである。そういう意味での画因は、外的証拠の拾集や分析によって理解し得ない。それを語って呉れるものは、当の絵より他にはないのだから。従って折口氏の様な仕事は、先ず絵に関する深い審美的経験による直覚があり、それに豊かな歴史的教養が絡《から》んで、これを塩梅《あんばい》するという風な姿をとる。つまり、詩人によって見抜かれたものは、当然詩人の表現を必要とするという事になる。従って、折口氏の「来迎図」の画因という微妙な観念を摑《つか》むのには、氏の中将姫を題材とした「死者の書」*という物語、或はその解説の為に書かれた小論、解説と言っても、詩人の表現に満ちているのだが、「山越し阿弥陀《あみだ》像の画因」(「八雲」第三輯《しゅう》)を読むより他はないのであるが、強いて掻摘《かいつま》んで言えば、それは民族心理の言わば精神分析学的な映像になる。

仏教の日想観《*にっそうかん》の思想が到来する遥《はる》か昔から、日を拝む信仰は、日本人の間に深く行われていた。宮廷には日祀部《*ひまつりべ》の聖職があったし、一般にも、春と秋との真中頃、「日祀り」をする風習があった。娘盛り、女盛りの人達が、朝は日を迎えて東へ、夕は日を送って西へと、幾村里かけて、野や山を巡拝して歩く「山ごもり」「野遊び」の行事が行われていた。これが、幾百年の間の幾万人の日本の韋提希夫人《*いだいけぶにん》であった。浄土の日想観という新しい衣は、彼女達にもよく似合ったが、彼女達の肉体を覆《おお》い切る事は出来なかったのである。日想観が、「*弱法師《よろぼし》」に見られる様な、*日想観往生として固定する様になっても、女達は、日かげを追って、太古《たいこ》さながらの野山を馳《か》けていた。*藤原南家の郎女《いらつめ》が、彼岸中日の夕、*二上山の日没に、仏の幻を見たのは、渡来した新知識に酔ったその精神なのだが、さまよい出たのは、昔乍《なが》らの日祀りの女の身体であった。女心の裡《うち》に男心の伝説が生きていないわけがない。「*当麻《たえま》」の化尼《けに》めいた語部《かたりべ》の姥《うば》の話は、生れぬ先きから知っていた事の様に思われる。招いているのは二上山にいる*大津皇子の霊である。或は、*天若日子《あめわかひこ》の霊かも知れぬ。*恵心僧都《えしんそうず》は、当麻《たいま》の地はずれで生れ、学成って、*比叡横川《ひえいよかわ》の*大智識となった。「*往生要集《おうじようようしゆう》」の名は唐まで聞えた。彼が新知識の山頂で、阿弥陀の来迎を感得した時、それは、彼の幼い日に毎日眺めた二上山の落日に溶け込んだのである。折口氏は、そういう素直な感動をそのまま動機として取上げ、大胆に「山越し阿弥陀」を描いた処に、彼の巨大性があったとする。自ら釈迢空《しやくちようくう》と名告《なの》るこの優れた詩人は言う、「今日も尚《なお》、高田の町から西に向って、当麻の村へ行くとすれば、日没の頃を選ぶがよい。日は両峰の間に俄《にわ》かに沈むが如《ごと》くして、又更に浮きあがって来るのを見るであろう」。

嘗《かっ》て、*古代の土器類を夢中になって集めていた頃、私を屢々《しばしば》見舞って、土器の曲線の如く心から離れ難かった想《おも》いは、文字という至便な表現手段を知らずに、いかに長い間人間は人間であったか、優美や繊細の無言の表現を続けて来たか、という事であった。文字の時代なぞ、それからみれば、ほんの未《ま》だ始ったばかりだと言えよう。ただ文字の発明が、この期間を大分長いものと思わせている。文字の発明以前でも、この無言の表現は、語られる言葉の下位に立つ事を甘《あまん》じて来たに相違ない。土器を作るものは、実用的目的に間違いなく従い、土や火の自然の性質にもっと間違いなく随順し、余計な心使いをしなかった御蔭《おかげ》で、人間の性質のうちにある言うに言われぬ或る恒常的なものだけを表現して了うという事になった様である。不安な移ろい易《やす》いものは、冒険や発明や失敗や過誤を好む言語表現に、一番適するのではあるまいか。人間の智慧《ちえ》の言葉による最初の組織化は、何処の国でも、宗教の名の下に行われたが、美術はやはりおとなしくこれに従った。宗教の教義や儀式や制度が、社会的に、実際の力を持っている限り、美術は、これに対し、敢《あ》えて異を唱えなかった。だが、美術という黙した従順な智慧は、自らの眼に恃《たの》むところがあったと言える。美術の眼は批判しない。が、それは、言わば、教義や儀式や制度の尤もらしさを監視していたと言えるのではなかろうか。社会的な支配力を持つと自負しているそういうものは、決して個々の人の心を本当には支配し得ない。各人は持って生れた宗教心或は憧憬《どうけい》心の色合いを、そういうものに映してみるだけである。画家の眼は、それを本能的に見ている。従って、彼は己れ個人の体験から出発するより他はない。例えば恵心はそうした。個人主義という様なものがなかった時代でも、個性は常に個性だったのである。個性的な表現様式が、忽《たちま》ち模倣を呼ぶ限り、つまりある時代の一般的な絵画形式の一単位として社会がこれを容認する限り、それは社会的な価値を持つが、幾百年を隔てて尚、「山越しの阿弥陀」に、人を感動させるに足りる普遍的な価値を認める為には、不思議な事だが、例えば折口氏という個性を要する。この事は、実に注意されていない。美術史家は、美術品の歴史的な解釈に忙しく、美術品の直接な鑑賞から、逆に歴史の方を照明するという努力を払わない。それは子供らしい事だ、しかし本当は一番難かしい事だ。個性的な表現は、個性的な見方にめぐり合い、これと応和しなければ、その普遍的な意味合いを明かしはしない。

審美的経験には、何か礼拝的な性質があると言ったが、美術好きは皆偶像崇拝家だと言って差支《さしつか》えない。凡《すべ》ての原始宗教は、偶像崇拝で始ったが、凡ての大宗教は、これを否定する智慧から出発した様である。キリスト教は勿論、仏教も亦《また》そうである。ところが両方とも、美術家の手になる夥《おびただ》しい偶像の群れを引連れて発展したとは面白い事である。キリスト教は偶像と戦ったが、仏教はそういう戦いを知らなかった。これは恐らく両宗教の根本信条の相違から来ているのである。両者ともに、最高の真理は、到底物的な造形によっては表現出来ないものと信じた点で同様であるが、ヘブライの宗教から発したキリスト教の神は、何を置いても先ず人格神であるところから、これを偶像に仕上げる様な冒瀆《ぼうとく》は許すべからざる事になるのだが、ヴェーダの哲学から発した仏教の仏は、人格は勿論、何も彼もそのなかに解消しなければならぬ、宇宙の絶対的秩序なのである。人格さえ侮蔑《ぶべつ》するのだから、偶像なぞ勿論問題ではない。絶対的な侮蔑は、戦いさえ生まぬ。そこから偶像なぞあってもなくても構わぬという寛大な態度が生れてきたのだと思う。偶像崇拝が異端という強い意味合いを持つ事が、私達東洋人には容易に呑《の》み込めないのも、そういう処から来ているであろう。いずれにせよ、戦っても戦わなくても、両宗教ともに偶像の群れを引連れざるを得なかったという事は、教化布教の為の単なる手段として、そういう事が必要であったというばかりでは説明がつき兼ねる様だ。やはり背後にはギリシアがある。大偶像崇拝家たるギリシア人の問題がある。ギリシアの宗教の智慧は、その神話が語る如く、偶像との驚くべき調和のうちに発達した。この智慧が合理化され、偶像と離別して哲学体系を完成した時には、偶像による表現は既に完璧《かんぺき》の域に達し、偶像によらなければ表現出来ない別種の自律的な智慧を語っていたのである。仏教は、これを素直に受け納《い》れ、異る思想や環境のなかで、それが自然な緩慢な変化を辿《たど》るにまかせた。キリスト教は、これと戦ってはみたが、勝てなかった。*ビザンチンの偶像は神学より長生きするだろう。宗教改革によって、偶像と決定的に離別する血路を開いたが、その時一方ではルネッサンスの美術家達は、キリスト教の仮面の下に、ギリシア人に則《のっと》って新しい偶像崇拝教を起していた。

偶像崇拝とか偶像破壊とかいう言葉のキリスト教的な意味に、あまりこだわるのはよくないだろう。それは真理の表現に関する物的造形の価値を信ずるか信じないかという問題なのである。言葉を扱う詩人は物的造形をしていないかの様に見えるが、それは外観に過ぎない。リズムという全く物的なものの形成は勿論《もちろん》の事だが、一つ一つの言葉にしても、海と言えば、あの冷い塩からい海の事だし、悲しみと言えば、あの切ないやり切れぬ悲しみの事だし、という風で、直ちに事物が喚起される様にしか言葉は取り上げられない。という事も、感知する物は何かと問わず、感知するがままに物を容認する詩人の偶像崇拝的態度から来る。そういう風に考えて来ると、近代思想を宰領すると自負した近代の哲学の行ったところは、*観念論であると*唯物《ゆいぶつ》論であるとを問わず（そんな区別は殆《ほとん》ど意味がない）真を語る為に、自己の体系から、比喩も暗《あん》喩《ゆ》も、要するに言葉の偶像崇拝的使用法を一切追放しようとした試みだと言えよう。

併し、言葉というものの性質上、そういう試みの成功は疑わしく、寧《むし》ろ止《や》むなく失敗した個処に、何かしら人間的な意味が現れるという始末となった。言葉は、その破り難く堅固な物性と観念性との合体によって、人間の生存に直結しているから。近代の偶像破壊の思想戦に於て、決定的に勝利を得たのは、語った真理を実証し得た科学だけである。これは疑いのない事である。私は屢々思う事がある、もし科学だけがあって、科学的思想などという滑稽《こっけい》なものが一切消え失《う》せたら、どんなにさばさばして愉快であろうか、と。合理的世界観という、科学という学問が必要とする前提を、人生観に盗用なぞしなければいいわけだ。科学を容認し、その確実な成果を利用している限り、理性はその分を守って健全であろう。これに順じて感情は、真面目《まじめ》に偶像崇拝を行って恥じる処はないだろう。そんな事を空想する。芸術家は、皆根本のところでは偶像崇拝家なのである。ただ偶像破壊的自己批判を最も烈《はげ》しく行ったのが文学という芸術形式であり、散文は詩という肉親を殺して華々しい勝利を得た。この勝利が、実は疑わしく曖昧《あいまい》なものでなければ幸いである。偶像破壊が、あまりうまく行き過ぎた事について、作家等が内心の不安を隠しおおせれば幸いである。

高野山から還《かえ》って間もなく、上野で二科会*を見た。ずい分久し振りである。画壇の事情に疎《うと》い私は、何しろわが国最大の洋画家団体の展覧会だからと言った処から判断するのだが、洋画壇の趨勢《すうせい》には、嘗て見られなかった大変化が現れている様である。大体予想はしていたものの、出品作の殆ど全部が、これほどまでに最新式の画風を競っているとは知らなかった。百花撩乱《ひゃっかりょうらん》と言いたいが、喧々囂々《けんけんごうごう》として、見る者を恐喝するが如《ごと》き有様であった。

その流派の区別は審《つまび》らかにしないが、私は、最新式の画も好きである。好きな絵は、最新式の画風である事を忘れさせる傾向がある事をいつも感じている。高野山の「来迎図」も、見様によっては、最新の絵と見えぬ事はあるまい。ピカソは土人の芸術に最新のものを見た。人間は経験を二度繰返せないだけだ。そして絵は経験の表現ではない。印象派*の理論というものは、はっきりしている。光学の成果を利用するについての画家の実際の心得だからだ。併し、後期印象派*以後の絵画理論となると、セザンヌやゴッホの手紙に現れた苦しい舌足らずの叫びを合理化しようとする試みであると大体見当を付け、敬遠して読まない事にしている。サバルテスというピカソの秘書が書いた「親友ピカソ」*という本がある。先日、訳者の益田義信君から贈られて読んで、大変面白かった。いつか「ライフ」誌上に、何か特殊な発火装置めいたもので、空中に絵を描いているピカソの実に鮮明な写真が出ていたが、毛の生えていない大猿の様な男が、パンツ一枚で、虚空《こくう》を睨《にら》んでいたが、その異様な眼玉には驚いた。こんな眼つきをした男は、泥棒、人殺し、何を為出《しで》かすかわからぬが、議論だけはしまい、と感じたが、益田君の訳書を読んでみると、やはりそんな風な人に思えた。一見理智の産物である様な彼の絵が、いかに理智から遠い眼玉の産物であるかという事が、彼と起居を共にした人の手でよく描かれている。ピカソには、狂的な蒐集癖《しゅうしゅうへき》があるそうだ。それも注意を惹《ひ》いた品物なら手当り次第何んでも集めて来る、という蒐集であるから、彼の部屋は、あらゆるがらくたの山で整理も何も出来たものではないそうである。部屋ばかりではない。ポケットの中も、紙屑《かみくず》、釘《くぎ》、鍵《かぎ》、ボール紙、小石、魚の骨、貝殻、ライター、勘定書と際限なく溜《たま》って来るから、ポケットは、やがて重くなり、ふくれ上り、破れて了《しま》う。或る日、サバルテスが、君みたいな革新家が、物をとって置くという気持ちがわからぬと言うと、ピカソは答えた、「そりゃ全然違う事だ。僕が浪費しないというところが肝腎なのだ。持っているからこんなに有るので、貯《た》めているのじゃない。有難い事に手に這入《はい》った。何故《なぜ》棄てねばならぬか」。

ピカソの答えは理窟《りくつ》が通っていないが、彼の眼玉が答えているのだと思えば、よく解《わか》るのである。戦争の疎開《そかい》先で、或る競売のがらくた類の中に坐り込んで了って動かない。「どの位こいつ等が僕の気に入ったか、君なんかには想像もつくまい。若《も》し、持って行けと言って呉れれば、みんな持って帰る。さもなければ、ここに居据《いすわ》ってやる。家具だとかなんだとか、こいつ等みんなと馴染みになって、どんな人間が使っていたか、それが判《わか》るまでは動かない」。こういう男が、立体派の理論など発明するわけがない。彼は、何を置いても先ず、あらゆる物に取囲まれた眼玉らしい。あらゆる物という事が肝腎だと彼の眼玉は言うかも知れない。頭脳は、勝手な取捨選択をやる、用もない価値の高下を附ける。みんな言葉の世界の出来事だ、眼には、それぞれ愛すべきあらゆる物があるだけだ、何一つ棄てる理由がない。名画とは何か。「ロスチャイルドは、新聞売子より尊敬されているではないか」。美醜も言葉だ。ルネッサンスが鼻の寸法を発明すれば、真実な物の形は地獄に堕《お》ちて了う。それほど人間は騙《だま》され易い。美という言葉は意味がない。醜があるとはっきり示されても、それは醜とは何か別の物だ、等々。要するにこの本は、そういう恐ろしい様に純粋な視覚をもった或る人間の生活ぶりを、まざまざと感じさせたという点で面白かったのである。

こういう男が現在何処《どこ》かに居るという事は（彼は国境も歴史も言葉の戯《たわむ》れに過ぎないと信じている）私達に無縁な事ではあるまい。ピカソ芸術の流行に、どんな馬鹿な事情が絡《から》まるにせよ、視覚の言葉への、いや「理解せよ、でなければ君は馬鹿だ」と口々に喚《わめ》いている現代の人々への断乎《だんこ》たる挑戦である事は決定的な事であり、私達がピカソと異質の眼を持っているのではない限り、これに動かされざるを得ないというのが根本なのである。この夏、読売新聞社主催の現代美術展で、ピカソのコップを描いた小さな絵を見ていて、容易に動けなかった。文句なく欲しくて堪《たま》らなかった。私は、この時ほどピカソ風の絵と、ピカソの絵との区別をはっきり感じた事はなかった。それは肉眼を通じたヴィジョンの有る無し、それだけだ、と感じた。ピカソのコップは、セザンヌのコップと全く同じコップである。絵を見る楽しみとは、違ったヴィジョンを通じて、同じ物へ導かれるその楽しみではあるまいか。画家は、物理学者の様に物体の等価を認めている。最近の物理学者が、物の外形を破壊して得る物の夢の様な内部構造も、物の不滅の外形にまつわる画家のヴィジョンの一様式に過ぎないのではないか。

現代では、教養ある人が、自分には絵は解らぬと平気で言っている。誰もこれを怪しむ者がない。つまり教養とは、絵なぞ解らなくてもいいものになって了っているのである。或は、自分には近頃の絵は、さっぱり解らぬなどと言う。では雪舟《せっしゅう》なら解るとでも言うのか知らん。それはもう現代の絵の方が解り易《やす》いに決っているのである。過去を考える想像力が要らないだけでも大助かりの筈《はず》である。ただ現代の画家は、一般的様式を見失っているから、めいめいが勝手気儘《きまま》な様式を発明しているという点を、篤《とく》と考慮に入れて置けばよい。実際のところは、絵が解るとか解らないとかいう言葉が、現代の心理学的表現なのである。見る者も絵が解ったり解らなかったりしているばかりではなく、画家も解ったり解らなかったりする様な絵を努めて描いている。言わばお互に、絵はただ見るものだという事の忘れ合いをしている様なものだ。絵を見るとは一種の練習である。練習するかしないかが問題だ。私も現代人であるから敢えて言うが、絵を見るとは、解っても解らなくても一向平気な一種の退屈に堪える練習である。練習して勝負に勝つのでもなければ、快楽を得るのでもない。理解する事とは全く別種な認識を得る練習だ。現代日本という文化国家は、文化を談じ乍《なが》ら、こういう寡黙《かもく》な認識を全く侮蔑《ぶべつ》している。そしてそれに気附いていない。二科展の諸君は、この文化的侮蔑によって、実は上野の一角に追い詰められているのだが、それに気附いているのであろうか。肉眼と物体とを失ったヴィジョンは、絵ではない、文化談である。私は最新式の会場から、*アッパッパアに下駄ばきの婆《ばあ》さん給仕の徘徊《はいかい》する食堂に下りて来て、疲れて、牛乳を一杯註文《ちゅうもん》すると、何か辛《つら》い気持ちになった。「日想観」は相変らず西方から渡来しているのである。私はぼんやりして来た。婆さんは間違えて、苺《いちご》の氷水を私の前に置いて行った。私はいつの間にやら氷水が飲めない習慣がついているので、ただ眺めていると、*青山斎場に曲る角で、生れて始めて苺の氷水を飲んだ時の驚嘆が思い出され、子供の様に弱くなるのを感じた。

（「新潮」昭和二十五年十一月号）

骨　董

＊幸田露伴に「骨董《こっとう》」という文章がある。＊定窯《ていよう》の＊鼎《てい》の贋物《にせもの》をめぐって、人殺しがあったり、自殺者が出たりする＊明《みん》末の実話で、骨董いじりも並大抵のことではない。まことに美は危険なる友である。露伴はこの実話を書くに当って、これは、骨董というものについて、一種の淡い省悟を発せしめるといっているが、僕も、自分の貧しい経験を省み、骨董について僕なりの省悟がないことはない。

友人に非常な焼き物好きがいたお蔭《かげ》で、古い陶磁器を見る機会は、学生の頃から多く、見るのは嫌いではなかった。しかし、相手はたかが器物とはいえ、嫌いではないと好きとの間は、天地雲泥《うんでい》の相違があると思い知ったのは、余程後からのことであった。ある日、その友人と彼の知合いの骨董屋の店で、雑談していた折、鉄砂《てっしゃ》で葱坊主《ねぎぼうず》を描いた＊李朝《りちょう》の壺《つぼ》が、ふと眼に入り、それが烈《はげ》しく僕の所有欲をそそった。吾《われ》ながらおかしい程逆上して、数日前買って持っていたロンジンの最新型の時計と交換して持ち還《かえ》った。どうも今から考えるとその時、言わば狐がついたらしいのである。露伴の説にしたがえば、骨董という字は、本当をいうと、もともと何が何やらわけの解《わか》らぬ字だそうである。恐らく、そのせいであろうが、骨董という文字には一種の魔力があって、人を捕える。骨董と聞いて、いやな顔をする人だって同じ事だ。相手に魔力があればこそだ。骨董という言葉が発散する、何とも知れぬ臭気が堪《たま》らないのである。だから、骨董という代りに、たとえば古美術などといってみるのだが、これは文字通り臭いものに蓋《ふた》だ。骨董という言葉には、器物に関する人間の愛着や欲念の歴史の目方が積りに積っていて、古美術というような蓋は、どうも軽過ぎる気味があるようである。しかし、現代の知識人達は、ほとんどこのことに気づいていない。彼等は美術鑑賞はするが、骨董いじりなどしないからだ。これらの二つの行為はどう違うか、骨董いじりを侮《あなど》り、美術鑑賞において何ものを得たか、そういうことを、ほとんど考えてみようとしないからである。

骨董はいじるものである、美術は鑑賞するものである。そんなことをいうと無意味な洒落《しゃれ》のように聞えるかも知れないが、そんなことはない。この間の微妙な消息に一番早く気づいたのは骨董屋さん達であって、誰が言いだしたともなく、鑑賞陶器という、昔は考えてもみなかった言葉が、通用するに至っている。言葉は妙だが、骨董屋さんの気持ちから言えば、それはいじろうにも、残念ながらいじれない陶器をいうのである。たとえば、＊唐三彩《とうさんさい》の駱駝《らくだ》はいじろうにもいじれない。硝子《ガラス》の箱にでも入れて指をくわえて見てなければならぬ。山中商会的動き＊が、骨董屋さんの間にも、陶器に対するこの新しい西洋風の態度をもたらした。そして鑑賞陶器という新語は、まず茶器屋さんの皮肉として生れた。それほど日本人は、陶器をいじるのにかけては達人だったということになる。鑑賞陶器という新語の発明が、いつごろか無論はっきりしないが、おそらく昭和以後の事であろうと思えば、日本人が陶器に対して、茶人的態度を引続きとっていた期間の驚くほどの長さを、今さらのように思うのである。

僕は、茶道の歴史などにはまるで不案内であるが、茶器類の不自然な衰弱した姿が、意外に早くから現れているところから勝手に推断して、利休の健全な思想は、意外に短命なものだったのではあるまいか、と思っている。しかし、茶道の衰弱と堕落の期間がいかに長かったとはいえ、器物の美しさに対する茶人の根本的な態度、美しい器物を見ることと、それを使用することが一体となっていて、その間に区別がない、そういう態度は、極めて自然な健全な態度であるとは言えるのである。焼き物いじりが、僕にそのことを痛感させた。僕も現代知識人の常として、茶人趣味などにはおよそ無関心なものだが、利休が徳利にも猪口《ちょこ》にも生きていることは確かめ得た。美しい器物を創《つく》り出す行為を、美しい器物を使用するうちに再発見しようとした、そういうところに利休の美学（妙な言葉だが）があったと言えるなら、それが西洋十九世紀の美学とほとんど正面衝突をする様を、僕の焼き物いじりの経験が教えてくれた。そしてこの奇怪な衝突は、茶人が隣りの隠居となり終った今日でも、しかと経験し得るものなのである。

先日、何年ぶりかで、トルストイの「クロイチェル・ソナタ」*を読み返し、心を動かされたが、この作の主人公の一見奇矯と思われる近代音楽に対する毒舌は、非常に鋭くて正しい作者の感受性に裏付けられているように思われた。行進曲で軍隊が行進するのはよい、舞踏曲でダンスをするのはよい、ミサが歌われて、聖餐《せいさん》を受けるのはわかる、だが、クロイチェル・ソナタが演奏される時、人々は一体何をしたらいいのか。誰も知らぬ。わけの解らぬ行為を挑発するわけの解らぬ力を音楽から受けながら、音楽会の聴衆は、行為を禁止されて椅子《いす》に釘付《くぎづ》けになっている。

行為をもって表現されないエネルギイは、彼等の頭脳を芸術鑑賞という美名の下に、あらゆる空虚な妄想《もうそう》で満たすというのだ。何と疑い様のない明瞭《めいりょう》な説であるか。心理学的あるいは哲学的美学の意匠を凝らして、身動きも出来ない美の近代的鑑賞に対しては、この説は、ほとんど裸体で立っていると形容してよいくらいである。周知のように、トルストイは、ここから近代芸術一般を否定する天才的独断へ向って、真っすぐに歩いた。無論そんな天才の孤独が、僕の凡庸な経験に関係があるわけはない。ただ、彼が遂《つい》にあの異様な「芸術とは何か」*を書かざるを得なくなった所以《ゆえん》は、彼が選んだそもその出発点、彼の審美《しんび》的経験の純粋さ素朴さにある。その裸のままの姿から、強引に合理的結論を得ようとしたところにある。これは注意すべきことなのである。

もし美に対して素直な子供らしい態度をとるならば、行為を禁止された美の近代的鑑賞の不思議な架空性に関するトルストイの洞察は、僕達の経験にも親しいはずなのである。昔は建築を離れた絵画というような奇妙なものを誰も考えつかなかったが、近代絵画には額縁という家しか、本当に頼りになる住居がなくなって来ている。そういう傾向に発達して来ているから、従ってそういう傾向に鑑賞されざるを得ない。展覧会とか美術館とかいう鑑賞の組織を誰が夢想し得たろうか。あそこにみんなが集って、いくらかずつ金を払って、グルグル回ってキョロキョロしている。こういう絵画の美とも日常生活とも関係のない、夢遊病者染《じ》みた機械的運動は、不自然な点では、音楽会で椅子に釘づけされているのと同じことで、空想によって頭脳だけを昂奮《こうふん》させるために払わねばならぬ奇怪な代償である。しかもこれは観念過剰の近代人にはどうしても必要なことになって了《しま》っている。必要なことを自然なことと思い込むのもまた無理のないことで、だから、展覧会を出たり、音楽会を出たりした時の不快な疲労感について反省してみることもない。美が人に愉快な行為を禁じて、人を疲れさせるとは、何と奇妙なことだろう。美は逆に、人の行為を規正し、秩序づけることによって、愉快な自由感を与えてくれて然《しか》るべきではないか。美は、もはやそんな風には創られていないし、僕らもそんな風にはそれを享受《きょうじゅ》出来ないのである。

買ってみなくてはわからぬ、とよく骨董好きはいうが、これは勿論《もちろん》、美は買う買わぬには関係はないと信じている人々に対していうのであって、骨董とは買うものだとは仲間ではわかりきったことなのである。なるほど器物の美しさは、買う買わぬと関係はあるまいが、美しい器物となれば、これを所有するとしないとでは大変な相違である。美しい物を所有したいのは人情の常であり、所有という行為に様々の悪徳がまつわるのは人生の常である。しかし一方、美術鑑賞家という一種の美学者は、悪徳すら生む力を欠いているということに想《おも》いを致さなければ片手落ちであろう。博物館や美術館は、美を金持ちの金力から解放するという。だが、何者に向って解放するのかが明らかでない。もし、そこに集るものが、硝子《ガラス》越しに名画名器を鑑賞し、毎日使用する飯茶碗《めしぢやわん》の美にはおよそ無関心な美的空想家の群れならば。また、彼らの間から、新しい美を創り出すことにより、美の日常性を奪回しようとするものが現れるのは、おそらく絶望であるならば。

僕は骨董いじりの弁護をしているのではない。それは女道楽を弁護するくらい愚かなことだ。しかし、僕はこんな風に考える——美を生活の友とする尋常な趣味生活がほとんど不可能になって了った現代、人々が全く観念的な美の享受の世界に追い込まれるのは致し方のない傾向だとしても、この世界を楽しむのが、女道楽より何か高級な意味あることだと思い上っているのは滑稽《こつけい》である。また、この滑稽を少くとも美の享受の道を通じて痛感するためには、骨董いじりという一種の魔道により、美と実際に交際してみる喜怒哀楽によるほかはないとは悲しむべき状態である。

（「夕刊新大阪」昭和二十三年九月二十八日号—同三十日号）

真贋

先年、*良寛の「地震後作」と題した*詩軸《しじく》を得て、得意になって掛けていた。何も良寛の書を理解し合点しているわけではない。ただ買ったというので何となく得意なのである。そういう何の根拠もないうかうかした喜びは一般書画好き通有《つうゆう》の喜びであって、専門家の知らぬ貴重な心持ちである。或る晩、*吉野秀雄君がやって来た。彼は良寛の研究家である。どうだと言うと黙って見ている。

「地震というのは*天明の地震だろう」

「いや、*越後の地震だ」

「ああ、そうかね、越後なら越後にしとくよ」

「越後地震後作なんだ」

「どっちだって構わない」

「いや、越後に地震があってね、それからの良寛は、こんな字は書かない」

純粋な喜びは果敢無《はかな》いものである。糞《くそ》ッいまいましい、又、引っ掛かったか、と偶々《たまたま》傍に一文字助光《いちもんじすけみつ》の名刀があったから、縦横十文字にバラバラにして了《しま》った。

「よく切れるなあ」と吉野君は感心する。「その刀は何んだ」

「お前さんの様な素人《しろうと》には解《わか》るまいが、越後だよ、全くよく切れるなあ、何か切ってみたかったんだが、丁度いいや」

軸物を丸めて廊下に放り出し、二人は酒を呑《の》み、いい機嫌であった。夜更《よふ》けの事で、家内は先に寝て了って、何んにも知らなかったが、翌朝寝ていると、廊下の方から家内の奇声が聞えて、泥棒が又這入《はい》った、と言っている。このところ三度も続けて、書画好きらしい泥棒が書斎に這入り、軸物か額を持ち出していたからである。私は床の中でクスクス笑っていたが、まてよ、俺の方が女房より余程頓馬《とんま》だと思った。天明だろうが越後だろうが、私の軸には又別の専門家の箱書《はこがき》があるから、無論世間にはそれで通る、私はただ信頼している友人にニセ物だと言われた以上、持っている事が不可能であるとはっきり感じたまでだ。言われてみれば、成る程ニセ物臭い、実はそんな気もしていた、これは、こういう場合の書画好き通有の感じであるが、そんな感じは怪し気なもので取るに足らぬ、と私は決めている。ともあれ、さっさと売ればよい。助光の名刀なぞと飛んだ話だ。世人を惑わすニセ物を退治したと思いたいところだして、当人よく承知しているとは、何処《どこ》かで三幅ぐらい生れている間に、*一幅《いっぷく》退治しているから駄目である。要するに全く無意味な気紛《きまぐ》れだ。気紛れを繰返していれば破産する。事の次第が判明すると、家内は「美談だわ」と平然として言った。つまり泥棒でなくてよかったという意味である。事の心理的仔細《しさい》は、彼女には無意味であろうと推察し、私は黙った。

この雑誌の編輯《へんしゅう》者からだいぶ前に、*ニセ物の話を書いて欲しいと言われ、生返事をして置いたところ、何や彼《か》やで退《の》っ引《ぴき》ならぬ仕儀になり、こうして書いているのだが、実は今以《もっ》て生返事なのである。ニセ物に関する話なぞに、存外面白いものはないものだし、それにニセ物に関する傍観者の興味は、経験者の感情とはまるで違っているところが面倒である。美術品の学術的な研究鑑定の世界は別だが、所謂《いわゆる》書画骨董《こっとう》という煩悩《ぼんのう》の世界では、ニセ物は人間の様に歩いている。煩悩がそれを要求しているからである。誰だってニセ物を摑《つか》みたくはない。威張り臭った仲間が摑んだ時なぞまことにいい気持ちのものである。自分が摑んだ時は、いや励みになったと減らず口を叩《たた》いて決して懲《こ》りないものである。こんな始末では、ニセ物作りに感謝しなければなるまい。これが先ず《ま》金がないくせに贅沢《ぜいたく》がしてみたい大多数の好者《すきもの》の実情であろう。煩悩派を嫌って、美術館風の蒐集《しゅうしゅう》を試みるものもあるが、貧乏国で*ユーモホプロスの出現も難かしいのである。成る程、折紙づきの名品ばかりを狙《ねら》っていれば、ニセ物ホン物に関する喜怒哀楽の煩悩は離れるが、その代り金勘定方が大真面目《おおまじめ》になるから同じ事である。今は故人となったが、或る大金持ちの蒐集家は、骨董屋で一流品を見て、これは確かに間違いない、と言って買わずに出て行く妙な癖があった、その台詞《せりふ》が出れば買わないと決っていたそうである。値段がホン物なのがどうしても気に食わない。そういう煩悩派もある。

ニセ物は減らない。ホン物は減る一方だから、ニセ物は増える一方という勘定になる。需要供給の関係だから仕方がない。例えば雪舟《せっしゅう》のホン物は、専門家の説によれば十幾点しかないが、雪舟を掛けたい人が一万人ある以上、ニセ物の効用を認めなければ、書画骨董界は危殆《きたい》に瀕《ひん》する。商売人は、ニセ物という言葉を使いたがらない。ニセ物と言わないと気の済まぬのは素人《しろうと》で、私なんか、あんたみたいにニセ物ニセ物というたらどもならん、などとおこられる。相場の方ははっきりしているのだから、ニセ物という様な徒《いたずら》に人心を刺戟《しげき》する言葉は、言わば禁句にして置く方がいいので、例えば二番手だという、ちと若いと言う、ジョボたれてると言う、みんなニセ物という概念とは違う言葉だが、「二番手」が何番手までを含むか、「若い」が何処まで若いかは曖昧《あいまい》であり、又曖昧である事が必要である。そんな言葉の綾《あや》ではいよいよ間に合わなくなって来ても、イケない、とかワルいとか言って置く。まことに世間の実理実情に即して物を言っているところ、専門文士の参考にもなるのである。

最近、友人の或る商売人のところへ、アメリカ人が品物を見て欲《ほ》しいと言って来た。一見して明らかな贋作《がんさく》なので、その由《よし》を言うと、客は納得せず博物館の鑑定書を見せた。これには弱ったが、咄嗟《とっさ》の機転で、近頃鑑定書にもニセが多いと言うと了解して還《かえ》ったそうである。勿論《もちろん》、私は専門家の鑑定の誤りを笑いはしない、それは情けを知らぬ愚かな事だ。ただ品物は勝手な世渡りをするもので、博物館に行って素姓が露見するという一見普通の順序は踏むものではないと言うまでだ。一流の店にはニセ物は並んでやしない。これは無論道義上の理由からで、悪心なぞ起していては一流の商売は決して成り立たぬからであって、何も主人の鑑定眼の万能を語るものではない。物のはずみで摑んだ品物が、奥の方で客の眼に触れず、再び物のはずみで明るみに出るまで腐っているのが普通である。商売人達は、欲が出るからいけませんと申し合せた様に弁解するが、欲は彼等の魂の中心にある。研究者には欲はないが、美は不安定な鑑賞のうちにしか生きていないから、研究には適さない。従って研究心が欲の様に邪魔になる事もある。

私は、近頃は書画骨董に対して、先ず大体のところ平常心を失う様な事はない。もっと適切な言葉で言えば、狐は既に落ちたのである。友人に青山二郎というのがいて、これは子供の時から焼き物が好きな御蔭《おかげ》で、中学も卒業出来なかったという男で、それが私に焼き物を教えた。或る時、鎌倉で、呉須赤絵《ごすあかえ》の見事な大皿を見付けて買った。私の初めての買物で、呉須赤絵がどうこういう知識もあろう筈《はず》はなく、ただ胸をドキドキさせて持ち還り、東京で青山に話すと、図柄や値段を聞いただけで、馬鹿と言った。見る必要もないと言う。そんな生ま殺しの様な事では得心出来ないから、無理に鎌倉まで連れ出したら、思った通りの代物《しろもの》だと言った。日頃、文学の話ではいつも彼を凹《へこ》ませているので、この時とばかり思ったらしく、さんざん油を絞った挙句《あげく》、するなという独り歩きを生意気にやるからこういう事になる、鑑定料に支那料理でもおごれ、と横浜の南京町《ナンキンまち》まで連れて行き、焼き物だと思って見くびるな、こら、といい機嫌で還って行った。その晩は、口惜しくてどうしても眠れない。床の中で悶々《もんもん》としているが、又しても電気をつけて、違棚《ちがいだな》の皿を眺める。心に滲《し》みる様に美しい。この化け物、明日になったら、沢庵石《たくあんいし》にぶつけて木ッ端《こっぱ》微塵《みじん》にしてやるから覚えていろ、とパチンと電気を消すが、又直ぐ見たくなる。俺の眼には何処か欠陥があるに違いない、よし、思い切って焼き物なんか止《や》めちまおうとまで思い詰め、一夜を明かしたが、朝飯も食えず、皿を抱えて電車に乗った。新橋駅で降りると待合室に這入り、将来の方針が定まる大事だからと皿を取出し長い事眺めた。どうしても買った時と同じ美しさなのである。もう皿が悪いとは即《すなわ》ち俺が悪い事であり、中間的問題は一切ないと決めたから、青山に数度連れて行かれた「*壺中居《こちゆうきよ》」という店を訪ねて主人に黙って見せると、彼は箱を開けてちょいと覗《のぞ》き、直ぐ蓋《ふた》をして、詰らなそうに紐《ひも》をかけ、これはいいですよ、と言った。私は急に気が緩んでぼんやりした。「どうかしたんですか、これ、戴《いただ》いとくんですか」と言われ、昨日の一件を話し、「もう二度と見るのも厭《いや》だ、置いて帰る」――彼は笑ったが、私は笑えなかった。そこへ小僧さんがお茶を持って来た。主人は皿を出して、「これイケないんだから、見とけ」と言った。二人が雑談している間、小僧さんは座敷の隅に坐って見ていたが、やがて情けなそうな顔をして「わかりません」と言う。「わからない？　もっとよく見なさい」と主人はこっちを向いて了う。小僧さんは、皿を棚に乗せ、椅子《いす》を持って来て、皿の前に坐り、黙って動かなくなって了った。この皿は間もなく*佐佐木茂索《もさく》さんが買った。古い話だが、まだ持っているか知らん。青山が、どうしてあの時あんな間違いをしたか、今だにわからない。

　小僧さんは厳格に仕込まれるから、馬鹿でない限り、年季次第で、ニセ物はよく見る様になるが、ホン物をよく見る様になるとは限らない。それはもう趣味とか個性とかが物を言う別の世界になるのだが、そういう世界で腕が振えないと、この商売では抜ける事が出来ないのが面白い。「瀬津」*の主人の話だが、彼が未《ま》だ青年の頃、大阪の会で、志野*の素晴しい茶碗《ちゃわん》を見て、何んとしても落して還ろうと思い、五十円*まで出そうと決心して見ているうち、いや六千円までと心を定めた時には、汕汗が出て寒気がして来たそうである。会にも慣れぬ頃で、人に頼んだところ三千円で落ち、狂喜していると先輩の商売人がやって来て「この阿呆《あほう》、テコ*を知らんのか、洋服なんか着くさって」と罵倒《ばとう》され、あれは何処の会でも嘗《かつ》て三百円を出た事はないと聞かされた。東京に還って或る金持に入れたところ、果して数日後に返された。眠られぬ夜は明けて、茫然《ぼうぜん》と雀の鳴き声を聞いていると、茶碗はいいのだ、俺という人間に信用がないだけだ、という考えがふと浮び、突然の安心感でぐっすり寝て了ったそうだ。彼に信用がつくに従い、彼の茶碗が美しくなった事は言う迄《まで》もない。では美は信用であるか。そうである。純粋美とは譬喩《ひゆ》である。鑑賞も一種の創作だから、一流の商売人には癖の強い人が多いのである。

瀬津さんは、私の近所に住んでいる。留守に寄って小僧さんと話していると、先日買ったという彫三島《ほりみしま》*の茶碗を見せた。価を聞くと案の定高価なものでとても手が出せない。こちらの懐《ふところ》具合とあんまり違い過ぎるものは、いいと思って見ていても何となく力が入らず、空々しい様な気持ちになるところが具合のいいもので、それで済むのが通例だが、その時は、どうした加減か、高嶺《たかね》の花が気にかかり、何んとかして巻き上げる工夫はあるまいかと毎日何んにも手につかぬ。戦争前の事で、まだ私の狐は元気だったから、吾《わ》れ乍《なが》ら始末におえなかったのである。それから間もない頃、知人の家で御馳走になっている処へ、瀬津さんがひょっこり這入って来た。無論、茶碗の話になったが、どうにもなるものではない。彼は自慢品の能書きを言うのが好きな男で、あの三島はどうのこうのとこちらの癇《かん》に触る様な事ばかり喋《しゃべ》る。私は黙って酒を呑んでいたが、その内に何かのきっかけから、往生極楽院の千体仏の板画の話になった。私は以前、横浜で一枚買って持っていたから、それを言うと、そう、いつかお宅で拝見した、あれはいいものだと頻《しき》りに賞《ほ》める。確かに一度見せた覚えがあるが、決して賞められる様な上物ではない。併《しか》しあんまり賞めるので、茶碗となら取代えるよ、と言うと、そりゃもうあれとなら結構だと言う。私は無論半信半疑であったが、信じて置く方が得であるし、ここで余計な口を利《き》いては事を仕損じると思ったから、よし承知した、と帰途、彼の家に寄って茶碗を持って還り、翌日板画を届けさせた。その翌日、未だ寝ているうちに瀬津さんがやって来た。次の様な会話で終ったと記憶する。

「飛んだ失敗をしました」

「ええ、そうだろう」

「そうだろうって人が悪いね、あんな板画は……」

「二百八十円で買ったんだ」

「高いね、よくよく見れば、千体仏らしいものが並んでいる」

「だって、あんた見たと言ったじゃないか」

「それが、よそのと一緒くたになった」

「あの時、なんだか様子が変だったぜ」と言うと彼はこんな話をした、*醍醐寺《だいごじ》の板画を大事にしていたが、Mさんが度々来て売れとしつこく言うのを、非売だと頑固に断っていたところ、或る日自動車で来て、見るだけでいいから、というので見せているうち、隣室に立った隙間《すきま》に、抱えて逃げた、跣足《はだし》で外に飛び出して追いかけたが、自動車だから間に合わぬ、そんな事から、板画というと冷静を失う傾向がある。「ええもう、それきり何んと言っても返しやせん、いやどうも御迷惑を掛けました」と言うから、「なあんだ、そんなら私は自動車を持っていないだけの話しじゃないか。茶碗は貰《もら》っておくよ。無論金がないから払えない、出来た時には払う」、そういう事になった。今ではもうろくな焼き物を持っていないが、この茶碗だけは大事にしている。尤《もっと》も私は茶の方は不案内であるから、それで紅茶や牛乳を飲んでいる。

*喜左衛門井戸という天下の名器がある。好奇心は強い方だから、この夏機会があったから見せてもらった。前々から写真で見ていた通り、姿はまことに美しかったが、手にとってみると、同じ国宝の*筒井筒《つついづつ》にはとても及ばぬと感じた。この茶碗には、人も知る如く、*馬子《まご》の喜左衛門の執念がついているとか、*清正毒殺に使われたから祟《たた》るとかいう伝説が古くからあって、*不昧公《ふまいこう》は求めて自慢していたが、腫《は》れ物《もの》を患《わずら》って死んだ、すると息子が又腫れ物で、不昧公夫人は我慢がならず、*孤篷庵《こほうあん》に寄進し、不浄の器として伝わっているうちに、新時代が来て国宝になった。筒井筒の方には、粗忽《そこつ》で割ったが、*細川幽斎の歌で*太閤《たいこう》は機嫌を直したという目出度《めでた》い伝説がある。古い長もちのした伝説というものは馬鹿にならない。その中には古来多数の人々の審美感が織り込まれている様に思われる。両方とも手にとってつくづく眺めたが、筒井筒からは「*伊勢物語」中の最も素朴な挿話《そうわ》を感じ、喜左衛門からは馬子の懐を感じたから妙であった。喜左衛門の写真顔は立派だが、内側は過熱で肌が荒れて醜く、*目跡《めあと》はなく、一つ目小僧の目の様に、*茶溜《ちゃだまり》の*釉《うわぐすり》が飛んだと言うより剝《はが》れている。*胴中《どうなか》には大きな*ヒッツキがある。率直に見ればただ掘出しのジョボタレ井戸である。ただその比類のない彫刻美が曲者《くせもの》で、恐らくそれが喜左衛門が馬子まで落ちぶれても離せなかった魅惑であり、彼の執念を、世人の常識的鑑賞を排して買って出たところに不昧公の見

識があったので、又恐らく彼の見識とは、欠点のない井戸を沢山持って、あれでもないこれでもないの末の贅沢《ぜいたく》である。大鑑賞家のアイロニイ*であって、伝説はやはり正しい意味を含んでいる。併し、抹茶《まっちゃ》茶碗で牛乳を飲んでいる様な男の意見を、世の識者は尊重するには当らない。

ニセ物の話が大名物の話になったのはおかしいが、古美術に伝説はつきもので、大名物となれば、銘*だとか極《きわ》め*だとか伝来*だとか箱書だとかと伝説の問屋の様な恰好《かっこう》になっているのが常だが、私達に扱える下級品も、それにふさわしい伝説を持ち、又、私達の愛情の到《いた》るところ、常に新しい伝説を生んでいる。これは美の鑑賞に於ける人間の変らぬ弱点を語っている様だが、又、美神は弱点のない人間なぞ愛する筈もない様にも思われる。伝説というものを大雑把に定義すれば、外に在る物に根柢《こんてい》を置かず、内に動く言葉に信を置く表現と言えようが、誰でも、どうにもならぬ外の物より、思い通りに動く内の言葉を信ずる方が愉快だろう。美が強いる沈黙には、何かしら人を不安にするものがあり、これに長く堪えている力は、私達には元来無いものらしく、芸術家は其処《そこ》から製作という行為に赴くし、鑑賞家は喋り出して安心するという次第であろう。これは喜左衛門伝説とは別の意味になるが、伝説の力、言葉の力は大したもので、ニセ物作りがそこに目をつけないわけがない。裸茶碗*やメクリ*の画にホン物はあるが、箱や極めのないニセ物なぞないのである。人情を逆に用いるのが難かしいだけだ。最近ある商人が持って来た鉄斎*には、箱書は勿論《もちろん》だが、大正元年の消印ある封筒に、富岡謙蔵*代筆の謝礼受取状が這入《はい》っており、裏には富岡家住所氏名の立派な印がある、という念の入ったもので、そういうのは中味を見る必要が絶対にないのだが、一応見てみるのが情けない。

私は一と頃土器類に凝っていた。巴町《*ともえちょう》を歩いていると、「玉井」*のショーウインドーに実に雄大な縄文土器が出ていた。私は驚いて眺めたが、東京にいる無数の客が、どうしてこんなものを此処《ここ》に放って置くかわからぬ気がした。今でも覚えているが、ミロのヴィナスにパリ街頭を歩かせたらどんな事になるかというロダンの言葉を考えながら、店に這入ると直ぐ買った。蒲団《ふとん》にくるみ、三輪車に乗せ、東海道を最徐行で運んでもらったが、鎌倉に這入るところに七曲りの難所があって、そこでゴトンとやった拍子にポッカリいった。がっかりしたのが病みつきで、代りを捜さないと気が済まない。併《しか》し土器の大物なぞ、店売りしているものではないから、辺鄙《へんぴ》なところまで足を運ばねばならず、而も持ち主は大概変人と定っていて、賞めたら最後売りはしない。どうしても商売人に捜せ捜せとうるさく言う事になる。そうなればもういけない。半分引っ掛った様なものである。「何にしろ、註文《ちゅうもん》が難かしいからね、先生のは。これを捜すのに大変な手間さ。これっきりで勘べんしといて下さいよ、もう嫌やだよ。ええ？　それが*一龍斎貞山とこから出たんだ」「へえ、貞山からね」。成るほど縄文の大物であるが、貞山の方に感心しているから何んにもならない。持って還って、これも何かの拍子でポカリと割った。中味に大福餅《もち》のあんこの様に砂が詰った、*張貫《はりぬき》細工でもないが、そんな具合の*デッチ物であった。貞山とはうまい事を言ったものだと感心して腹も立たない。伝説は手が込んでいるものとは限らない。私の土器時代はだいぶ続いて、家中が土器だらけになるに順《したが》い、普通の陶磁器の肌がノッペラポオの化け物面《づら》に見える妙な感覚が生じて来るもので、これに徹底すれば変人になる。私は、或る日、家の中の薄穢《うすぎたな》さに愕然《がくぜん》とした。滑らかな肌を軽蔑《けいべつ》するのは、やはり偏した頭脳的作用である。

　土器類は、学問的には仏教美術と関係が薄いが、商売の方では、所謂《いわゆる》仏教美術屋が扱うもので、私も極く自然にそういう世界にも接触したが、何となく陰気な空気で深入りする気になれなかった。しかし、仲間には好きなのが沢山いたから、歴史は好きな方だし、好者の講釈は面白く聞いていた。その中に*古印に凝っているのがいて、或る時、麗水とある古色蒼然《そうぜん》たる大きな焼印めいたものを見せ、奈良時代のものだという、麗水というのは*朝鮮の麗水の事だという。麗水といえば確か百済《くだら》の港だ、いや任那《みまな》だったかな、まあどっちでもいい、ともかく大したものだ、と私は合槌《あいづち》を打ち、日韓交通の夢の跡をひねくり廻して昂奮《こうふん》を覚えた。暫《しばら》くして会って訊《たず》ねると、あれはせがまれて誰とかの推古仏《*すいこぶつ》と取り代えたと言う、それは惜しい事をした、というと惜しい事をした様な顔をした。その次会うともう誰とかの手に渡っていたが、やっと取戻したと得意であった。その次に会うと「おい、ありゃ何んだと思う、無論馬鹿々々しい話だが、私は気味も悪かったね、ある人にあれを見せたら、小首を傾けて、これなら家の倉庫に未だ三つや四つある筈《はず》だと言うんだ、それが静岡県の醬油《しょうゆ》屋さんなんだよ」。こんな話をしていたら切りがないから止めるが、所謂仏教美術の世界は、物知りの講釈で持っている世界で、講釈次第で、ベークライト*の茶托《ちゃたく》が、東山時代*の珍品にもなれば、デパートの火箸《ひばし》が、東大寺の釘《くぎ》にもなる。頼朝公三歳*のしゃりこうべが拠《よ》って立つ心理的根柢はなかなか深いのである。

私は鉄斎が好きである。鉄斎の画には、計画的に贋作《がんさく》展覧会が堂々と開催された事もあった程で、夥《おびただ》しく贋作が横行している事はよく知られている。今どの辺で、どういうものが作られているかも知っているから、見易《みやす》いものは見易いが、難かしいものもあって、私は全く懐疑的である。鉄斎は小林には見せるなと友達は言っているが、私はただ懐疑的なので、鑑定なぞした覚えはない、先《ま》ず大抵のものは嫌いだねと言うだけだ。終戦直後、私は「創元*」という季刊雑誌を編輯《へんしゅう》していたが、その第二号を鉄斎号にする事になり、絵の方を担当した青山は、成るたけ風変りな口絵を入れたいと捜していたが、知人の画商が、これなら変っているでしょうと持って来たのを見ると、*大津絵を幾つも幾つも組合せた大胆な構図で、線も色彩も強く、何んとなく近代的な感じを与える成る程変った画であった。画商の石原君*も居合せて、これにしようと言う事になり、鉄斎論を書く事になっていた青山が参考にすると言って預って行った。其後《そのご》梅原*さんがこれを見て模写したという話を聞いた。梅原さんの模写というのは、創作の様に自由なもので、鉄斎の画も、他の寓目《ぐうもく》*の画材と選ぶところはないのだから、鉄斎の画の善し悪《あ》しには何の関係もないわけだが、そういう話が伝わると見せて欲しいという買手も現れたし、展観に借りたいと言って来る人もあった。編輯が怠け者揃《ぞろ》いで、季刊の第二号が一年もかかってやっと出る運びになり、印刷所から画が私の所にとどいた。私は初めて座敷にかけてゆっくりと一人で眺めた。長い事見ていて、ちっともいい気持ちになって来ないのが不思議であると感じた途端に、全く醜悪な画に見え出した。我慢がならぬ。結論が頭に閃《ひらめ》く、あんまり拙《まず》い贋作だから引っかかったのだ、もっとよく出来た奴なら何の事はなかったのだ。私は直ぐ東京に持って行って青山を訪ねた。折よく石原君もいた。虚心坦懐《たんかい》に、もう一っぺんこの画を見てくれ、と言うと、二人は虚心坦懐どころか、又こいつ平地に乱を起す気かという顔で私の方を見た。二人とも結局笑って承知しない。外的な証拠がないのだからどう仕様もないのである。まあいい、ニセとは言わぬ、だが、私にはもう見るも嫌やな画になって了《しま》ったのだから、責任編輯者の感情を尊重して版を壊してくれ、と言う事で、そうして貰ったが、心中は納まらない。宝塚の＊清荒神《きよしこうじん》に日本一の鉄斎の大蒐集《しゅうしゅう》があるという事は、兼ねてから聞いていた。片っぱしからみんな見たらさぞいい気持ちになるだろう。そんな事をしきりに空想していたが、間もなく、＊坂本さんの御好意で空想が実現出来た。私は、其処で、毎日朝から晩まで坐り通し、夜は広間の周囲に好きな＊幅《ふく》を掛け廻《めぐ》らし、睡《ねむ》くなるまで酒を呑《の》み、一切を忘れてただ見ていた。ここには何しろバラの扇面だけでも柳行李《やなぎごうり》に一杯ある始末だから、とてもみんな見切れなかったが、それでも四日間に二百五十点ほど見た。帰りに京都の富岡家に寄り、そこでも二日続けて見せて戴《いただ》き、汽車に乗るとさすがに鉄斎はもう沢山という気がした。私は、心の中で、自分の持っている鉄斎で、幅が二つ扇面が一つ、もう嫌いになっているのを繰返し思った。一週間前に美しかった＊不破の関辺りの紅葉が、見る影もなくなっている様を、私は何んとなく浮かぬ不思議な気持ちで眺めた。

（「中央公論」昭和二十六年一月号）

注　解

モオツァルト

七《ページ》　＊エッケルマン　Johann Peter Eckermann　ゲーテ晩年の秘書。一七九二〜一八五四年。「ゲーテとの対話」によってゲーテの日常と言動を後世に伝えた。

八　＊ファウスト　ゲーテの劇詩。悪魔との契約によって若返った老博士ファウストの遍歴と死、救済を描く。二五歳（一七七四年）頃から一八三二年の死の直前まで、断続的に執筆され続けたライフワーク。

＊クロイツェル・ソナタ　ベートーヴェンのヴァイオリンソナタ第九番、作品四七の通称。

＊プレスト　楽譜の速度標語。イタリア語で、「急速に」の意。「クロイツェル・ソナタ」の第一楽章第一主題はプレストで書かれている。

＊ハ短調シンフォニイ　ベートーヴェンの交響曲第五番「運命」。

＊クロイツェル・ソナタ　トルストイの小説。一八九〇年発表。男性ヴァイオリニストとの合奏に陶酔する妻を嫉妬《しっと》から殺した男の告白からなり、男は結婚、家族、性欲の絶対的否定を訴える。ベートーヴェンの曲がモチーフとして使われ、男は近代音楽を痛罵《つうば》する。

＊ロマン・ロオラン　Romain Rolland　フランスの小説家。一八六六〜一九四四年。ロマン・ロラン。「ゲーテとベートーヴェン」は一九三〇年発表。

九

＊雷神ユピテル　「ユピテル」（ジュピター）はローマ神話の最高神。

＊Sturm und Drang　ドイツ語で、疾風怒濤《どとう》の意。シュトルム・ウント・ドランク。一八世紀後半、ドイツにおいて感情の解放、天才の独創を叫んだ文学運動。ゲーテは若き担《にな》い手だった。

一〇

＊和声的器楽　「和声」は楽音の重なりのこと。ハーモニー。ベートーヴェンは、ハイドンたち古典派の和声構造に不協和音の効果などを加え、音楽の劇的表現力を高めた。

＊ワグネル　Richard Wagner　ドイツの作曲家。一八一三〜一八八三年。ワーグナー。作品に歌劇「ローエングリン」、楽劇「トリスタンとイゾルデ」「ニーベルングの指環」など。自身の総合芸術の理論にもとづき従来の歌唱中心の歌劇を否定、管弦楽の充実した表現力によって劇全体を有機的に統一させる「楽劇」を創始した。

＊無限旋律　ワーグナーの楽劇で、劇進行を中断せず、一幕全体を通じて続く、段落感、終結感のない旋律。

＊ニイチェ対ワグネル　一八八八年完成。ニーチェはこの著作を完成後、翌八九年一月三日、狂気の発作に襲われ、一九〇〇年に死ぬまで回復しなかった。

＊アナロジイ　類似、類比。

＊八重の封印　八一歳で「ファウスト」第二部を完成したゲーテは、作品が無理解にさら

されることを忌《い》み、原稿を封印した。「八重」は幾重にも、の意。

一一　＊ワグネリアン　ワーグナー崇拝者。

＊浪漫派音楽家達　「浪漫派」は一八世紀末から一九世紀にかけてヨーロッパで展開された芸術上の思潮・運動。自然、感情、空想、個性、自由の価値を主張した。音楽家にはウェーバー、シューベルト、メンデルスゾーン、シューマン、リスト、ワーグナーなど。

＊古典主義者　「古典主義」は一七世紀から一八世紀にかけてのヨーロッパの芸術界を主導した思潮。古代のギリシャ・ローマの芸術を規範とし、理性、普遍性、均衡、調和などを重んじる。

＊ワグネルの「曖昧さ」　ニーチェは「ニーチェ対ワーグナー」で、無限旋律をリズム感覚の退化、リズムに代わる混沌《こんとん》と批判した。

＊優しい黄金の厳粛　「ニーチェ対ワーグナー」中の言葉。ドイツの俗物的まじめさの対極として言われる。

一二　＊シュウベルト　Franz Schubert　オーストリアの作曲家。一七九七〜一八二八年。ゲーテの詩による歌曲に「魔王」など。

＊ヴォルフ　Hugo Wolf　オーストリアの作曲家。一八六〇〜一九〇三年。作品に「ゲーテ歌曲集」など。

＊シュウマン　Robert Schumann　ドイツの作曲家。一八一〇〜一八五六年。作品に「ゲーテ『ファウスト』からの場面」など。

＊ドン・ジョヴァンニ　モーツァルトの代表的なイタリア語歌劇の一つ。一七八七年、プラハで初演。放蕩《ほうとう》の騎士ドン・ジョヴァンニは従者レポレッロとともに次々と女性を口説く。ドンナ・アンナ、エルヴィーラ、ツェルリーナと性格の異なる三人の女性とのやりとりが、独唱だけでなく重唱にも重きをおいて演じられる。

＊ヘレナ　ギリシャ神話に出る美貌《びぼう》のスパルタ王妃ヘレネーのこと。「ファウスト」第二部でファウストはヘレナと結婚する。

一三　＊二十年も昔　著者の大学卒業直後の時期。

＊放浪時代　昭和三年（一九二八）五月から四年春にかけての約一年、著者は関西にいた。

＊ト短調シンフォニイ　モーツァルトの交響曲第四〇番（K. 550）。一七八八年七月完成。引用の譜は第四楽章冒頭で、第一ヴァイオリンが奏《かな》でる第一主題の旋律。

一五　＊ジャズ　ジャズは日本では大正一〇年（一九二一）頃から流行しはじめたが、大正一二年の関東大震災によって昭和初期の中心地は阪神地方となっていた。

＊流行小歌　「小歌」はここでは今日の歌謡曲の類。

＊ヨゼフ・ランゲ　Joseph Lange　オーストリアの俳優。一七五一～一八三一年。モーツァルトの妻コンスタンツェの姉アロイジアの夫。言及の肖像画は、長く一七八二～八三年の作とされてきたが、現在では一七八九年四月一六日付コンスタンツェ宛のモーツァルトの書簡を根拠に、一七八九年春ごろに描かれたとする見方が主流となっている。ザルツブルク・モーツァルテウム蔵。

一六　＊スコア　音楽の楽譜、総譜のこと。
＊ポリフォニイ　多声音楽。複数の声部から成る音楽。
＊対位法　複数の旋律を組合せて同時に進行させる作曲上の技法。

一七　＊ヤアン　Otto Jahn　ドイツの音楽伝記作家。一八一三〜一八六九年。八四七年からモーツァルトの伝記に専念し、全四巻の「モーツァルト」（一八五六〜五九）を出版した。
＊有名な手紙　一九世紀に入ってからドイツの音楽批評家ロホリツによって公開された某男爵《だんしゃく》あての手紙。最近の研究では偽作と判断されているが、様々のモーツァルト書簡集に「未刊の手紙」として採録されてきた。

一八　＊ヴァリアント　異稿、別稿。

一九　＊和声組織　「和声」はハーモニー。一七〜一八世紀中頃までのバロック時代以降、それまでの対位法原理に代り、楽曲は和声の観点から組織されるようになった。
＊ワグネリアンの大管絃楽　「ワグネリアン」は、ここではワーグナーと、その継承者の意。楽劇において多種多様な劇的要素を音楽で表現しようとしたワーグナーの管弦楽は、彼自身の考案した楽器も含めて規模壮大なものとなり、この傾向はブルックリー、マーラー、R・シュトラウスらに受継がれた。

二〇　＊新古典派音楽家　「新古典派」（新古典主義）は第一次大戦後にイタリアの作曲家ブゾーニ（一八六六〜一九二四）が提唱。後期ロマン主義への反動として興り、古典的形式美の復興を目指した。

＊ストラヴィンスキイ　Igor Stravinsky　ロシアの作曲家。一八八二〜一九七一年。二〇世紀を代表する作曲家の一人。作品にバレエ音楽「火の鳥」「ペトルーシュカ」「春の祭典」など。

＊復古主義　ここは新古典主義の意。ストラヴィンスキーの作曲活動におけるその時期は一九二〇年から四五年まで。バレエ音楽「プルチネルラ」「ミューズの神を率いるアポロ」などが作曲された。

＊カノン　先行する声部の旋律が、一定の間隔で他声部の後続旋律に模倣され重ねられて進行する楽曲。ストラヴィンスキーがカノンを意識した作品としては、一九三〇年作曲の「詩篇交響曲」など。またバッハのカノンは「音楽の捧《ささ》げ物」にその諸例が見られる。

二三　＊ウィゼワ　Teodor de Wyzewa　ロシア生れ、ポーランド系のフランスの音楽学者。一八六二〜一九一七年。ここでいわれる「研究」は（　）内に記された書、すなわちジョルジュ・ド・サン・フォアとの共著「モーツァルト、幼年時代から円熟期までの音楽的生涯と作品」（一九一二）。

二四　＊器楽形式　「器楽」は声楽に対して楽器による音楽。「形式」は諸部分を配列・総合して全体を構成するための形式。ロンド、ソナタ、変奏曲、フーガなどの各形式が知られる。

＊ヴォルフガング　モーツァルトのファースト・ネーム。

＊四重奏　一七七二年から翌年にかけてのイタリア旅行中に、モーツァルトは六曲の弦楽

四重奏曲（K. 155〜160）を書いている。

＊レオポルド　Johann Georg Leopold Mozart　モーツァルトの父。一七一九〜一七八七年。ヴァイオリニスト、作曲家。シンフォニアなどの作品の他、著作に「基礎ヴァイオリン教程試論」がある。

＊メニュエット　フランス起源の舞曲の一つ。ここはモーツァルトの最初の作品とされてきた「クラフィーアのためのト長調メヌエット」のこと。

二五 ＊すべての書は…　マラルメの韻文詩「海のそよ風」（一八六五）の冒頭の行から。

＊一七七二年の一群の…　交響曲第一五番ト長調から第二一番イ長調までのザルツブルクで書かれた七曲。

二六 ＊六つの絃楽四重奏曲　弦楽四重奏曲第一四番ト長調から第一九番ハ長調「不協和音」まで。すべてウィーンで書かれ、「ハイドン・セット」と呼ばれる。

＊ハイドン　Franz Joseph Haydn　オーストリアの作曲家。一七三二〜一八〇九年。モーツァルトは一七七三年夏のウィーン旅行でハイドンの交響曲に初めて接し、以来、敬愛の念を抱き続けた。

二七 ＊クワルテット　四重奏。一般に弦楽四重奏曲の意。

＊フィガロの結婚　フランスの劇作家ボーマルシェ（一七三二〜一七九九）作の喜劇を題材にしたモーツァルトのイタリア語歌劇。アルマヴィーヴァ伯爵の従僕フィガロが、恋人に横恋慕する伯爵をやりこめる。全四幕。一七八六年初演。

*K. 387　ケッヘル三八七。オーストリアの音楽研究家ケッヘル（一八〇〇〜一八七七）が「モーツァルト全作品年代順主題目録」で付した番号。今日、後世の補正を加えながら、モーツァルトの作品番号として使用されている。

*プロドンム　Jacques Gabriel Prod'homme　フランスの音楽学者。一八七一〜一九五六年。ベートーヴェン、シューベルト、ワーグナーについても同様の証言集を編んでいる。

*ゾフィイ・ハイベル　Sophie Haibel　モーツァルトの妻コンスタンツェの妹。一七六七年頃〜一八四六年。「ハイベル」は結婚後の姓。

二九　*ラプトゥス　ラテン語で、衝動、発作、などを意味する。

三〇　*曲馬団　サーカスのこと。

三一　*ヴァレリイ　Paul Valéry　フランスの詩人、思想家。一八七一〜一九四五年。詩篇「若きパルク」、評論「ヴァリエテ」など。

三二　*ラプラスの魔　フランスの天文学者、数学者ラプラス（一七四九〜一八二七）が考えた想像上の認識者。自然界の因果法則の初期条件・拘束条件をすべて認識・計算でき、したがって、未来の予測も原理的には可能な知性的存在。

*テエヌ　Hippolyte Taine　フランスの哲学者、批評家。一八二八〜一八九三年。科学的文学史研究の創始者の一人。著書に「現代フランスの起源」「芸術哲学」など。

*テエヌがバルザックを…　テーヌは一八五八年二〜三月、『ジュルナール・デ・デバ』

（論争新聞）紙上に論文「バルザック」を発表した。

三四　＊faculté maîtresse　フランス語。主要機能の意。テーヌは歴史発展を科学的に説明しようと努め、三大原動力として「人種・環境・時代」を挙げ、個々人の精神的能力の土台となる精神と心情の一般的傾向性を「主要機能」と呼び、様々な宗教・哲学・文学・産業・社会・家族の形態は、そこから導かれたものと考えた。

＊ザルツブルグ　オーストリア中部の都市。モーツァルトの生地。ランゲの原画は現在は市内にあるモーツァルト博物館に所蔵されている。

＊ロダン　Auguste Rodin　フランスの彫刻家。一八四〇〜一九一七年。ちなみにここで言及されている頭部像のモデルを、作曲家マーラー（一八六〇〜一九一一）とする説もある。

三五　＊プルタアク　Plutarch　古代ギリシャの著述家プルタルコス Plutarchos。四六年頃〜一二〇年頃。ここはその著書、古代の偉人列伝「英雄伝」（対比列伝）をさしている。「プルタアク」は英語名。

＊メタスタシオ　Pietro Metastasio　イタリアの詩人、劇作家。一六九八〜一七八二年。モーツァルトはメタスタジオの台本に基づいて、宗教劇「救われたベトゥーリア」、音楽劇「牧人の王」などを作曲した。

三六　＊スタンダリアン　スタンダールの崇拝者、また研究者。

三七　＊利剣　鋭利なつるぎ。

＊エゴティスム　フランス語で、自我主義、自我崇拝。
三八　＊偽名「スタンダール」も偽名の一つ。
三九　＊ベイル　スタンダールは本名アンリ・ベイル Henri Beyle。
＊浪漫派文学　フランスではルソー、ドイツではシュレーゲル兄弟、イギリスではワーズワースなどが先駆とされる。
＊ナポレオンの民法　ナポレオン一世（一七六九～一八二一）が制定した民法・商法・刑法等に関する法典を「ナポレオン法典」といい、そのうち最も代表的な民法は、自由主義を軸に市民法典の基礎となった。スタンダールは一切の虚飾を排し、「ナポレオン法典のように書く」ことを理想としたという。
四〇　＊赤と黒　スタンダールの長篇小説。一八三〇年刊。青年ジュリアン・ソレルの野心と恋愛を通して、ルイ・フィリップ王政復古下のフランスの政治社会情勢を描く。
＊パルムの僧院　スタンダールの長篇小説。一八三九年刊。陰謀の渦巻くパルム公国の政治の中に、無垢《むく》な青年ファブリスの波瀾《はらん》の生涯を描く。
＊ファブリス「パルムの僧院」の主人公、イタリアの貴族ファブリス・デル・ドンゴ。
四一　＊ニイチェ以来　ニーチェはその著「善悪の彼岸」（一八八六）第二章三九において、スタンダールを「この最後の偉大な心理学者」と形容した。
四二　＊ブルリンガア　Franz Joseph Johann Nepomuk Bullinger　オーストリアの神父。一七四四～一八一〇年。モーツァルト家の友人。

四三　＊ヴォルテエル　Voltaire　フランスの小説家、思想家。一六九四～一七七八年。著作に「哲学書簡」「風俗試論」、風刺小説「カンディード」など。

四四　＊グリム　Friedrich Melchior Grimm　フランス文学研究家。一七二三～一八〇七年。ドイツに生れ、パリに住んだ。

＊転調　音楽で一曲の進行中にそれまでの調を他の調に転ずること。

四五　＊アレグロ　音楽の速度標語の一つ。「速く」を意味する。

＊ト短調クインテット　一七八七年にウィーンで作曲された「弦楽五重奏曲第四番ト短調」。引用譜は、第一楽章の第一主題。

＊ゲオン　Henri Ghéon　フランスの劇作家。一八七五～一九四四年。

＊tristesse allante　「tristesse」は悲しさ、「allante」は前へ進もうとする、すばやく動く、などの意。フランス語。

＊Promenades…　ゲオンの著書「モーツァルトとの散歩」。一九三二年刊。第五章第二節に次の一節がある。「それはある種の表現しがたい苦悩で、駆けめぐる悲しさ（tristesse allante）、言い換えれば、爽快な悲しさ（allègre tristesse）とも言える《テンポ》の速さと対照をなしている」（高橋英郎訳）。

四七　＊勦滅　滅ぼし尽くすこと。

四八　＊メエリケ　Eduard Mörike　ドイツの詩人、小説家。一八〇四～一八七五年。「プラアグへ旅するモオツァルト」Mozart auf der Reise nach Prag はメーリケが一八五五年に完成した小説。「プラアグ」はチェコの首都、プラハ。

五〇　＊器楽主題　「主題」は楽曲の全体または一部分の基礎となり、その旋律的・和声的・リズム的な発展が楽曲を多様に展開させるもの。テーマともいう。

五一　＊シンフォニイの父　ヨーゼフ・ハイドンのこと。交響曲形式を確立し、一〇〇曲を超える数の交響曲を作曲したことから言われる。

＊クラヴサン　鍵盤《けんばん》楽器の一つ。フランス語。イタリア語やドイツ語ではチェンバロ、英語ではハープシコードという。

五三　＊三十九番シンフォニイ　モーツァルト晩年の交響曲。一七八八年作曲。K.543。第四〇番「ト短調交響曲」(K.550)、第四一番「ジュピター交響曲」(K.551)とともに、「三大交響曲」をなす。引用譜は、第四楽章でヴァイオリンによって奏されるアレグロの第一主題。

＊divertimento　イタリア語。嬉遊曲《きゆうきよく》。ディヴェルティメント。一八世紀後半、ウィーンを中心に流行した軽快な室内楽組曲。メヌエット・行進曲・各種舞曲など四〜一〇楽章から成り、一定の形はない。

五四　＊四十一番シンフォニイ　モーツァルトの最後の交響曲。一七八八年作曲。ハ長調。壮麗な印象を与えるところからローマ神話の最高神ユピテル(英語名ジュピター。ギリシャ神話のゼウスにあたる)の名を取り「ジュピター交響曲」とも呼ばれる。

＊フィナアレ　最終楽章。

＊第一ヴァイオリン　交響曲形式のオーケストラではヴァイオリンは第一と第二に分かれ、多くは第一ヴァイオリンが主旋律を受け持つ。

＊ピアノ　弱音。

五五　＊ハ調クワルテット　モーツァルトの弦楽四重奏曲ハ長調「不協和音」。一七八五年作曲。

＊カンタアビレ　音楽用語で、歌うように、の意。ここでは、ハ調クワルテット第二楽章アンダンテ・カンタービレのこと。

＊チャイコフスキイ　Pyotr Il'ich Chaikovskii　ロシアの作曲家。一八四〇～一八九三年。一八七一年作曲の弦楽四重奏曲第一番ニ長調の第二楽章アンダンテ・カンタービレは、初演直後から人気を博し、さまざまに編曲された。

＊ユニッソン　フランス語で、同一音の意。すべての声部または楽器が同じ旋律を歌い、演奏すること。斉唱、斉奏。ユニゾン。

五六　＊ドビュッシイ　Claude Debussy　フランスの作曲家。一八六二～一九一八年。印象派と呼ばれる作風を確立した。管弦楽曲「牧神の午後への前奏曲」など。

＊フォオレ　Gabriel Fauré　フランスの作曲家。一八四五～一九二四年。印象派音楽の先駆者。「レクイエム」など。

五七　＊スザンナ　「フィガロの結婚」の登場人物。自分を狙《ねら》う伯爵《はくしゃく》の策謀を覆《くつがえ》し、伯爵の従僕フィガロと結婚する。

五八　＊ダ・ポンテ　Lorenzo da Ponte　イタリアの詩人、台本作家。一七四九～一八三八年。

モーツァルトの歌劇「フィガロの結婚」や「ドン・ジョヴァンニ」の台本を執筆した。

五九　＊メロディスト「旋律家」の意。メロディーの創作に優れた作曲家。

六〇　＊コシ・ファン・トゥッテ　モーツァルト晩年のオペラ・ブッファ（喜歌劇）。一七九〇年初演。題はイタリア語で「女はみんなこうしたもの」の意。

六一　＊クロマチスム　フランス語で、半音階主義の意。楽曲において半音階を多用すること。また、半音階そのもの。

六二　＊プラアグ　プラハ。チェコの首都。

＊キイ　音楽における調性、調子。

六三　＊ニッセン　Georg Nikolaus von Nissen　デンマークの政治家、伝記作家。一七六一〜一八二六年。モーツァルトの死後、未亡人コンスタンツェと再婚。モーツァルトの伝記作成や遺品の整理に尽力した。

＊ポンチ　果汁に洋酒や砂糖などを混ぜた飲物。パンチ。

＊アラディンのランプ「千一夜物語」の「アラジンと不思議なランプ」のこと。中国生れの貧しい少年が、魔法のランプの中にいる魔神の協力で幸福になる。

＊ゲルマンの血「ゲルマン」（ゲルマン人）はインド・ヨーロッパ系の民族。本来、バルト海沿岸が原住地だったが、民族の移動で北部ヨーロッパ各地に王国を建設した。

＊ラテンの血「ラテン」（ラテン民族）は本来、ラテン語ないしこれと同系言語を話した古代民族。イタリアの中央部に居住した。

六四　＊ドグマティック　ここではキリスト教の教義にとらわれすぎている意。

六五　＊Amor fati　「運命への愛」という意味のラテン語。ニーチェの思想の中核をなす観念。自らのあるがままの運命を肯定する心的姿勢と決意をあらわす言葉。言及の表現は、「ニーチェ対ワーグナー」の〈エピローグ〉に出る。

六六　＊贓品　盗品。

＊傀儡師　人形つかい。そこから人を操って意のままに行動させる者、黒幕。

六九　＊フィデリオ　ベートーヴェンの唯一《ゆいいつ》のオペラ「フィデリオ、または夫婦の愛」。一八〇五年初演。スペインの革命家の妻レオノーレが、男装してフィデリオと名のり、不法に投獄された夫を救出する。

＊カタルシス　ギリシャ語で、浄化の意。古代ギリシャの哲学者アリストテレスが「詩学」の中で展開した説で、悲劇を見ることによって日頃の鬱積《うっせき》を解放し、精神的な浄化を得ること。

＊アヴェ・ヴェルム　「めでたし、まことキリストの御からだ」に始まるローマ・カトリック教会の聖体讃歌。モーツァルト作曲のものはニ長調の多声合唱曲（K. 618）。

＊魔笛　モーツァルトの最後のドイツ語歌劇。一七九一年初演。王子タミーノは、夜の女王の娘パミーナとともに、高僧ザラストロによる試練に耐え、二人は結ばれる。

＊モノスタトス　「魔笛」の登場人物。ザラストロに仕えるムーア人。パミーナに邪心を抱き、夜の女王に寝返る。

七〇　＊フリイメイソン　中世の自由石工組合に端を発し、友愛・慈善・相互扶助的な倫理綱領を実践する超政治・超宗教の国際的秘密結社。モーツァルトは一七八四年一二月に入団、結社のための葬送音楽なども書いている。

＊シカネダア　Emanuel Schikaneder　ドイツの台本作家、俳優、歌手。一七五一～一八一二年。「魔笛」の台本を書いた。

＊ウィン人　ウィーンっ子。

＊タミノ　「魔笛」の主人公の王子、タミーノ。

＊パパゲノ　「魔笛」に登場する鳥刺し。パパゲーノ。

＊シナイの山　「旧約聖書」で、ユダヤ人を率いてエジプトを脱出したモーセが、神から十戒を授けられた場所。

七一　＊父親に送った手紙　一七八七年四月四日付のもの。

＊カデンツ　曲を終止に導く和声進行のこと。

七二　＊五十ダカット　ダカット金貨五〇枚、もしくはそれに相当する量の純金、の意。「ダカット」は一三世紀にベネチアで鋳造され、以後一九世紀までヨーロッパ諸国で通用した金貨。

七三　＊ジュッスマイヤア　Franz Xaver Süssmayr　モーツァルト晩年の弟子。一七六六～一八〇三年。

当麻

七四 ＊梅若の能楽堂　現在の東京都品川区、梅若万三郎邸内にあった梅若能楽堂（高輪舞台）。戦災で焼失した。著者が観た公演は昭和一七年二月頃に行われたものと思われる。
＊万三郎　梅若万三郎。能楽師。明治元年（一八六八）東京生れ。この年七四歳。昭和二一年（一九四六）没。
＊当麻　能の曲名。世阿弥作の複式夢幻能。
＊当麻寺　現在の奈良県当麻町にある。推古二〇年（六一二）創建と伝える。
＊正身の弥陀　衆生（あらゆる生物）を救済するため、仮にこの世に目に見える姿をとって現れた阿弥陀仏。
＊来迎　阿弥陀仏が、念仏行者の臨終の時に諸菩薩《ぼさつ》をひき連れて現れ、西方極楽浄土に迎え導くこと。

七五 ＊化尼　仏菩薩などが尼となって仮に現れたもの。
＊被風　着物の上にはおる防寒具。
＊橋懸り　能舞台の鏡の間から舞台に向かって掛けた橋のような通路。
＊御高祖頭巾　目の部分だけを出し、頭から被《かぶ》る防寒頭巾。

七六 ＊間狂言　能一曲を演じる際、前シテの中入りの間に、狂言師が曲の主題を説明する、または劇中の人物として軽い役を受け持つ部分。
＊ルッソオ　Jean-Jacques Rousseau　フランスの啓蒙《けいもう》思想家。一七一二～一七七八年。

ルソー。著書に「社会契約論」など。
＊懺悔録　Les Confessions ルソーの自伝的著作「告白」のこと。誕生から一七六五年まで、自己の内面を赤裸々に語る。
七七　＊方図もなく　際限もなく。
＊花　世阿弥の能楽論の用語。観客が珍しいと思い、面白いと感じる演技の魅力、の意。「風姿花伝」〈第七　別紙口伝〉に「秘スレバ花ナリ。秘セズバ花ナルベカラズ」とある。
＊物数を極めて「風姿花伝」中の言葉。数々のわざを学び極め、の意。原文では、〈第五奥義云〉に「物数を尽くし、工夫を極めて後、花の失せぬところをば知るべし」とある。
七八　＊ああ、去年の雪…　フランスの詩人、フランソワ・ヴィヨン（一四三一年頃～一四六三年以降）の「遺言詩集」中のバラッドに「さはれさはれ、去年の雪、いまは何処」（鈴木信太郎訳）のルフランがある。

徒然草

七九　＊徒然わぶる人　ひとりすることもなく、暇でいるのが辛《つら》くやるせなく思う人、の意。「徒然草」第七五段から。
八〇　＊家集　個人の歌集。ここは兼好の「兼好法師集」のこと。
＊万事頼むべからず　「徒然草」第二一一段冒頭の言葉。
八一　＊長明　鴨長明。久寿二年頃～建保四年（一一五五頃～一二一六）。著作に「方丈記」な

ど。

＊モンテエニュ　Michel de Montaigne　フランスの思想家、モラリスト。一五三三〜一五九二年。著書に「エセー」。標題に用いられた「エセー」という語は、多様な対象に向けての自分の判断力の試行を意味する。

＊よき細工は　上手な細工師は。「徒然草」第二二九段から。

＊妙観　奈良時代の仏師。摂津の国（現大阪府）勝尾寺の観自在《かんじざい》菩薩《ぼさつ》像と四天王像を刻したと伝えられる。

＊尚古趣味　過去の文物や制度を模範とし、尊重する考え方。

＊今やうは…　現代風は、むやみと下品になっていくようだ。「徒然草」第二二段に出る言葉。

＊人皆生を…　「徒然草」第九三段から。ただし、この言葉は、人の言葉の引用中に出る。

八二　＊因幡の国　現在の鳥取県東部。

＊言ひわたりけれども　求婚したのだが。

＊見ゆべきにあらずとて　嫁いではならぬ、と言って。

無常という事

八三　＊比叡の御社　日吉《ひえ》山王。現在は日吉大社。滋賀県大津市坂本にあり、比叡山の守護神。山王権現《さんのうごんげん》ともいう。

＊かんなぎ　神に仕えて祭を行い、神楽を奏し、祭の初めに神おろしなどをする人。特に女性をいう。

＊なま女房　若い女。

＊十禅師　日吉山王七社権現の一つ、十禅師社。

＊しひ問はれて　むりに問われて。

＊後世　死後の世界。

＊一言芳談抄　法然、明遍ら、三〇余人の念仏行者の言行を集めた聞き書き集。二巻。編者不詳。鎌倉末期から南北朝期に成立。

八五

＊坂本　比叡山の東麓、琵琶湖に臨む延暦寺の門前町。

＊古事記伝　江戸時代中期の国学者、本居宣長の「古事記」の注釈書。四四巻。明和四年（一七六七）頃から三〇年余をかけ、寛政一〇年（一七九八）に完成した。

西　行

八八

＊おもしろくて　趣があって。

＊生得　生まれつき。天性。

＊おぼろげの　並の。

＊まねび　真似、模倣。

＊後鳥羽院御口伝　後鳥羽院は第八二代天皇。譲位後、上皇。

八九 ＊俊成　藤原俊成。平安末期から鎌倉初期の歌人。歌論書「古来風躰抄《ふうていしょう》」など。

＊鴫立沢の「立」は立っている、の意。飛び立つ意ともいう。

＊判詞　歌合《うたあわせ》（二六五頁参照）において、判者が二首の歌の優劣を述べた言葉。

＊定家　藤原定家。鎌倉初期の歌人。応保二～仁治二年（一一六二～一二四一）。家集に「拾遺愚草《しゅういぐそう》」、歌論集に「近代秀歌」など。

＊寂蓮　平安末期から鎌倉初期の歌僧。保延五年頃～建仁二年（一一三九頃～一二〇二）。ここでの「寂蓮の歌」は、「さびしさはその色としもなかりけり槙《まき》立つ山の秋の夕暮」をいう。

＊三夕の歌　「新古今和歌集」のなかで、「秋の夕暮れ」と結んだ定家、寂蓮、西行の三首をいう。

九〇 ＊鳥羽院　第七四代天皇。康和五～保元一年（一一〇三～一一五六）。一八年間に及ぶ院政を布《し》いた。

九一 ＊命なりけり　命あってのことだ。

＊さ夜の中山　現在の静岡県掛川市と榛原《はいばら》郡金谷町との間にある峠。歌枕《うたまくら》（和歌にしばしば詠《よ》まれた名所）。

＊天稟　生れつき備わっているすぐれた才能。天賦《てんぷ》。

＊山家集　西行の歌集。約一五六〇首を収める。

九二 ＊幽玄　特に中世の和歌・連歌・能などの美的理念。表現された言葉や形に、さらに深い情趣・余情が伴っているさま。
*釈阿　藤原俊成の法名。
*あだなる　軽々しい。
九四　*吾妻鏡　鎌倉幕府による史書。治承四〜文永三年（一一八〇〜一二六六）の事蹟を編年体で記録する。
*有名な逸話　本文九六頁、一〇五頁参照。
*井蛙抄　南北朝期の歌学書。歌人頓阿（正応二〜文中一・応安五年（一二八九〜一三七二））の著。
*文覚　平安末期から鎌倉初期の僧。保延五〜建仁三年（一一三九〜一二〇三）。
*数寄をたてて…　風流・風雅に打ち込み、あちらこちらに歌を詠み歩くとは。
九五　*あらいふがひなの　おやおや、言う甲斐もない。
*打たれむずる　打たれるような。
*なべて　すべて。
*左歌　次頁「歌合」参照。
*宮河歌合　「宮河」は伊勢神宮の外宮近くの川。「歌合」は次頁参照。「宮河歌合」は西行の自選による自歌合で、定家に判者を依頼し、伊勢外宮の豊受《とようけ》大神宮に奉納された。
*群書類従　日本の古文献の叢書《そうしょ》。江戸時代の国学者塙保己一《はなわほきいち》（延享三〜文政四年（一七四六〜一八二一））とその子孫の編集。

*判の御詞　判詞。判者が歌の優劣を述べた言葉。
*万みなこもりて　すべてのことがこめられており。
*西公談抄　西行の歌話を蓮阿が筆録したもの。後項「蓮阿」参照。

九六 *歌合　平安時代に始まった遊戯の一種。左右両陣営にわかれて一首ずつ歌を出しあい、そのつどその一組の歌の優劣を判者が決めていって最終の総合成績を競うもの。
*頼朝　源頼朝。鎌倉幕府初代将軍。文治二年（一一八六）八月一五日、六九歳の西行は鎌倉で頼朝に会い、歌道と弓馬の事（武芸）について尋ねられた、と「吾妻鏡」は記している。
*報じ申さん　お伝え申上げたい。
*贈定家卿文　藤原定家に送った手紙、の意。本文九五頁に引用した手紙のこと。
*蓮阿　鎌倉時代の歌人。生没年未詳。若い頃に師事した西行の歌話を、覚書と記憶によって「西公談抄」にまとめた。

九七 *粗金　山から掘り出したままの、まだ精錬していない金属。鉱石。

九八 *わが身をさても…　わが身はいったいどこへ行くのであろうか。
*たまぎれらるる　「たま」は魂。魂がちぎれるような。
*ものな思ひそ　ものを思うな。
*黒きほむらの中に　黒々と燃え上がる炎の中に。
*をとこをみな　男、女。

*詞書　和歌で、その歌を詠んだ背景や趣意・日時などを述べた前書き。題詞。
九九　*あかがねの湯　熱して溶かした銅。
*まうけ　準備。
*さてもあらで　それで十分だというのにそうはならずに。
*たらちを　父親。
一〇〇　*すさみすさみ　なぐさみ半分に。
*ならくが底　地獄の底。
*釈教の歌　「釈教」は釈迦《しゃか》の教えの意で仏教のこと。仏教に関わる題材の歌。
*慈円　平安末期から鎌倉初期の天台宗の僧。久寿二〜嘉禄一年（一一五五〜一二二五）。
家集に「拾玉集」、史論に「愚管抄」など。
一〇一　*黒髪山　樹木が茂り、まるで黒髪に覆《おお》われているかのように見える山。
*あくがるる　あこがれ出ていく。
一〇二　*きぎす　きじの古名。
*つばな　茅花。イネ科の多年草茅《ちがや》が春につける穂のこと。
*すみうくてうかれなば　住みづらく思って旅に出てしまえば。
一〇三　*うなゐ児　髪を首のあたりに垂らしている子。幼い子。
*すさみに　心のおもむくままに。
*篠ためて　篠竹を曲げて。

*雀弓　遊戯用の小さな弓。
*額烏帽子　男の子が額につける、烏帽子を模した黒い三角形の紙。ぬかえぼし。
*いたきかな　気に入った。
*菖蒲かぶりの茅巻馬　茅を巻いて作った馬の玩具《おもちゃ》に、菖蒲のかぶりものをさせてあるさま。
*さておひたてる　そうして育った。
*天王寺　現在の大阪市天王寺区の四天王寺。

一〇四

*徳大寺の左大臣　徳大寺家の祖、左大臣藤原実能《さねよし》。在俗時代、西行は、家人として実能に仕えた。
*堂　実能が京都の衣笠《きぬがさ》に営んだ山荘に建立した徳大寺の堂宇。放火により焼失した。
*三条太政大臣　実能の兄、実行。
*大事　保元の乱のこと。保元一年（一一五六）に起った。
*新院　ここは崇徳《すとく》院。
*あらぬさまに…　保元の乱に敗れたことをいっている。
*御ぐしおろして　出家をなさって。
*仁和寺　京都市右京区御室《おむろ》にある真言宗の寺。仁和四年（八八八）宇多天皇が創建。
*小島　現在の岡山県児島郡の半島。当時は島だった。
*つみの中にも…　罪の中でも甚しいものである。

一〇五　*世の中に武者おこりて　諸国で源氏が蜂起《ほうき》したことをいう。

*木曾と申す武者　源義仲。木曾山中に育ち、木曾義仲とも呼ばれる。後白河法皇と反目し、元暦一年（一一八四）近江の国（現滋賀県）の粟津原に敗死。

*十月十二日　文治二年（一一八六）の一〇月一二日。

*平泉　現在の岩手県南部、北上川と衣川との間に位置する。一一世紀末から一二世紀末にかけて、奥州藤原氏三代の拠点として栄えた。

*衣河みまほしくて　衣河が見たくて。「衣河」は平泉のやや北を流れ、北上川に合流する川。

*勧進　社寺や仏像の建立《こんりゅう》、修繕のために寄付を集めること。

*同族　西行の父・佐藤康清は、奥州藤原氏の祖でもある平安前期の鎮守府将軍、俵藤太《たわらとうた》（藤原秀郷《ひでさと》）から数えて九代目に当る。

一〇六　*秀衡　藤原秀衡。平安末期から鎌倉初期の豪族。生年未詳、文治三年（一一八七）没。鎮守府将軍として平泉に居り、奥州藤原氏三代の頂点を示した。

*佐藤兄弟　継信《つぐのぶ》・忠信の兄弟。兄継信は屋島の戦いに源義経の身代わりとなって戦死。弟忠信は義経が吉野山で山僧に攻められた時、義経と自称して戦い、翌年京都で自刃《じじん》。西行の俗名は佐藤義清《のりきよ》（憲清とも）。

*北面武士　院の御所の北面にあって、院中および上皇の身辺を警護した武士。白河法皇の時に始まった。

一〇七　＊富士見西行　絵の画題。西行がこちらに背を向け、富士山を眺めている。

実朝

一〇八　＊中頃　中ほどの時代。中世。
＊鎌倉右大臣　源実朝のこと。鎌倉幕府第三代将軍。建久三年〜承久一年（一一九二〜一二一九）。
＊真淵　賀茂真淵。江戸中期の国学者。元禄一〇〜明和六年（一六九七〜一七六九）。その著「歌意考」「新学」「国歌論臆説」ほかで実朝を発掘、評価した。
＊吾妻鏡　鎌倉幕府による史書。治承四〜文永三年（一一八〇〜一二六八）の事蹟《じせき》を編年体で記録。
＊実朝横死事件　実朝は、承久一年正月二七日夜、鶴岡八幡宮の境内で兄頼家の子公暁《くぎょう》に暗殺された。
＊勝事　異常な事態。事件。
＊前大膳大夫入道　大江広元（後項参照）のこと。「覚阿」はその法名。

一〇九　＊御束帯　朝廷の公式行事に着用する正式な衣服。
＊腹巻　軽い略式の鎧《よろい》。
＊禁忌の和歌　不吉な和歌。

一一〇　＊大江広元　鎌倉幕府初期の重臣。久安四〜嘉禄一年（一一四八〜一二二五）。源頼朝に

仕え、また北条氏と結んで鎌倉幕府の基礎を固めた。
*義時　北条義時。鎌倉幕府の第二代執権。長寛一〜元仁一年（一一六三〜一二二四）。
実朝の死後、姉政子とともに実権を握った。
*戌神　薬師如来《にょらい》を守護する一二神将のうちの伐折羅《ばさら》大将。
*供奉　天皇や貴人の行列の供をすること。
*者「てへり」は「と言へり」の約。
*公暁　実朝の兄、頼家の次男。正治二〜承久一年（一二〇〇〜一二一九）。鶴岡八幡宮
別当。父の仇と信じて実朝を暗殺した。
*三浦義村　鎌倉前期の武将。生年未詳、延応一年（一二三九）没。頼朝に仕えた後、三
代実朝の時、幕府の元老となった。
*闕　空席。
*東関の長　関東の支配者。
一一一 *蓬屋　蓬《よもぎ》でふいた屋根。転じてみすぼらしい家の意。また自宅の謙称。
*光臨　他人の来訪の敬称。
*舞文潤飾　都合よく文章を繕い事実を曲げること。
一一二 *大日本史　徳川光圀《みつくに》の命によって編まれた史書。神武天皇から後小松天皇までの歴史を
漢文紀伝体で記す。
*問注所　鎌倉幕府の裁判所。

一一三

＊薨御　親王・女院・摂政・関白・大臣の死をいう語。

＊梶原景時　生年未詳、正治二年（一二〇〇）没。頼朝の死後、失脚し、幕府の討手と戦い戦死した。

＊阿野全成　仁平三年頃～建仁三年（一一五三頃～一二〇三）。源義朝の子、義経の兄。謀反《むほん》の疑いで頼家に殺された。

＊一幡　源頼家の長子。建久九～建仁三年（一一九八～一二〇三）。母は比企能員の娘。能員と北条時政の対立に巻き込まれて焼死。

＊比企能員　生年未詳、建仁三年（一二〇三）没。頼家の後嗣《こうし》をめぐって北条時政と対立、謀殺された。

＊頼家　源頼家。鎌倉幕府第二代将軍。寿永一～元久一年（一一八二～一二〇四）。頼朝の長子。母は北条政子。舅《しゅうと》の比企能員と結んで北条氏討伐を企てたが失敗、北条時政らに殺された。

＊畠山重忠　長寛二～元久二年（一一六四～一二〇五）。源頼朝に服属し、平氏との戦いに貢献したが、末子の阿闍梨重慶が謀叛を企てたとされ、北条義時と戦って死んだ。

＊平賀朝雅　生年未詳、元久二年（一二〇五）没。北条時政の娘婿《むこ》。時政と牧の方の、朝雅将軍擁立計画が発覚し討たれた。

＊和田義盛　久安三～建保一年（一一四七～一二一三）。国司就任問題で北条義時と対立、建保一年五月に挙兵したが敗れて一族は滅亡した。

*トミニ　すぐには。
*エトリツメザリケレバ　押えつけることが出来なかったので。
*頸ニヲ、ツケ…　頸に紐《ひも》をつけ、陰嚢《いんのう》を握るなどして。
*愚管抄　僧慈円の著した史論書。承久二年（一二二〇）頃完成。
一一四　*和田合戦　建保一年（一二一三）五月、和田義盛が北条義時を攻め、敗北した戦い。
*官打　官位が高くなりすぎ、その負担がかえって不幸を招くこと。
*承久記　鎌倉中期以降に成立したと考えられる軍記。作者未詳。二巻。
*諷諫　他の事にことよせて遠回しに諫《いさ》めること。
*諫諍　面と向って主君をいさめること。
*甘心　納得。
*陳和卿　南宋の工人。生没年不詳。一二世紀末に来日し、治承四年（一一八〇）に焼失した東大寺の復興に関わる。後に鎌倉に来て実朝に渡宋を勧め、大船を建造するが進水に失敗した。
*将軍家　実朝のこと。
*丑刻　午前二時前後。
一一五　*由比浦　鎌倉南東部に位置し、相模湾に臨む海岸。
*右京兆　「京兆」は官職「京職」の唐名。朱雀大路より西の右京の行政・司法・警察を司《つかさど》る。この時の右京職は北条義時。

＊行事　担当官。
＊午剋より申の斜　午前一二時頃から午後五時近くまで。
＊還御　天皇や将軍が出先から戻ること。
＊ちしほ　千入。何度も染めること。
＊まふり　布を染料に浸し、振り出して染めること。

一一六
＊時政夫妻　北条時政夫妻。時政は鎌倉幕府初代執権。保延四～建保三年（一一三八～一二一五）。頼朝の没後に執権となり、後妻の牧の方と謀《はか》って実の孫である実朝を廃し、平賀朝雅を将軍にしようとした。
＊真淵　賀茂真淵。江戸中期の国学者、歌人。元禄一〇～明和六年（一六九七～一七六九）。著作に「万葉考」など。「歌意考」「新学」「国歌論臆説」ほかで実朝を発掘、評価した。
＊子規　正岡子規。俳人、歌人。慶応三～明治三五年（一八六七～一九〇二）。その著「歌よみに与ふる書」で、「万葉集」尊重の立場から実朝の歌を称揚した。

一一七
＊十八日　建保一年（一二一三）八月一八日。
＊子剋　午前〇時前後。
＊定まりて　寝静まって。
＊蛬思　「蛬」はこおろぎ。こおろぎの物思いの悲しげな声、の意。
＊丑剋　午前二時前後。

＊青女　年若い女。
＊陰陽少允　「陰陽」は天文暦数のことを掌《つかさど》る技術官。自然現象に異変のあるときは原因・対策を判断して奏上する。「少允」はその陰陽師の第五番目の階級。

一一八 ＊東西に迷惑し　どうしたらよいか途方にくれて。
＊行勇律師　退耕行勇。鎌倉前期・中期の臨済宗の僧。長寛一〜仁治二年（一一六三〜一二四一）。鎌倉鶴岡八幡宮の供僧職を務め、源頼朝、北条政子等の信望を得た。
＊亡卒　死んだ兵卒。
＊泉親衡　生没年不詳。源頼家の遺児栄実を将軍に擁立し、北条義時打倒を計画したが発覚し、逃亡した。
＊増鏡　南北朝時代の歴史物語。後鳥羽天皇の誕生から鎌倉幕府滅亡までを和文で綴《つづ》る。

一一九 ＊鎌倉の右府　「右府」は右大臣の別称。源実朝のこと。
＊香川景樹　江戸後期の歌人。明和五〜天保一四年（一七六八〜一八四三）。「古今和歌集」を範とし、賀茂真淵の復古主義と対立した。著作に「古今和歌集正義」など。
＊けがれたる物…　汚れたものをすべて捨て去り、清らかな川の流れに身を清めたような、の意。賀茂真淵「鎌倉右大臣家集のはじめにしるせる詞」に見える。
＊二所詣　「二所」は伊豆権現《ごんげん》と箱根権現。鎌倉幕府の信仰が厚く、「二所詣」は特に将軍の参詣《さんけい》をさして言った。

一二〇 ＊本歌　和歌や連歌で、先人の歌の用語や語句をふまえて作った時、その典拠となった歌。

一二一 ＊木綿　楮《こうぞ》の皮の繊維で作った糸、あるいは布。これを神への供物《くもつ》として榊《さかき》にたらした。
＊ほそみ　「さび」「しおり」とともに芭蕉の俳諧《はいかい》の美的理念の一つ。作者の詩心が対象の本質に微細に観入し、そこから表現された繊細微妙な句の境地をいう。
＊ゆふされば　夕方になれば。

一二二 ＊八大竜王　仏法を守る八体の竜神。そのうち娑伽羅《しやから》竜王が、海や雨を司《つかさど》るとされることから、雨乞《あまご》いなどの本尊とされることが多い。
＊洪水漫天　大水が天にまでみなぎり。

一二三 ＊一人奉向本尊…　一人で仏像に向かい、いささか祈ってこの歌を詠んだ。
＊慴伏　恐れて屈伏すること。

一二五 ＊うば玉や　「うば玉」は烏羽玉。アヤメ科の多年草ヒオウギの小さな黒い球状の種子。そこから「黒」「夜」「夢」などにかかる枕詞《まくらことば》となった。「ぬばたま」とも。

一二六 ＊佐佐木信綱　歌人、国文学者。明治五年（一八七二）三重県生れ。「万葉集」や歌学の研究に尽力する。昭和三八年（一九六三）没。
＊定家所伝本金槐集　「金槐集」は実朝の家集、正式には「金槐和歌集」。「定家所伝本」は藤原定家が伝えた本、の意。定家が実朝から送られてきた「金槐集」を写し、手許《てもと》においていたと見られる本。総歌数六六三首。
＊散佚　書物や文献などが散り失《う》せ、所在がわからなくなること。

一二七 ＊三十にも足らで　三〇歳にもならずして。

一三〇 ＊蹴鞠　貴人の遊びの一つ。鹿革の鞠を数人で蹴上げ、地に落とさないようにして争う。

＊一般　同様。

＊あふち　樗。落葉高木センダンの古名。初夏に紫色の小さな花をつける。「法（仏法）に会う」を懸けている。

一三一 ＊天下之大乱　治承四年（一一八〇）、源頼朝が反平氏の兵を挙げ、寿永二年（一一八三）、源義仲が平氏を追い落して京都に入る、元暦一年（一一八四）、頼朝が義仲を破り、文治一年（一一八五）、平氏を滅ぼす。この間、戦乱の世が続いた。

＊寿永元暦「寿永」は安徳天皇の年号で一一八二〜八五年。「元暦」は後鳥羽天皇の年号で一一八四〜八五年。一時期、両天皇となり、元号が重複している。

＊いふべききはにも…　言葉で表すことのできる範囲ではなかったので。

＊たゞいはんかたなき…　ただもう言いようのない夢と。

＊千載集　千載和歌集。二〇巻。寿永二年（一一八三）後白河法皇の勅により、藤原俊成が撰。文治四年（一一八八）成立。

一三二 ＊伝授　主として「古今集」の歌の解釈や作者に関する知識などを師から弟子に授け伝えることをいう。平安末期の藤原基俊から同俊成への伝授に始まるといわれ、時代が下るとともに神秘化、党派化、形骸化が進んだ。

一三三 ＊白河院、鳥羽院時代　西行の出生（元永一年（一一一八））から出家（保延六年（一一四〇））までは両院の時代にあたる。

＊栄西　鎌倉初期の禅僧。永治一～建保三年（一一四一～一二一五）。日本臨済宗の開祖。二度入宋して臨済宗を伝え、鎌倉に寿福寺、京都に建仁寺を建立した。

一三四　＊こはいかに　これはどうしたことだ。

＊楚忽　注意が行き届かないこと。

一三五　＊御気色を蒙る　ご機嫌を損じた。

＊比丘尼　出家して正式に僧となった女性。尼僧。

＊過言　度を過ぎた物言い。

一三六　＊熊谷直実　永治一～承元二年（一一四一～一二〇八）。一ノ谷の戦いで平敦盛《あつもり》を討った顚末《てんまつ》が「平家物語」で知られる。

＊三日　承元二年（一二〇八）九月三日。

＊執終　臨終を迎えること。

＊広元朝臣　大江広元。

＊権化　仏や菩薩の化身。

一三七　＊薫修　仏教の教えに感化されて修行を重ねること。

＊円覚経　大乗経典の一つ。禅宗で重んじられた。「円覚」は完全な悟りの意。

＊三浦の海　「三浦」は、相模の国（現神奈川県）南東部に位置する半島。和田氏はこの地を拠点とする三浦氏の傍系に当たる。

＊得度　迷いの世界から、悟りの境地に入ること。

＊大日　大日如来。密教の教主。宇宙の実相を体現する根元の仏とされる。
＊さまや形　三昧耶形《さんまやぎょう》。仏や菩薩の、すべての人々を救済するという誓願を形にした物。薬師如来の薬壷、不動明王の剣の類。
＊密教の観法　「密教」は、大日如来を本尊とする深遠秘奥《ひおう》な教えの意。最澄や空海によって伝えられた。「観法」は、真理を直観しようとする修行。

一三八　＊ほのほ　炎。
＊阿鼻地獄　最大の罪人が罰せられる焦熱地獄。無間地獄。
＊西行の地獄の歌　「地獄絵を見て」と詞書のある連作。本文九八〜九九頁参照。

一三九　＊君が歌の…　正岡子規が明治三二年（一八九九）八月四日、新聞『日本』に発表した〈金槐和歌集を読む〉全八首の第七歌。後に歌集「竹乃里歌」に収録された。
＊垂鉛　深さを測る器具の錘《おもり》となる鉛のこと。
＊常にもがもな　いつまでも変わらないでいて欲しい、の意。
＊あまのを舟　「あま」は海人、漁夫。「を舟」は小舟。

一四一　＊みうみ　御海。芦ノ湖のこと。
＊けけれあれや　心があるからなのか。「けけれ」は心の上代東国方言。
＊二国　相模の国（現神奈川県）と駿河の国（現静岡県）。
＊貞享本　江戸時代初期の貞享四年（一六八七）に刊行された版本。三巻三冊に七一九首を収める。

平家物語

一四三 ＊先がけの…　正岡子規の短歌「宇治川」六首の第六首。
＊宇治川先陣　木曾義仲と源義経の宇治川合戦における、義経方の佐々木四郎と梶原源太の先陣争い。巻第九に出る。
＊盛衰記「源平盛衰記」。鎌倉時代後期以降にできた軍記物。作者不詳。
＊佐々木四郎　佐々木高綱。生年未詳、建保二年（一二一四）没。
＊馸馬　気性が荒く人に慣れない馬。暴れ馬。
一四四 ＊荒涼な　大口をたたく意。
＊生食　名馬の名。
＊源太景季　梶原景季。応保二～正治二年（一一六二～一二〇〇）。
＊よき侍二人死んで　景季は、自分が所望した馬生食を、頼朝が佐々木四郎に与えたことへのつらあてに、佐々木と刺し違える決心をする。
＊ねったい「妬し」の音転。してやられた、の意。
＊磨墨　景季が頼朝から賜った名馬の名。
＊大手、搦手「大手」は敵の正面に攻め込む軍勢。「搦手」は敵の背後から攻め込む軍勢。
＊頃は睦月二十日あまり　寿永三年（一一八四）、旧暦の正月二〇日過ぎ。
一四五 ＊一文字にさつと　一直線に素早く。

＊畠山重忠　義経方の武将。長寛二～元久二年（一一六四～一二〇五）。二七一頁参照。
＊うち上らんとする所に…　重忠が川から上がろうとしたところへ、後ろから若者がすがりついてくる。
＊さん候　さようでございます。
＊烏帽子子　武士の男子の元服の際、烏帽子親から烏帽子と名乗を授けられる若者。ここは重忠が烏帽子親。
＊力及ばで　どうにも仕方がなくて。
＊わ殿ばら　そなたたち。
＊助けられむずれ　助けを求めるのだな。
＊歩立　歩兵。

一四六　＊通盛卿　平通盛。平教盛（清盛の異母弟）の長男。一の谷合戦で敗死する。
＊小宰相　平通盛の妻。言及の場面は巻第九〈小宰相〉に出る。
＊宝井其角　江戸前期の俳人。寛文一～宝永四年（一六六一～一七〇七）。芭蕉門下。
＊冒頭の…「平家物語」の冒頭句「祇園精舎の鐘のこゑ、諸行無常のひびきあり…」をいっている。「今様」は平安中期に起った新様式の歌。ふつう七五調の四句からなる。
＊重盛　平重盛。保延四～治承三年（一一三八～一一七九）。清盛の長男。父清盛の横暴を嘆き、平家の将来を憂《うれ》う人物として描かれる。

一四七　＊流布本　同一の原本から出た写本のうち広く行き渡った本。通行本。

蘇我馬子の墓

一四八　＊岡寺　奈良県明日香村にある真言宗の寺。

＊多武峰　奈良県桜井市南端にある山。

＊馬子　蘇我《そが》馬子。飛鳥時代の豪族。生年不詳、六二六年没。敏達《びだつ》、用明、崇峻《すしゅん》、推古の四朝に仕え、「天皇記」の編纂《へんさん》に従事した。

＊慶州　朝鮮の慶尚北道南東部に位置する都市。

＊武内宿禰　記紀伝承の人物。初期の大和朝廷に二百数十年仕えたと伝えられる。

＊景行　景行天皇。記紀伝承で第一二代の天皇。

＊六朝　初期の大和朝廷で、景行、成務、仲哀《ちゅうあい》、応神、仁徳、履中《りちゅう》ら六人の天皇の御代。「朝」は一人の君主の在位期間。ただし、正しくは仁徳までの五朝。

一四九　＊日本武尊　記紀伝承上の英雄。景行天皇の皇子。天皇の命によって熊襲《くまそ》を征し、次いで東国の蝦夷《えみし》を鎮定した。帰途、病に罹《かか》り、伊勢（現在の三重県）の能褒野で没したといわれる。引用の言葉は「日本書紀」巻七から。

＊能褒野　三重県鈴鹿市から亀山市にかけての平地。

＊越　北陸地方の古称。現在の福井・石川・富山・新潟の各県一帯。

＊宇治川　琵琶湖から大阪湾に注ぐ流れのうち、現在の京都府宇治市域の部分。上流は瀬田川、下流は淀川。

＊神功皇后　仲哀天皇の皇后。
＊三韓征戦　神功皇后は、仲哀天皇の崩御後、朝鮮半島の高句麗《こうくり》、百済《くだら》、新羅《しらぎ》の三国の征討に赴いたと伝えられる。
＊胎中天皇　記紀伝承の第一五代、応神天皇の異称。神功皇后は、新羅を征して凱旋《がいせん》し、誉田別皇子《ほむたわけのみこ》（応神天皇）を筑紫で出産したと伝えられる。
＊筑紫　九州の古称。また筑前・筑後など九州の北半分。

一五〇
＊いざ吾君…　さあ、あなた、五十狭茅宿禰よ、あの武内宿禰の刀で傷を負うくらいなら、鳰鳥よろしく水に潜って死のうではないか。
＊悒愁ろしも　不安だ。
＊田上　現在の滋賀県栗太《くりた》郡の地名。瀬田と宇治との中間に位置する。
＊菟道　宇治に同じ。
＊元勲　国家に尽し、大きな手柄を立てた人物。
＊壱岐　現在の長崎県北部、玄界灘《なだ》にある島。
＊探湯　神明裁判のひとつ。古代、当事者に熱湯に手を入れさせ、火傷《やけど》の有無、多少によって正邪を判断した。

一五一
＊三権鼎立　三人の帝が同時に存在していること。
＊霊速人…　この宇治川の渡り場に立つ梓の木を、切ろうと心には思っても、下の方には父君（応神）が、先の方には妻が思い出されて、いたましく、切らずに帰る、の意。

「ちはやびと」は「宇治」の枕詞《まくらことば》。

一五二　＊稲目　蘇我稲目。宣化《せんか》・欽明《きんめい》朝の大臣。生年不詳、欽明三一年（五七〇）没。在世中に仏教が伝来、崇仏を説いた。

＊蝦夷　蘇我蝦夷。推古・舒明・皇極朝の大臣。馬子の子。生年不詳、大化一年（六四五）没。

＊入鹿　蘇我入鹿。皇極朝の政治家。生年不詳、大化一年没。大化改新で中大兄皇子らに暗殺された。

＊貴賤老少…　大同二年（八〇七）、斎部広成《いんべのひろなり》が著した家伝「古語拾遺」〈序〉に見える一節。「前言往行」は昔の人の言葉と行い、の意。

＊本居宣長　江戸中期の国学者。享保一五～享和一年（一七三〇～一八〇一）。明和四年（一七六七）頃から寛政一〇年（一七九八）まで、三〇年余を費やして「古事記」の注釈書「古事記伝」を完成した。

＊夢殿　聖徳太子の邸、斑鳩宮《いかるがのみや》内にあり、太子が瞑想《めいそう》にこもったとされる伝説上の建物。後に、斑鳩宮跡に建てられた法隆寺東院の八角円堂の本堂が、この名で呼ばれるようになる。

一五三　＊物部守屋　敏達・用明朝の大連《おおむらじ》。生年不詳、用明二年（五八七）没。排仏を主張して蘇我馬子、聖徳太子と対立、穴穂部皇子を擁立した。

＊廐戸皇子　聖徳太子のこと。

*崇峻弑逆事件　崇峻五年（五九二）、崇峻天皇が馬子に暗殺された事件。

*愚管抄　わが国最初の史論書。平安末期〜鎌倉初期の僧、慈円の著作。

*大義名分論　臣下としての根本的道理、また、ある行為の根拠についての論議。

*調　貢物。

一五四　*帰化姓　中国大陸や朝鮮半島から日本に渡来し、一定の職掌をもって朝廷に仕え、その称号としての姓《かばね》を賜った氏族のこと。

*「聖徳太子実録」の著者　史学者、久米邦武のこと。天保一〇〜昭和六年（一八三九〜一九三一）。「聖徳太子実録」は「上宮太子実録」として明治三八年（一九〇五）刊。大正八年（一九一九）に現在の書名で再刊された。

*弑逆　主君や父などを殺す罪。

*唆動　そそのかすこと。

*唯物史観　マルクス主義の歴史観。歴史や社会の発展の原動力を、人間の生産労働がもたらす物質的・経済的生活の諸関係に置く立場。「史的唯物論」ともいう。

一五五　*「聖徳太子」伝　昭和一二年五月、創元社刊。書名は「聖徳太子」。

*経疏　聖徳太子の著とされる、「勝鬘《しょうまん》経」「維摩《ゆいま》経」「法華経」の注釈書。「疏」は、ときあかす、の意。

*白膠木　ウルシ科の落葉低木。山野に自生。ぬるで。

*四天王　仏教で、世界の中央にそびえる須弥《しゅみ》山《せん》中腹の四つの天界を鎮護し、仏法を守護

する、東の持国天王、西の広目天王、南の増長天王、北の多聞天王の総称。

一五六 ＊金人　金色の人、すなわち仏のこと。太子の夢殿での瞑想には、金人が付添った、と伝えられる。

＊不稽　でたらめ。

＊人皆党有り…　「十七条憲法」〈一〉中の言葉。「党」は、郷里や利害などが共通する者が集団を形成すること。

＊十七条憲法　推古一二年（六〇四）、聖徳太子が制定した一七ヶ条の条令。群臣に対する訓戒や規律をまとめたもの。

一五七 ＊任那問題　「任那」は四〜六世紀頃、朝鮮半島の南部にあった国。日本と親交が深く、「日本書紀」には推古八年から一一年にかけて、任那救援のための新羅征討の軍を派遣した、とある。

＊隋との外交　遣隋使として、大和朝廷は隋へ計三回、使節を派遣した。

＊旅人あはれ　推古二一年一二月、片岡山（現在の奈良県北葛城郡）で飢え倒れた旅人に出会った太子は哀れに思い、自分の衣服を脱いで掛けてやるが、死んでしまう。後日、墓を見に行かせると遺体はなく、畳まれて残してあった衣服を、太子は再び身につけたという。

＊斑鳩宮　推古九年（六〇一）聖徳太子が造営した宮殿。皇極二年（六四三）焼失。

＊親鸞　鎌倉初期の僧。聖徳太子を「和国の教主」として尊び、京都の六角堂で太子の化

身たる救世《ぐせ》観音の夢告を受けたという。

＊フェノロサ Ernest Francisco Fenollosa　アメリカの哲学者、美術研究家。一八五三〜一九〇八年。明治一七年、法隆寺夢殿を開扉して、聖徳太子等身と伝える秘仏、救世観音像に接した。

一五八 ＊羨道　古墳の入口から石棺を安置する部屋へ至る通路。

＊玄室　棺を納める室。

一五九 ＊飛鳥　推古天皇の時代（五九二〜六二八）を中心にその前後の時期のこと。奈良盆地南部の飛鳥地方を都としていた。仏教渡来の直後の時期。

＊天平　美術史上、奈良時代後期、平城京成立の七一〇年から平安遷都《せんと》の七九四年までの時代を指す。文化、特に美術の領域で優れた作品が多く生み出された。

＊古北口　中国の密雲県にある長城の一部。北京の北約一二五キロメートルにある。

一六〇 ＊金堂　寺院で、本尊を安置する仏殿。ここでは、法隆寺のものをさす。

＊エンタシス　古代ギリシャ建築などの円柱の中ほどにつけたわずかなふくらみ。胴張り。

＊パルテノン　前四三二年頃完成した古代ギリシャのドリス式建築の神殿。アテナイのアクロポリスにあり、守護神アテナを祀《まつ》る。

＊金堂が半焼けになり　昭和二四年（一九四九）一月、法隆寺の金堂は壁画の複写作業中の漏電により失火、壁画を焼失した。

＊すべて何も皆…　兼好の随筆集「徒然草」第八二段に出る言葉。

一六一　＊内裏　天皇が日常住まう御殿。御所。
＊先賢　昔の賢人。
＊内外の文　内典（仏教の書物）と外典（仏教以外の書物）。
＊ヘーゲル工場　「ヘーゲル」Georg Wilhelm Friedrich Hegel は、ドイツの哲学者。一七七〇〜一八三一年。自然・歴史・人間の精神を絶対精神（神的理性）の弁証法的展開のプロセスとして表現した。
＊マルクス　Karl Heinrich Marx　ドイツの哲学者、経済学者、革命家。一八一八〜一八八三年。ヘーゲル哲学を批判・克服した史的唯物論の立場から、資本主義社会の経済構造を分析した。

一六三　＊かわらけ焼　うわぐすりをかけずに陶器を焼くこと。つちやき。すやき。
＊玉盃　玉で飾った、また玉で作ったさかずき。立派なさかずき。
＊大和三山　奈良盆地南部の三つの山。北に耳成山、東に天香具山、西に畝傍《うねび》山があり、中心に持統八年（六九四）から和銅三年（七一〇）まで藤原京が位置した。

鉄　斎Ⅰ

一六五　＊鉄斎　富岡鉄斎。南画家。天保七〜大正一三年（一八三六〜一九二四）。
＊竹田　田能村《たのむら》竹田。江戸後期の文人画家。安永六〜天保六年（一七七七〜一八三五）。
＊文人画　本来は文人が余技として描いた絵のこと。中国で北宋時代に始まり、明末に南

宗画の流派が成立して以来、南宗画（南画）とほぼ同義になった。
*大雅　池大雅。江戸中期の文人画家。享保八〜安永五年（一七二三〜一七七六）。
*博労　馬の良否を鑑定する人。また売買・周旋する人。
一六六 *玉堂　浦上玉堂。江戸後期の文人画家。延享二〜文政三年（一七四五〜一八二〇）。
一六七 *淡彩　淡彩画。墨絵に淡く彩色した絵。
*紙本　書・画などで紙に書かれたもの。
*南画家　「南画」は「南宗画」の略。中国における文人画の画風の一つ。日本において
は、中国色の濃い絵画や文人画を総称して南画と呼んでいる。
*讃　画に題する言葉。あるいは画に添えられた詩文。
*大丈夫の襟懐　「大丈夫」は立派な男子。「襟懐」は心の中、胸のうち。
一六八 *大津絵　本来は江戸時代、近江の国（現在の滋賀県）大津の追分・三井寺付近で売り出
された民衆絵画で、手早く走り書きした戯画をいう。
*梅原さん　梅原龍三郎。洋画家。明治二一年（一八八八）京都生れ。作品に「桜島」
「北京秋天」など。昭和六一年（一九八六）没。
*touch　絵画などの筆致。
*溌墨法　水墨山水画法の一つ。画面に墨を注ぐように使い、かたまりをぼかすようにし
てその濃淡で形を表現する方法。
*賦彩法　色のつけ方。

＊内藤湖南　東洋史学者。慶応二〜昭和九年（一八六六〜一九三四）。京都帝国大学教授。書画鑑定家、漢詩文作者、書家としても知られる。著書に「支那絵画史」「近世文学史論」など。

一六九　＊董其昌　中国明代の文人。一五五五〜一六三六年。詩・書・画に通じ、文人画を南宗画と呼んでその評価を理論的に高めた。画論に「画禅室随筆」など。

鉄　斎 II

一七一　＊鉄斎　富岡鉄斎。南画家。天保七〜大正一三年（一八三六〜一九二四）。

＊六曲一双　「六曲」は、屏風が六枚折りであること。「一双」は、二つで一組になっていること。

＊坂本光浄　清澄寺（三一〇頁「清荒神」参照）住職。明治八年（一八七五）京都府生れ。大正二年（一九一三）に清澄寺の住職となった。昭和四四年（一九六九）没。鉄斎に師事し、その作品約一〇〇〇点を蒐集した。

＊謙蔵　富岡謙蔵。鉄斎の一人息子。東洋史学者、金石学者。明治六〜大正七年（一八七三〜一九一八）。

＊富岡益太郎　鉄斎の孫。明治四〇年（一九〇七）京都府生れ。平成三年（一九九一）没。

＊ワカガキ　画家や作家の若い頃の作品。多くは「未熟な作品」の意を含む。

一七二　＊富士の大屏風　「富士山図屏風」（一八九八）。紙本着色、六曲一双。

一七三　＊点苔　東洋画の技法で、岩や枝に付いた苔を点で表現すること。遠くの樹木などを表現する時にも用いる。

＊俵藤太　平安中期の地方豪族、藤原秀郷の別称。生没年不詳。平将門の乱の際、将門を討ったことで知られる。後に「御伽草子」の〈俵藤太物語〉で、近江の三上山の大むかでを退治する豪傑として描かれた。

＊愛鷹山　富士山南東、静岡県側に位置する山。標高一一八七メートル。

＊金泥　金粉をにかわで溶き、彩色に用いたもの。

＊北斎風　「北斎」は葛飾北斎。江戸後期の浮世絵師。宝暦一〇～嘉永二年（一七六〇～一八四九）。ここはその作品「富嶽三十六景」をいっている。

一七四　＊琳派　江戸中期、尾形光琳（万治一～享保一年〔一六五八～一七一六〕）によって大成された画風の一流派。

＊讃　画に因んで添え書きされた詩歌や文。

＊大雅　池大雅。江戸中期の文人画家。享保八～安永五年（一七二三～一七七六）。

＊韓大年　江戸中期の書家。韓天寿。享保一二～寛政七年（一七二七～一七九五）。

＊高芙蓉　江戸中期の文人、篆刻家。享保七～天明四年（一七二二～一七八四）。

一七五　＊雅談　風流な話。

一七六　＊扁舟　小舟。

＊寿老人　七福神の一。長寿を授ける神といわれる。白いひげを長くたらし、経巻を結び

つけた杖を持った長頭の老人に描かれる。福禄寿と同体異名ともされる。
一七七　＊絹本　書画を書くのに用いる絹地。
＊南画　「南宗画」の略。中国における文人画の画風の一つ。日本においては、中国色の濃い絵画や文人画を総称して南画と呼んでいる。

鉄　斎Ⅲ

一七九　＊鉄斎　富岡鉄斎。南画家。天保七〜大正一三年（一八三六〜一九二四）。
＊前に二度ほど　昭和二三年（一九四八）四月発表の「鉄斎Ⅰ」（本書所収）および昭和二四年三月発表の「鉄斎Ⅱ」（同）をさす。
＊小高根太郎　美術評論家。明治四二年（一九〇九）東京生れ。著書に「富岡鉄斎」など。平成八年（一九九六）没。
一八〇　＊帙入　「帙」は和本の損傷を防ぐために包む覆い。
＊南画　中国における文人画の画風の一つ。日本においては、中国色の濃い絵画や文人画を総称して南画と呼んでいる。
＊中川一政　洋画家。明治二六年（一八九三）東京生れ。作品に「監獄の横」「静物小品」など。平成三年（一九九一）没。
一八一　＊紙本　書・画などで紙に書かれたもの。またその紙。
＊富岡益太郎　鉄斎の孫。明治四〇年（一九〇七）京都府生れ。平成三年（一九九一）没。

一八二 *鉄叟蔵 「叟」は翁の意。鉄斎老人所蔵、の意。
*讃 画に題する言葉。あるいは画に添えて書かれた詩歌や文。
*絹本 書画を書くのに、絹地を用いた作品。「紙本」に対していう。
*潑墨 水墨山水画法の一つ。画面に墨を注ぎ、かたまりをぼかしてその濃淡で形を表現する方法。
*大和絵 日本の風物や風俗を描く平安時代以降の伝統的絵画の総称。特に水墨画を唐絵と呼ぶのに対しての称。倭絵。
*顔料 ここは、絵具。

光悦と宗達

一八三 *琳派美術 「琳派」は桃山時代後期に興った造形芸術上の流派。本阿弥光悦《ほんあみこうえつ》と俵屋宗達《たわらやそうたつ》が創始した。
*歌巻 本阿弥光悦書・俵屋宗達下絵「四季草花下絵和歌巻」のことをいっている。
*千載集 「千載和歌集」。勅撰和歌集。文治四年(一一八八)藤原俊成を撰者として成立。全二〇巻。
*俊成 藤原俊成。平安末期から鎌倉前期の歌人。永久二~元久一年(一一一四~一二〇四)。
*覚盛 鎌倉前期の律僧、歌人。建久五~建長一年(一一九四~一二四九)。

＊光悦　本阿弥光悦。桃山時代から江戸初期の芸術家。永禄一～寛永一四年（一五五八～一六三七）。家職の刀剣の浄拭《ぬぐい》をはじめ、書、陶芸、蒔絵に秀で、古典、茶道にも通じた。書は寛永三筆の一人。

一八四　＊宗達　俵屋宗達。桃山時代から江戸初期の画家。生没年未詳。作品に「風神雷神図屏風」など。

＊歌合せ　平安時代に始まった遊戯の一種。左右両陣営にわかれて一首ずつ歌を出しあい、そのつどその一組の歌の優劣を判者が決めていって最終の総合成績を競うもの。

＊勅撰集　天皇や上皇の指示で編纂《へんさん》された和歌集・漢詩文集等をいい、ここは勅撰和歌集の意。醍醐《だいご》天皇朝の「古今集」に始まり、後花園天皇朝の「新続古今集」まで続いた。

一八五　＊近衛信尋　江戸初期の公家。後水尾《ごみずのお》院を中心とする宮廷文化の代表的人物の一人。

＊家隆　藤原家隆。鎌倉前期の歌人。ここでいう「富士の歌」は、「新古今集」所収「富士のねの煙《けぶり》もなほぞ立ちのぼる上なきものは思ひなりけり」をさしている。

＊正宗　鎌倉後期の刀工、岡崎正宗のこと。近世以降刀工の代名詞のように名が知られる。

＊赤人　山部赤人。「万葉集」の歌人。「赤人の歌」とは「田児の浦ゆ打出でて見れば真白にぞ富士の高嶺に雪は降りける」をさす。

＊吉光　粟田口吉光。鎌倉後期の刀工。正宗・義弘とともに三作の一人。

＊廿一代集　「古今集」以下二一の勅撰和歌集の総称。

＊晩唐　中国唐代の詩史上の最後期。初唐、盛唐、中唐、晩唐の四期の最後で八二六～九

〇七年。

一八六 *鷹ヶ峰　京都北部の名勝地。

*相剣　刀剣鑑定などをいう。

*本阿弥切　一一世紀から一二世紀に書写された「古今集」の断簡。

*友松　海北《かいほう》友松。安土桃山時代の画家。天文二～元和一年（一五三三～一六一五）。建仁寺方丈襖《ふすま》絵など、彩色や水墨の障壁画・屏風絵《びょうぶえ》を多数描いた。

*信実　藤原信実。鎌倉中期の画人、歌人。安元二～文永二年頃（一一七六～一二六五頃）。晩年出家して寂西と号した。大和絵による肖像画である似絵《にせえ》を完成。作品に「後鳥羽天皇像」など。

*覚猷　平安後期の天台座主、画僧。天喜一～保延六年（一〇五三～一一四〇）。仏画に「不動明王立像」など。さらに「鳥獣戯画」の作者とする説もある。

*探幽　狩野探幽。江戸初期の画家。慶長七～延宝二年（一六〇二～一六七四）。徳川幕府の御用絵師として活動。作品に二条城、名古屋城の障壁画など。

*永徳　狩野永徳。安土桃山時代の画家。天文一二～天正一八年（一五四三～一五九〇）。安土城、聚楽第《じゅらくだい》、大坂城などの障壁画を完成、御用絵師の地位を固める。他に「洛中洛外図屏風」「唐獅子《からじし》図屏風」など。

一八八 *大虚庵　本阿弥光悦の号。

*落款　書画にその作者が署名・押印すること。また、その署名や印影。

＊円印　円形の印章。書画に押された。

＊伊年　俵屋宗達の用いた印章。

雪舟

一九〇　＊銭瘦鉄　中国の書家。一八九七〜一九六七年。昭和一〇年、日本の雑誌『書苑』創刊時の顧問。

＊顔輝　中国の南宋末期から元初期の画家。道教や仏教の説話に登場する神仙などの画を得意とした。

＊慧可断臂図　慧可が達磨《だるま》に入門を断られた時、自分の左腕を肘《ひじ》から断ち切り意志の固さを示して入門を許されたという故事に基づく図。

＊山水長巻　雪舟筆の山水画巻。文明一八年（一四八六）完成。紙本墨画淡彩。山口県防府市の毛利博物館蔵。

＊落款　書画に作者自身が署名し、印を押すこと。また、その署名や印影。

一九一　＊五十余尺　一五メートル余り。一尺は約三〇・三センチメートル。

一九二　＊周文　室町中期の画僧。生没年不詳。京都相国寺の僧。漢画の水墨画法を日本様式に変え、雪舟らに伝えたとされる。

＊詩軸　掛軸で、画面の上部の余白に、その絵にちなんだ漢詩を書いたもの。

＊豁然　ひろびろとしたさま。

一九三　＊立体派絵画「立体派」は二〇世紀初め、フランスに興った美術運動。ルネサンス以来の遠近法を否定し、対象を複数の視点から幾何学的にとらえて画面構成する。ピカソ、ブラックなど。キュビスム。

＊潑墨　水墨山水画法の一つ。画面に墨を注ぐように使い、かたまりをぼかすようにしてその濃淡で形を表現する。

＊磊落　構えが大きく、闊達であるさま。

一九四　＊沼田頼輔　紋章学者。慶応三〜昭和九年（一八六七〜一九三四）。著作に「日本紋章学」など。

＊伝記　「画聖雪舟」のこと。大正八年（一九一九）斎藤玉英堂刊。

＊大内氏　室町時代の周防《すおう》・長門（現山口県）および石見《いわみ》（現島根県）の守護大名。

＊入明　明（当時の中国）に入国すること。

一九五　＊慧可断臂　雪舟筆の慧可断臂図。紙本墨画淡彩。明応五年（一四九六）の作。

＊博物館　東京国立博物館。東京上野公園内にある。

＊近藤市太郎　東京国立博物館鑑査。明治四三年（一九一〇）東京生れ。昭和三六年（一九六一）没。

＊斎年寺　愛知県常滑《とこなめ》市にある曹洞《そうとう》宗の寺。

＊滝精一　美術史家。明治六〜昭和二〇年（一八七三〜一九四五）。美術雑誌『国華』の主幹を務めた。

＊破墨　水墨画の技法。淡墨で描いた上に濃墨で描き、濃淡の複雑な趣を出す。
＊山水図　破墨山水図。紙本墨画。東京国立博物館蔵。
＊曼殊院　京都市左京区一乗寺にある天台宗の門跡寺院。
＊夏冬山水図　紙本墨画双幅。「秋景」「冬景」がある。制作年不詳。
＊伝雪舟破墨山水　雪舟の作と伝えられる、破墨で描かれた山水図、の意。
一九六
＊画賛　画に題する言葉。あるいは画に添えて書かれた詩歌や文。讃。
＊宗淵　室町後期の画僧。生没年不詳。鎌倉円覚寺の蔵主。延徳か明応の頃（一五世紀末）に雪舟をたずねて学び、明応四年（一四九五）「破墨山水図」を与えられた。
＊大宋国　宋の国。中国の王朝。九六〇～一二七九年。一一二七年、都が開封から杭州に移され、前半を北宋、後半を南宋という。
＊設色　彩色すること。
＊如拙　室町前期の画僧。生没年不詳。京都相国寺の僧と伝わり、その画系から周文、雪舟が出た。作品に「瓢鮎図」など。
＊人が見たら蛙になれ　自分のこれぞという収蔵品は、その価値が自分だけにわかっていればよい、他人にはむしろ蛙に見えるがよい、というほどの意。日本古来の民話をふまえ、著者の友人、青山二郎（三〇六頁参照）が口癖にしていたといわれる。
一九七
＊五山　京都五山のこと。京都にある臨済宗の五大寺。天竜寺・相国寺・建仁寺・東福寺・万寿寺。

一九八 ＊宿老 長老。
＊胸中酔墨 酔った勢いで心の内を書いたもの、の意。
＊酔後筆端 酔った後、筆を滑らせたもの、の意。
＊玉澗筆法 南宋の水墨画家玉澗の筆の運びをまねたもの、の意。
＊百尺竿頭 きわめて長い竿《さお》の先端、すなわち到達可能な極点。一一世紀中国の道原が著した禅宗諸師の伝記集成「景徳伝灯録」に出る言葉「百尺竿頭に一歩を進むべし」(極致に達したあと、さらになお向上の工夫をせよ)に基づく表現。
二〇〇 ＊四明天童第一座 入明した雪舟は寧波の霊山、四明山中の天童山景徳寺に登り、その修行者中の首位に坐った、といわれる。
＊禅余遊于画事 禅の修行のほんの余技として絵を描く、というほどの意。
＊達磨 中国禅宗の始祖。五世紀から六世紀の人とされ、嵩山《すうざん》の少林寺で九年間、面壁坐禅したと伝えられる。
＊鍾馗 中国で疫病を防ぐ鬼神。巨眼・黒ひげで、右手に剣を握る。
＊益田兼尭像 雪舟が文明一一年(一四七九)に描いたとされる肖像画。益田兼尭は、室町時代の武将。生年不詳、文明一七年(一四八五)没。石見の国(現島根県)益田の領主で、晩年雪舟と交友があった。
＊寿像 生前に造っておくその人の像。ここは、益田兼尭像のこと。
二〇一 ＊相陽 相模の国。現在の神奈川県。

＊蔵主　禅寺で経蔵を管理する役職の人。
＊典刑　模範、手本。ここでは手本となるほど上達している、の意。
＊箕裘青氈　「箕裘」は父祖の業を受けつぐ喩《たと》え。「青氈」は青色の毛氈、転じて家宝の意。
＊揮染　書画をかくこと。
＊清抜　清雅ですぐれていること。
二〇二　＊楷模　手本、模範。
＊支綏　正しくは「支倭」。中国と日本の意。

偶像崇拝

二〇三　＊赤不動　不動明王像。平安後期もしくは鎌倉前期の仏教絵画。肉身・着衣が赤色に彩色されているところから「赤不動」と呼ばれる。
＊来迎図　「阿弥陀二十五菩薩《ぼさつ》来迎図」。高野山有志八幡講十八箇院にある平安後期の仏画。浄土教では念仏行者の臨終の際、阿弥陀如来《あみだにょらい》とともに二五の菩薩が迎えに来るという。
＊智証大師　平安前・中期の僧。弘仁五〜寛平三年（八一四〜八九一）。円珍。
＊伝説　比叡山横川の滝のほとりで不動明王の姿を感得した智証大師が、そのありがたさのため巌に頭を打ちつけ、流れ出る血を岩絵具に混ぜて写し取ったという。
二〇四　＊阿部真之助　評論家。明治一七年（一八八四）埼玉県生れ。『東京日日新聞』で主幹を務めた。昭和三九年（一九六四）没。

二〇五　＊有識無慙の徒　物事についての知識は豊富にあるが、恥じらいのない者。
＊或る雑誌　『芸術新潮』昭和二五年（一九五〇）九月号。
＊矢代氏　矢代幸雄。美術史家。明治二三年（一八九〇）神奈川県生れ。この年六〇歳。昭和五〇年没。
＊亀井氏　亀井勝一郎。文芸評論家。明治四〇年北海道生れ。この年四三歳。昭和四一年没。
＊受胎告知図　キリスト教で、大天使ガブリエルがマリアにキリストの受胎を告げたことを描写する絵画。

二〇六　＊ドグマ　教義。元来はギリシャ語で個人の信念や見解の意。のちにラテン語化され、キリスト教の教義や信条を意味する言葉としても用いられるようになった。
＊観無量寿経　浄土三部経の一。釈迦《しゃか》が韋《い》提希《だいけ》夫人（次頁参照）に阿弥陀仏と極楽浄土に対する十六の観想を示し、極楽に往生する方法を説いた経典。
＊山越し弥陀　来迎図の一。阿弥陀仏の上半身が山越に現れて行者を迎える様子を描いた図。

二〇七　＊死者の書　折口信夫の小説。昭和一八年（一九四三）刊。
＊日想観　「観無量寿経」に説かれる十六観の第一。夕陽を観想し、その姿を心にとどめる修行。
＊日祀部　日神祭祀にかかわる部民。「日奉部」とも書く。

二〇八

＊韋提希夫人　古代インドのマガダ国王、頻婆娑羅《びんばしやら》の后。釈迦に説法を請《こ》うた。

＊弱法師　能の曲名。讒言《ざんげん》で家を追われた俊徳丸は、盲目の弱法師（乞食）となるが、天王寺で父高安通俊に見出《みいだ》され家に戻る。

＊日想観往生　「弱法師」において、弱法師は日没時には西方極楽浄土を拝み、悟りきった様子を見せる。

＊藤原南家の郎女　「死者の書」の登場人物、中将姫。

＊二上山　奈良県当麻町と大阪府太子町にまたがる山。

＊当麻　能の曲名。世阿弥作。大和の国当麻寺に入山した中将姫が、一夜にして曼荼羅《まんだら》を織りあげ女人往生をとげたという伝説に由来する。

＊大津皇子　漢詩人、歌人。天武天皇の皇子。天智二～朱鳥一年（六六三～六八六）。天皇没後、持統天皇に謀反の罪で処刑された。

＊天若日子　「古事記」で、天孫降臨に先だって遣わされた神。だが高天原へ復命せず、しかも問責の使者の雉《きぎし》を射殺、その矢を射返されて死んだとされる。

＊恵心僧都　平安中期の天台宗の僧、源信。天慶五～寛仁一年（九四二～一〇一七）。

＊比叡横川　源信は横川の恵心院に住んだ。

＊大智識　「智識」は高僧。

＊往生要集　源信の仏教書。三巻。寛和一年（九八五）成立。極楽往生のための要文を諸経典から抜粋した。

*古代の土器類を…　著者は昭和一〇年代半ばから陶器や土器をはじめとする古美術に熱中していた。その体験の一端は「骨董」（本書所収）、「真贋」（同）等に詳しい。

二〇九　*恃む　あてにする。力があると信じる。

二一一　*人格神　人間的な容姿や感情をそなえ、人間とのかかわりを持ったものとして考えられている神。偶像崇拝の禁止は、神がシナイ山上でモーセに与えたとされる「十戒」の第二戒にいわれる（「旧約聖書」〈出エジプト記二〇―四～六〉）。

二一二　*ヴェーダ　古代インドのバラモン教の経典。インドの宗教・哲学・文学の根源をなす。

*ビザンチン　東ローマ帝国。ここは、東ローマ帝国の国教として発展したビザンチン教会（ギリシャ正教会）のこと。この教会は偶像崇拝を承認した。

*観念論　物質や自然は精神によって規定されて初めて存在しうるとする考え方。アイデアリズム。

*唯物論　物質のみを真の実在とし、精神や意識はその派生物と考える哲学上の立場。マテリアリズム。

二一三　*二科会　二科展のこと。大正三年（一九一四）、石井柏亭、山下新太郎、有島生馬など一一名の洋画家が中心となって設立した美術団体二科会による展覧会。大正三年一〇月以来、毎年秋季に開催。

二一四　*印象派　一九世紀半ば、フランスで興った絵画を中心とする芸術運動。感覚的・主観的印象をそのまま表現しようとした。モネ、ルノワールなどが代表。

二一六　＊後期印象派以後　「後期印象派」は印象派の後をうけて、一八八〇年代後半から二〇世紀初めにかけてフランスを中心に活動したセザンヌ、ゴッホ、ゴーガンをさしていう。
＊親友ピカソ　ハイメ・サバルテス Jaime Sabartés が書いたスペイン語の原本の英訳「Picasso, an intimate portrait」の訳書。昭和二五年（一九五〇）八月、美術出版社から刊行された。
二一七　＊立体派　二〇世紀初め、フランスに興った美術運動。ルネサンス以来の遠近法を否定し、対象を複数の視点から幾何学的にとらえて画面構成する。ピカソ、ブラックなど。キュビスム。
＊ロスチャイルド　ユダヤ系金融資本家の一族。イギリス最大の富豪。
＊ヴィジョン　視覚の働き。ここでは特に画家が対象の本質を見ぬき、それを造形化する力のこと。
二一八　＊アッパッパア　夏に婦人が着る、だぶだぶの簡単服。関西地方で言われ始めた俗語。
＊青山斎場　現在の東京都港区南青山にある葬儀場。

骨董

二一九　＊幸田露伴　小説家。「骨董」は大正一五年（一九二六）一一月、『改造』に発表された。
＊定窯　中国、北宋時代（九六〇～一一二七年）の陶窯。白磁で名高い。昭和一八年（一九四一）河北省曲陽県で窯跡が発見された。

＊鼎　本来は、古代中国で調理や祭祀《さいし》に用いられた三本足の容器をいう。古くは土器、後に銅器。

＊明末　中国の明朝（一三六八～一六四四年）末期の意。

＊李朝　朝鮮の最後の王朝。一三九二～一九一〇年。ここはその李朝時代に焼かれた陶磁器の意。

二二一　＊唐三彩　唐代に焼かれた陶器の一種。三彩釉《ゆう》と呼ばれる低火度の鉛釉で彩色されたものをさす。八世紀前半、唐の旧都長安、洛陽付近で最も盛んに製作された。

＊山中商会的動き　「山中商会」は古美術商。明治の中期から第二次世界大戦にかけての時期、ニューヨーク、ロンドン、パリ等々に支店網をひろげ、日本、中国などの古美術を大量に販売して東洋古美術の世界的ブームを起した。

二二二　＊クロイチェル・ソナタ　トルストイの中篇小説。一八九〇年発表。男性ヴァイオリニストとの合奏に陶酔する妻を、嫉妬《しっと》から殺した男の告白からなり、男は結婚、家族、性欲の絶対的否定を訴える。ベートーヴェンの曲がモチーフとして使われ、作中、男は近代音楽を痛罵《つうば》する。

二二三　＊芸術とは何か　トルストイの著書。一八九八年刊。近代ヨーロッパの美学・芸術のすべてを批判し、素朴さや道徳性の尊重と、芸術作品による人々の連帯を説く。

真贋

二二六　＊良寛　江戸後期の禅僧、歌人。越後（現在の新潟県）の人。
＊詩軸　掛軸で、画面の上部の余白にその絵にちなんだ漢詩を書いたもの。
＊吉野秀雄　歌人。明治三五年（一九〇二）群馬県生れ。歌集に「苔径集」など。昭和四二年没。
＊天明の地震　天明二年（一七八二）七月一五日に発生。小田原沖を震源とし、マグニチュード七・三。
＊越後の地震　文政一一年（一八二八）一一月一二日、三条付近を襲った地震。マグニチュード六・九。

二二七　＊一文字助光　鎌倉時代末期の刀工。備前（現在の岡山県）の人。
＊箱書　書画などを収める箱に記された、名称、作者の署名、鑑定家の所見など。

二二八　＊一幅　「幅」は掛物などを数えるときに用いる語。
＊ニセ物　ここはいわゆる書画骨董《こっとう》の贋物《にせもの》。著者は昭和一〇年代半ばから陶器をはじめとする骨董に熱中していた。その体験の一端は「骨董」（本書所収）にも詳しい。
＊ユーモホプロス　George Eumorfopoulos　イギリスのギリシャ系実業家、中国古美術蒐集家。一八六三～一九三九年。ユーモーフォプーロス。そのコレクションは、大英博物館の中国陶磁器部門の基礎を成している。

二三一　＊狐　「骨董」に、ある日、衝動的に李朝の壺を買った瞬間のことが記され、そこに「今から考えるとその時、言わば狐がついたらしいのである」とある。

*青山二郎　美術評論家、装幀《そうてい》家。明治三四年（一九〇一）東京生れ。著者の「文芸評論」（昭和六年刊）などの装幀も手がけた。昭和五四年（一九七九）没。

*呉須赤絵　中国の明代末期から清代初期にかけて焼造された絵付の陶磁器。「呉須」は陶磁器の染付けに使う酸化コバルトを主成分とする顔料のこと。黒ずんだ藍色《あいいろ》を呈する。「赤絵」は主として赤の色釉《しきゆう》で上絵を施したもの。

*南京町　横浜市中区にある中華街のこと。

二三二 *壺中居　東京都中央区日本橋にある古美術店。大正一三年（一九二四）、広田松繁が西山保と神田で創業、昭和三年から日本橋に店舗を構えた。

*佐佐木茂索　小説家、編集者。明治二七年京都府生れ。作品に「困った人達」など。昭和四一年没。

二三三 *「瀬津」の主人　瀬津伊之助。明治二九年滋賀県生れ。古美術店「瀬津雅陶堂」主人。昭和四四年没。

*志野　桃山時代に美濃（現在の岐阜県）で焼かれた白色陶器。

*五千円　現在の五〇〇万〜六〇〇万円に相当する。

*テコ　テコ入れ。業者同士の市で、サクラを使って自分が出品した品物の価格をつり上げること。

*彫三島　李朝時代前期に、日本からの注文を受けて朝鮮半島で焼造された陶磁器の一種。

ねずみ色の素地に白化粧を搔《か》き落として文様をあらわしたもの。「三島」は、文様が室町時代に伊豆の三島大社から頒布《はんぷ》された暦に用いられた草書体のかな文字に似たところからいう。

二三四　＊戦争前　第二次世界大戦の前。具体的には昭和一五、六年（一九四〇、四一）頃。

＊往生極楽院　京都市左京区大原にある三千院の本堂のこと。

＊千体仏　過去・現在・未来の三劫《こう》（劫はきわめて長い時間の単位）に現れる一千の仏を、ほぼ同じ形と大きさで配列した彫刻や絵画のこと。「千仏」ともいう。

二三五　＊醍醐寺　京都市伏見区にある真言宗の寺。

二三六　＊喜左衛門井戸　高麗《こうらい》茶碗の一種、井戸茶碗の逸品。三井戸茶碗の一つで大井戸の筆頭。

＊筒井筒　李朝時代前期に焼かれた井戸茶碗。

＊馬子の喜左衛門　竹田喜左衛門。慶長年間（一七世紀初頭）頃の大坂の商人。馬子にまで落ちぶれた後もこの茶碗だけは手放さずに窮死したと伝えられる。

＊清正毒殺　「清正」は加藤清正。その死は徳川家康の毒殺によるとの説があった。

＊不昧公　松平治郷《はるさと》のこと。江戸後期の大名、茶人。宝暦一～文政一年（一七五一～一八一八）。

＊孤篷庵　京都大徳寺の塔頭《たっちゅう》。一八世紀末、焼失したが、松平不昧が再建した。

＊細川幽斎　安土桃山時代の武将、歌人。天文三～慶長一五年（一五三四～一六一〇）。豊臣秀吉の小姓が筒井筒を誤って割った時、「筒井筒五つにわれし井戸茶碗とがをばわ

れに負ひにけらしな」と詠《よ》んで秀吉の不興を解いたという。
*太閤　豊臣秀吉。
*伊勢物語　平安前期の歌物語。第二三段に「筒井筒」の歌と物語がある。
*目跡　窯中《ようちゅう》で、製品が熔着《ようちゃく》するのを防止する道具を置いた跡。
*茶溜　茶碗底の浅いくぼみ。
*釉　素焼きの陶磁器の表面にかける薬品。
*胴中　中央部分。
*ヒッツキ　窯中で他の器物が接着したのを剥がした跡。

二三七

*アイロニイ　反語。
*銘　名品、名器につけられた愛称、通称。
*極め　鑑定書。
*伝来　所有者の移り変わり。
*裸茶碗　収める箱のない茶碗。
*メクリの画　表装されていない書画。

二三八

*鉄斎　富岡鉄斎。南画家。天保七〜大正一三年（一八三六〜一九二四）。ここはその作品のこと。
*富岡謙蔵　鉄斎の一人息子。東洋史学者、金石学者。明治六〜大正七年（一八七三〜一九一八）。

*巴町　西久保巴町。現在の東京都港区虎ノ門付近の旧町名。古美術商が軒を連ねていた。

*玉井　仏教美術店。奈良に本店があった。

二三九 *一龍斎貞山　講談師。ここは六代目と思われる。明治九〜昭和二〇年（一八七六〜一九四五）。「義士伝」を得意として人気を博した。

*張貫細工　張り子細工。

*デッチ物　捏造《ねつぞう》品。

*古印　古い印鑑。

*朝鮮の麗水　朝鮮半島南端（現在の大韓民国全羅南道）にある港町。四世紀頃、任那の領土。

二四〇 *推古仏　飛鳥時代につくられた仏像の総称。推古天皇の時代（在位は崇峻《すしゅん》五〜推古三六年（五九二〜六二八））が中心なのでこう呼ばれる。

*ベークライト　フェノール樹脂の商標名。アメリカの化学者ベークランド（一八六三〜一九四四）に因《ちな》んだ名称。

*東山時代　室町中期、第八代足利義政の時代。絵画、工芸、茶の湯等の諸芸能がこぞって普及、名品も多数生れた。

*頼朝公三歳のしゃりこうべ　江戸の小噺《こばなし》。大道商人が、これは源頼朝のしゃりこうべ（頭蓋骨《ずがいこつ》）だといって売っていたところ、客に頼朝は頭が大きかったと伝え聞くがと問い詰められ、いやこれは頼朝公が三歳の時のものだと言う。

二四一

*創元　著者が参与していた創元社の雑誌。昭和二一年（一九四六）一二月創刊。

*大津絵　江戸時代に近江の国（現在の滋賀県）大津の追分・三井寺付近で売り出された民衆絵画。鬼の念仏・藤娘・瓢簞鯰《ひょうたんなまず》などを手早く走り書きした戯画。

*石原君　石原龍一。明治三二年（一八九九）兵庫県生れ。絵画販売・美術書出版の求龍堂を営む傍ら、『創元』の編集に参画していた。昭和五九年没。

*梅原さん　梅原龍三郎。洋画家。明治二一年（一八八八）京都府生れ。作品に「桜島」「北京秋天」など。昭和六一年没。

*寓目　目にとまること。

二四二

*清荒神　清澄寺。兵庫県宝塚市北東山中の寺。住職の坂本光浄が鉄斎に師事し、その作品約千点を蒐集した。

*坂本さん　坂本光浄。明治八年京都府生れ。大正二年（一九一三）に清澄寺の住職となった。昭和四四年没。

*幅　掛物、軸物。

*不破の関　現在の岐阜県関ヶ原にあった関所。この関から西を関西、東を関東と呼んだ。

*この注解は、新潮社版「小林秀雄全作品」（全二八集別巻四）の脚注に基づいて作成した。　編集部

解説

江藤淳

『モオツァルト』が書かれたのは、昭和二十一年七月である。昭和十九年六月に、単身でおこなった中国大陸の旅行から帰国して以来、満二カ年の間、小林秀雄氏は昭和二十年一月の『梅原龍三郎』を唯一《ゆいいつ》の例外として、全くなにひとつ書かずにすごした。その間に敗戦と戦後世相の混乱があったのは周知のことである。しかし、この傑作が、昭和二十一年十二月に雑誌『創元』の第一号に発表されたとき、人々は小林氏の沈黙がこの絶唱を育《はぐく》んでいたことを知っておどろいた。そこには、批評という形式にひそむあらゆる可能性が、氏の肉声に触れて最高の楽音を発しながら響き合っていたからである。

『モオツァルト』執筆のために、伊東《いとう》の旅館に籠《こも》っていたときの小林氏の横顔を、大岡昇平氏の小品『再会』は伝えている。その頃《ころ》は毎夜のように長時間の停電がおこったものだが、暗い蠟燭《ろうそく》を囲んで青山二郎、大岡昇平の両氏と酒を飲んでいた小林氏は、いつもの例で青山氏にからまれ出していた。小林氏の批評が「お魚を釣《つ》ることではなく、釣る手付を見せるだけ」で、したがって「お前さんには才能がないね」というのである。小林氏は黙ってきいていたが、大岡氏が気がついてみると、《驚ろいたことに、暗い蠟燭で照らされたX先生（小林氏）の頰《ほお》は涙だか洟《はな》だか知らないが濡《ぬ》れているようであった》

この「涙だか洟だか知らないもの」に、どのような感慨が込められていたかを推測するのは愚かなことである。だが、その幾分かはおそらく敗戦の衝撃と哀《かな》しみとに由来しているであろう。小林氏は日本の勝利を信じていた国民のひとりだったからである。いや、むしろ敗戦を期待しながら生きるという知識人の姿勢の根本にひそむ虚偽と不誠実を見たのである。戦争がはじまったからには、勝つと思って黙って生きて行く以外にどんな生きかたがあるというのか。この態度が、大勢順応《たいせい》ではなく、氏の生きかたの内奥《ないおう》にかかわっていただけに、衝撃は大きかった。しかし、氏の内面に傷痕《きずあと》がのこったとしても、そこには「戦後」という時代はなかった。敗戦を哀しむのと、それを後悔するのとは別のことである。「戦後」は反省の時代で、その結果の自己卑下は今日まで続いているが、小林氏が、

《利口な奴《やつ》はたんと反省するがよい。私は馬鹿だから反省なぞしない》

という反語を放ったのはその頃のことである。

ところで、『モオツァルト』は、小林氏の批評美学の集大成という観を呈するが、それは青年時代の象徴主義との交渉の結果というより、そこからさらに遡行《そこう》したところに得られた結実である。この傑作の読者は、モオツァルトの音楽の「かなしさ」——アンリ・ゲオンのいわゆる tristesse allante を彩《いろど》るにあたって、小林氏が用いている澄んだ「紺青《こんじょう》」の色を忘れないであろう。この「かなし」い「青」が小林秀雄氏の音楽の主調音である。つまりそれは氏のいわゆる「宿命」の色である。

《……確かに、モオツァルトのかなしさは疾走する。涙は追いつけない。涙の裡《うち》に玩弄《がんろう》するには美しすぎる。空の青さや海の匂《にお》いの様に、「万葉」の歌人が、その使用法をよく知っていた「かなし」という言葉の様にかなしい。こんなアレグロを書いた音楽家は、モオツァルトの後にも先きにもない。まるで歌声の様に、低音部のない彼の短い生涯《しょうがいか》を駈け抜ける。彼はあせってもいないし急いでもいない。彼の足どりは正確で健康である。彼は手ぶらで、裸で、余計な重荷を引摺《ひきず》っていないだけだ。彼は悲しんではいない。ただ孤独なだけだ。孤独は、至極当り前な、ありのままの命であり、でっち上げた孤独に伴う嘲笑《ちょうしょう》や皮肉の影さえない》

『当麻《たえま》』、『徒然草《つれづれぐさ》』にはじまって、『無常という事』、『西行《さいぎょう》』、『実朝《さねとも》』を経、『平家物語』にいたる戦時中の一連の作品は、すべてこの「かなしさ」、この「青」の変奏だということもできる。たとえば『実朝』の一節を見よう。

《箱根路をわれ越えくれば伊豆の海や沖の小島に波の寄るみゆ

この所謂《いわゆる》万葉調と言われる彼の有名な歌を、僕は大変悲しい歌と読む。実朝研究家達は、この歌が二所詣《にしよもうで》の途次、詠《よ》まれたものと推定している。恐らく推定は正しいであろう。彼が箱根権現《ごんげん》に何を祈って来た帰りなのか。僕には詞書《ことばがき》にさえ、彼の孤独が感じられる。悲しい心には、歌は悲しい調べを伝えるのだろうか。それにしても、歌には歌の独立した姿というものがある筈《はず》だ。この歌の姿は、明るくも、大きくも、強くもない。……「沖の小島に波の寄るみゆ」という微妙な詞の動きには、芭蕉《ばしよう》の所謂ほそみとまでは言わなくても、何かそういう感じの含みがあり、耳に聞えぬ白波の砕ける音を、遥《はる》かに眼で追い心に聞くと言う様な感じが現れている様に思う、はっきりと澄んだ姿に、何とは知れぬ哀感がある。耳を病んだ音楽家は、こんな風な姿で音楽を聞くかも知れぬ》

この主調音を初期の小林氏の作品にたどれば、たとえば昭和六年の『眠られぬ夜』の、

《青い海があり、左手には樺色《かばいろ》の岸が切り立って、その海の上に灰色の軍艦を斜《はす》かいにならべる、子供の時、毎晩眠る時のおまじないであった。その軍艦は四艘《そう》あって、ならべる時の遠近法が大変むずかしい。私はもうそのこつを覚えてはいなかった》

の「青い海」と「樺色の岸」が得られる。しかしさらにさかのぼれば、われわれは昭和二年に書かれたと推定される未刊の断片の、

《僕は今や最高の強烈性を帯びて生きるべき時かも知れない。ああ然《しか》し時は終った。僕は丁度、あのパパイヤの葉が青空を吸う様に、色そのものを虐待《ぎゃくたい》した。この虐待したものが僕の血となり肉となるまで僕の心臓は鼓動をつづけてはくれないだろう。

僕はあさって南崎の絶壁から海にとびこむことに決っている。決っているのだ。僕にはあさってまでの事件が一つ一つ明瞭《めいりょう》に目に浮ぶ。太平洋の紺碧《こんぺき》の海水が脳髄に滲透《しんとう》していったら如何《どん》なに気持がいいだろう》

の「青空」と「紺碧の海水」に行きつくのである。

この遺書体の背後に、どのような深刻な体験が隠されているかは推測のかぎりではない。しかし、ここでは、小林氏がその青年期の最初にすでに自らの「宿命」の主調音を明瞭に聴いてしまっていたという事実を確認しておけばよかろう。この断片の

「青い空と海」は、おそらく現実に見られた光景であるが、それはやがて小林氏の内面に定着されて心象となり、ついに『モオツァルト』の tristesse allante に接合した。戦後の危機が、小林秀雄氏の内部からあらゆる夾雑物《きょうざつぶつ》を洗い出し、あの「宿命」の単純なモティーフの上に、モオツァルトの交響曲に似た透明なしかし、複雑な構造の美を達成するにいたったのである。これは単なる才能の所産ではない。青山二郎氏の毒舌を浴びるまでもなく、小林氏はこの作業に「才能」などという浮薄なものが何ものをもつけ加えぬことを熟知していたはずである。

青年期における「事件」であったランボオとの出逢《であ》い以来、小林氏の関心は、自己の「宿命」への凝視と、外界に触れようとする欲求とのあいだを周期的に動いているように見える。『モオツァルト』でその内面の歌を唱《うた》った氏が、これにつづいて骨董《こっとう》の体験を語ったエッセイを次々と書き出したのは、このことを思えば当然のことであろう。さきほど指摘した沈黙の時期に、氏はどうやら骨董の売買によって生計を立てていたらしいふしがある。この「狐《きつね》」にとりつかれた瞬間のことは、『骨董』に書かれているが、『鉄斎』、『光悦と宗達』、『雪舟』、『偶像崇拝』、『真贋《しんがん》』などは、すべてこの微妙な真剣勝負の世界、つねにそれを玩弄するものを全人的に験《ため》すおそろしい狂気と平常心の入りまじった世界の機微にふれたものである。

『真贋』の冒頭に、吉野秀雄氏に贋作だといわれて、得意になって眺《なが》めていた良寛の軸を、傍《そば》の一文字《いちもんじ》助光《すけみつ》をとって切り裂いてしまう話がある。その頃中学生で鎌倉にいた私は、級友だった吉野氏の子息の吉野壮児からこのことを伝え聞いて凄《すご》い人がいるものだと感心した。骨董の世界がいわゆる「美術鑑賞」というものとちがうところは、品物を買ってみなければはじまらぬことだ、いや、こういうことは常識で、だから品物がこちらの生活に触れて来るのだ、という話は、直接小林氏から聞いた話であるが、そこではだまされれば誰《だれ》が悪いのでもなく、自分が悪いのだということが明晰《めいせき》に判《わか》ってしまう。文芸批評などという人間と言葉を相手のあいまいな世界に溺《おぼ》れているものには、こういう話は恐しいのである。

『蘇我馬子の墓』は、これらのエッセイにつづいて書かれ、昭和二十五年一月号の『芸術新潮』に発表された。馬子の墓という奇怪な遺跡の実在感と、その上に織られる日本古代史の想像の世界とが交錯しあい、さらに小林氏の歴史をめぐっての思想へととけあい、大和《やまと》三山の自然を見るある確信にあふれた視線に終るという名文で、小林氏の孤独な、しかし勁《つよ》い精神のたたずまいをまのあたりにするような印象をあたえられる。ここにいたった氏の努力と苦悩の道は、いうまでもなく長いのである。

（昭和三十六年三月、文芸評論家）

本書は新潮社版第五次『小林秀雄全集』および
『小林秀雄全作品』(第六次全集)を底本とした。

表記について

新潮文庫の文字表記については、原文を尊重するという見地に立ち、次のように方針を定めました。

一、旧仮名づかいで書かれた口語文の作品は、新仮名づかいに改める。
二、文語文の作品は旧仮名づかいのままとする。
三、旧字体で書かれているものは、原則として新字体に改める。
四、難読と思われる語には振仮名をつける。

モオツァルト・無常《むじよう》という事《こと》

新潮文庫　こ－6－4

昭和三十六年五月十五日　発行
平成十八年八月十日　七十五刷改版
令和六年八月五日　九十五刷

著者　小《こ》林《ばやし》秀《ひで》雄《お》

発行者　佐藤隆信
発行所　株式会社新潮社
郵便番号　一六二―八七一一
東京都新宿区矢来町七一
電話　編集部(〇三)三二六六―五四四〇
読者係(〇三)三二六六―五一一一
https://www.shinchosha.co.jp

価格はカバーに表示してあります。

乱丁・落丁本は、ご面倒ですが小社読者係宛ご送付ください。送料小社負担にてお取替えいたします。

印刷・株式会社精興社　製本・株式会社大進堂

ISBN978-4-10-100704-5 C0195